폭력적 타자와
분열하는 주체들

폭력적 타자와
분열하는 주체들

사 이 코 패 스 에 서   성 직 자 까 지

The Violent Other and Schizophrenic Subjects

권성훈 지음

교유서가

시로 말할 수밖에 없는 욕망

"일체의 고통을 넘어 존재하는 희생양."_권성훈

우리는 살아가면서 지난한 고통들과 마주한다. 고통은 자극에 반응하는 폭력이며 정신적·육체적으로 지각된다. 이른바 성과 속, 귀함과 천함, 깨끗함과 더러움, 밝음과 어둠, 삶과 죽음 등에는 필연적으로 고통이 동반된다. 고통은 성찰과 인내로 성장과 비약을 남기지만, 충동과 무절제로 일탈과 위반으로 이어지기도 한다. 이러한 폭력은 어떤 식으로든지 상흔을 남기는데, 때로는 피해자가 가해자가 되는 것처럼 '고통'의 반동은 또다른 '폭력'을 태동시킨다.

르네 지라르는 『폭력과 성스러움』에서 "인간이 대면해야 하는 중심 문제는 폭력이다. 폭력은 폭력을 모방하려는 경쟁 속에서 생겨나며 오래전부터 모방 욕망처럼 끝이 없다는 것을 보여왔다. 그러나 희생양이 발견되어 바쳐지면 폭력은 일시적으로 끝나지만 이 희생양은 성화된다. 이 또한폭력의 연장이며 폭력만이 폭력을 끝장낼 수 있다"고 정의한다. 제의적희생양은 폭력적 의례를 요구하고, 제의적 희생양으로 제공된 희생물은 정화적 기능을 작동시켜 사회적 안정과 개인의 평정심을 찾게 한다. 이렇게 개인과 사회가 폭력으로부터 유지되려면 희생물이 필요하며, 그 방법은 폭력을 속된 것이 아닌 성스러운 것으로 속이는 제의적 과정으로 나타난다.

불교의 붓다와 기독교의 예수가 보여주는 고통도 유사하다. 붓다는 왕국의 왕자로, 예수는 하느님의 아들로 태어나 스스로 고통과 마주하고 폭력을 극복함으로써 폭력적인 세계에서 고통스러운 현실을 극복하는 방안을 제시하기도 했다. 이를테면 붓다는 인간의 고통이 욕망으로부터 나온다고 보았고 '해탈로 멸'하였다. 인간의 탐착과 욕망을 제거하는 금욕적 방식으로 해탈이라는 궁극적인 목표를 지향했다. 예수는 인간의 고통이 죄에서 비롯된다고 보았고 '속죄로 구원'받았다. 인류의 죄를 십자가의 고통으로 대속함으로써 구원이라는 이상적 목표에 가닿으려고 했다. 붓다와 예수의 '자기 비움'과 '자기 부정' 역시 폭력을 비폭력으로 대면하는 것 같지만 자신에게 고통을 가하는 폭력이다. 그렇지만 종교적으로 붓다는 깨달음, 예수는 구원이라는 제의적 과정을 거치면서 폭력으로부터 성스러워질 수 있었다.

이 책에 실린 10편의 글은 폭력을 마주하는 시인들의 심상을 들여다본 것이다. 텍스트의 주인공은 사이코패스, 독립운동가, 여성운동가, 교수, 목사, 스님 등 면면이 다양한 시인들이다. 이들의 공통점은 불행한 삶을 살면서 고통스러운 세계로부터 시를 창작해왔다는 점이다. 이 글을 통해 우리는 누구나 고통에 당면하는 것처럼 누구나 시를 창작하며 자기감정을 순화된 언어로 표출할 수 있다는 것을 발견하게 된다. 예를 들면 사이코패스 유영철의 경우 유년기의 죽음의식과 살인을 시로 형상화하면서 폭력적인 내면을 고통스럽게 보여주기도 했고, 조오현 스님의 경우 유년기에 버려진 자신을 벌레로 형상화하면서 고통스러운 현실을 초월적 세계로 들여다보고 있다. 유영철은 고통스러운 현실을 비관하며 20여 명의 무고한 여성을 연쇄살인하고 그에 대한 죗값으로 사형선고를 받고 복역 중이만 조오현은 설악산에서 매년 만해축전을 열어 과거 부모로부터 버려진 고아가 외롭게 놀던 설악산을 세계인이 즐기는 명소로 바꾸어놓았다.

유영철은 "예수도, 붓다도, 공자도 그리하라 했다"고 신과 자신을 동격화한다. "신의 영역까지 가려 했던" 자신의 과도한 존재감을 드러내지만 조오현은 "어차피 한 마리 기는 벌레가 아니더냐"며 벌레와 자신을 동일시한다. "이 하루에 뜨는 해도 다 보고 지는 해도 다 보았다"고 오히려 하루살이를 성자로 보면서 지극히 낮은 자세를 취한다. 이런 불우했던 유사 경험을 통한 대결의 세계관은 「유영철·이승하의 트라우마 극복과 정신분석」에서 유영철과 이승하의 글쓰기를 중심으로 좀더 면밀하게 살필 수 있을 것이다.

여기에 수록되어 있는 대부분의 시는 폭력을 대체하는 언어, 고통에 바쳐지는 '언어적 희생양'이라고 할 수 있는바, 시창작 과정은 '언어적 제의성'을 수행하고 있는 것이다. 이 책을 통해 많은 독자들이 시를 읽고 쓰고, '상처의 기록'을 지워나가며 '희망이라는 여백으로 욕망'을 채워나갔으면 좋겠다.

제1장

시치료와 억압의 알갱이 그리고 소통의 언어

1. 시치료는 어디서 왔을까

우리는 웰빙을 지나 힐링 시대를 살고 있다. 웰빙은 몸을 위한 것이고, 힐링은 정신을 위한 것을 의미한다. 음식을 통한 몸, 예술을 통한 정신, 이것들의 지향점은 건강이다. 신조어처럼 되어버린 웰빙과 힐링은 다양한 현대인의 체질과 성격에 맞게 건강하게 사는 방법을 가리킨다. 여기에서 살펴볼 힐링의 경우 상처 입은 감정의 정화를 목표로 한다. 지난 10여 년간 치유라는 이름으로 미술·음악·문학·체육 등 예체능계뿐 아니라 명상·숲·향수 등의 융합 분야로 확충되고 있다. 이것은 힐링을 원하는 사람들이 현대의학에서 대체의학으로 눈을 돌리기 시작함으로써 본격화되고 있는 듯하다. 그리고 각 분야 힐링 전문가들은 우리의 건강을 힐링을 통해 보호(care)받을 수 있다고 믿고 있다.

우리가 관심을 기울이는 시치료는 음악이나 미술 분야에 비하면 치유의 기능으로 회자되어온 기간이 짧다. 그동안 아리스토텔레스의 카타르시스 이론이 보여주듯 치유는 문학의 한 기능으로 당연하게 여겨져왔다.

그것은 소수 인문학 공유자에게 편중되어 오히려 치료로서의 문학이 대중화되지 못한 것으로 보인다. 그러나 문학을 포함한 예술은 혼(魂)이 아니라 정신(psychiatric)이라는 분열적 인식이 생기면서 창작에는 자기 치유적 성격이 있다는 것을 받아들이기 시작했다. 즉 19세기 말엽 정신분석과 분석심리학을 주창한 프로이트, 융의 시대에 이르러 예술은 신경증같이 일어나는 증상이라는 사실을 부인할 수 없게 되었다. 이 글 역시 시는 시인 내면의 상처 입거나 해결되지 못한 증상이 표현되어 나온, 즉 '억압의 소산물'이라는 점에서 출발한다.

시치료(poetry therapy)는 '시(poetry)'와 의학적으로 '돕다'라는 뜻인 '치료(therapeia)'의 합성어다. '시(poem)'와 '포에트리(poetry)' 역시 '만들다'라는 뜻의 희랍어 '포이에시스(poiesis)'에서 기원한 것으로 볼 때, 시치료의 역사는 고대 그리스로 거슬러올라간다. BC 1000년경 그리스 테베 도서관 입구에는 '영혼을 치료하는 장소'라고 쓰여 있었다고 전해진다. 그것은 당시 병리학적으로 육체적·정신적 건강과 관련해서 문학을 맨 먼저 언급한 것에서도 찾을 수 있는데, 그리스인들은 몸의 고통이 있는 경우에는 히포크라테스에게 가지만, 정신적 고통이 있는 경우에는 아폴로 신전에 가서 기도를 했다. 이렇게 그리스인들은 육체적·정신적 기능과 고통이 다른 만큼 치료법 또한 다르게 구분하였던 것이다. 치료방법으로 정신적 영역에서는 읽기와 쓰기 같은 심리적 요법을, 내·외과 영역에서는 수술과 약제를 처방하였다고 한다. 정신질환을 앓는 환자들의 치료법으로 '처음에는 말', '두번째는 식물', '세번째는 칼' 등의 순서로 기록되어 있다. 환자에게 말—식물—칼 등의 단계로 언어가 먼저이고, 그다음이 약제이며, 그래도 효과가 없을 경우에 마지막으로 수술을 했다고 전해진다.

그리스인들은 도서관을 '영혼의 의학'이라고 할 만큼 언어의 치유성을 믿었고, 임상적 치료법으로 신앙고백, 잠언, 명상록 등과 같이 아포리즘을 적절하게 사용하여 정신을 집중시키고 내면을 성찰하게 하였다. 고대 그리스인들은 이 방법으로 상처 입은 영혼을 정화시키고 영혼의 기력을 북돋울 수 있다고 믿었으며, 좋은 연설을 듣거나 훌륭한 글을 읽는 것이 고통받는 환자의 정신을 회복시키며 정신적 치료효과를 가져다준다고 믿었다. 이렇게 서양에서 전성기를 맞이한 치료로서의 문학에 힘입어, 16세기 프랑스의 의사이자 풍자작가였던 라블레(François Rabelais, 1494~1553)는 환자들에게 질병의 원인과 관계되는 적절한 문학작품을 약과 함께 처방하기도 했다. 19세기에는 미국이나 영국의 병원에서 성서나 종교 서적을 환자에게 읽히다가 점차 자신의 병적 증상과 관계된 독서를 하게 하였다. 이후 환자를 위한 병원도서관이 생기면서 본격적으로 문학치료가 시행되었으며, 제1차세계대전과 제2차세계대전을 치르면서 육군병원의 발달과 함께 독서치료법이 파급되었고, 치료로서의 문학이 공고하게 되었다. 이렇게 전쟁으로 인하여 정신적 충격에 빠진 사람들을 상대로 한 정신의학과 심리학의 급속한 발달로 말미암아 오늘날 문학치료는 읽기와 쓰기로 구분되면서 독서치료, 서사치료와 같은 읽기치료와 저널쓰기, 시치료와 같은 쓰기치료 등으로 체계화되었다.

2. 억압의 증상들을 위하여

근본적으로 시는 우리의 총체적인 언어 수행으로 자기 내면의 억압되거나 상실된 것을 모색하게 해준다. 정신분석학에서 억압(抑壓, repression)은 불안에 대한 기본적인 방어기제다. 방어기제는 의식에서 용납하기 힘든 생각, 욕망, 충동 등을 무의식에서 눌러버린다. 무의식에서 잉여로 가라앉아 있던 트라우마는 육체에 가해지는 상처에서 정신에 가해지는 상처로 확장된다. 주체가 충격적인 사건을 직간접적으로 경험을 하고 나면 무의식에서는 억압이 발생하고, 일정한 잠복기를 거쳐 신경증으로 발전하며, 불안감의 다양한 증후로 나타난다. 트라우마는 의식적으로 기억하고 싶지 않은 과거의 사건과 사고를 반복적으로 경험하게 하며, 강박 상태에서 헤어나지 못하여 생기는 일종의 노이로제가 된다. 이것은 신경증을 드러내며 현실에 영향력을 행사하면서 현실과의 원활한 관계를 형성할 수 없게 만드는 깨진 유리 조각 같은 것이다. 자아는 이 파편들이 자아를 찌르며 학대하는 것을 막기 위해 억압이라는 방어기제를 통해 감정, 상상, 기억에서 차단시킨다. 억압은 자아를 위협하는 경험들을 통제함으로써 불안을 차단하거나 지연시킨다. 고통스러운 체험은 불안을 일으키므로 억압의 대상이 된다. 그러나 억압으로 불안을 방어하려고 하다가 실패하면 투사(projection)·상징화(symbolization) 등 다른 방어기제가 동원되기도 하지만 신경증이나 정신증세가 나타나기도 한다. 이것은 문자화된 언어 영역, 즉 시인의 시쓰기에서도 동일하게 나타난다.

이렇게 언어적 증상은 질환을 앓을 때 나타난다. 이 나타남은 신체로 자각되기도 하고, 정신적 증후를 통해 드러나기도 한다. 증후는 우리의 몸 안에서 몸 밖으로 출현하는 것으로, 몸과 동일성을 지닌다. 여기서 몸을 떠나 있는 증상은 자신의 것이 아니며 주체로서 지각할 수 없다. 그러므로 몸을 중심으로 한 나타남은, 내적인 것에서 외적인 것으로의 이동이다. 우리는 돌출된 것을 통해 증상을 파악하고 원인을 유추하게 된다. 이러한 이동은 '무의식의 흐름'이며 '억압을 의식화'한다.

문학치료에서 "언어 상실이란 결국 총체적으로 잃는 것을 말하고, 치유란 총체적으로 얻는 것"[1]을 말한다. 시치료도 언어로서 자아 발견과 자기 통찰에 가닿기 위한 노력이라고 할 수 있다. 시를 창작하는 동안 시인의 자아와 세계 사이의 인식은 자신의 언어(기억)를 찾아 그 언어(기억)에서 자신의 정체성을 확인하는 것이다. 시는 기표로 구성된 이미지적 표현 양상이므로 이것을 형상화하면서 자아는 의식을 통해 무의식을 탐구한다.

우리는 시가 가진 여러 가지 특질 중에서 치유적인 기능을 외면할 수 없다. 시에서 이미지는 정서와 사고에 재현된 기억의 성격을 가지고 있다. 또한 상상력을 통해 자유로운 이미지를 떠올릴 수 있고, 그 이미지를 통해 정서적 환기가 가능해진다. 시창작은 개인의 무의식을 상상력에 의해 이미지로 표출함으로써 억압된 감정에서 해방될 수 있게 된다. 말하자면 시는 억압과 굴절로 인하여 심리적으로 상실된 언어(기억)를 의식과 무의식에서 찾게 하여 감정의 변화를 수행하는 욕망의 도구라고 할 수 있다. 시창작은 감정의 순화와 정서의 회복이며, 자아에 내재된 갈등을 해소시키는 능력과 적응기능을 증진시킨다.

시치료의 작용은 내면의 생생한 이미지나 개념, 그것이 불러일으키는 감응력을 계발하는 데 있다. 그래서 자신에 대한 이해를 증진시키고 보다 정확한 자아인식을 증폭시키는 것이다. 인간관계에 대한 이해와 깨달음으로 현실을 바로 보게 되며, 그에 근거한 사고를 수행하며 의사소통 능력을 강화시키고 다양한 모습의 자아정체성을 통합하여 심리적 강건함을 가져올 수 있다. 시는 내면의 격렬한 감정들을 털어놓고 해소함으로써 긴장을 완화시키고 새로운 생각, 통찰, 정보들을 의미화하면서 상처 입은 정서를 정비하고 삶의 의미를 되찾아나간다.

3. 시치료의 원리를 찾아서

1) 표층적 원리

시치료의 표층적 원리는 포이에시스·카타르시스·아이스테시스로 구분할 수 있다. 포이에시스(poiesis)는 아리스토텔레스의 포이에티케(poietike)에서 나온 말로, 창작과 관련한 예술적 활동 전반을 일컫는다. 이는 창조적 글쓰기로 "단순한 만들기가 아닌, 영혼의 형상화라는 의미에서 치유적이라고 할 수 있다. 문학이 가지는 창조성인 포이에시스는 참여자가 자신의 내적 세계를 형성화하는 것을 가능하게 한다. 창조적 활동으로 참여자의 내적 세계가 진실하게 드러난다."[2] 완성도 높은 포이에시스일수록 시인의 내적 세계를 독특한 시공간으로 재현하며 안전하게 형상화시킨다.

카타르시스는 아리스토텔레스의 『시학』에서 논의된 후 심리적 기제로 가장 많이 쓰이고 있다. 카타르시스라는 개념의 기원은 『시학』에서 "비극은 드라마적 형식을 취하고 서술적 형식을 취하지 않으며 연민과 공포를 환기시키는 사건에 의하여 바로 이러한 정서의 카타르시스를 행한다"[3]고 한 데 있다. 카타르시스에 대한 이론은 크게 정화이론과 조정이론으로 분류되고 있다. 정화이론은 이미 고대의학에서 쓴 동류요법과 같다. 말하자면 열병은 열기로 다스리고 한기는 한기로 다스린다는 이열치열의 요법이다. 이는 고통스러운 경험이나 억압된 기억을 그와 유사한 것을 이끌어내어 소진시킨다. 그럼으로써 억압된 심리를 몰아내고 정화하기 위해서 격정을 불러일으키고 해소시킨다는 해석이다. 인간의 무의식에 잠재되어 마음을 병들게 하는 상처나 콤플렉스를 밖으로 발산시켜 치료하려는 정신요법이다. 이렇게 정화이론은 카타르시스를 재귀적 과정으로 파악하는데, 여기에서 비극은 연민과 공포를 불러일으킨 뒤에 이들 감정을 몰아내는 것으로 이해된다.

아리스토텔레스는 "정서가 이성 못지않게 인간의 중요한 일부라고 생각했다. 그에 따르면 불안한 정서는 그 자체로 해로운 것은 아니지만 적절히 제어되지 못하였을 때 해로울 수 있다는 것이다. 따라서 정서나 감정은 적절히 통제되고 조정되어야(즉, 배설되어야)한다는 것이 조정이론이다."[4] 동류요법에 의거하는 조정이론에 대해 아리스토텔레스는 감정이 이성 못지않게 인간의 중요한 일부라고 생각했다. 불안한 감정이 그 자체로 해로운 것은 아니며 다만 적절히 조절하지 못했을 때, 오히려 위험할 수 있다고 보았다. 감정이나 격정은 적절히 통제되고 조정되어야 한다고 하면서 고통스러운 스트레스를 유발하는 정서를 창조적으로 표출했을 때, 위험한 정서로부터 해방된다. 그리고 그 정서로 인하여 더이상 생리적 손상이 일어나지 않도록 차단하는 것이다. 예컨대 자신의 억압된 감정을 표출하고 나면 유해한 정서는 파괴적인 힘을 상당 부분 잃게 된다. 그리하여 시인의 부정적 정서가 범람해 자신을 압도하는 것을 막고 이러한 정서를 적절하게 다루는 것을 알게 하는 것이다.

아이스테시스(aesthesis)는 그리스어로 '심미적 인지'를 말한다. 독일 철학자 바움가르텐은 아이스테시스를 '심미적 경험이 해방된다'는 뜻으로 재해석하였다. 현대적인 의미에서 사용되는 아이스테시스는 전통적인 신학으로부터 아름다움이 세속적으로 해방된 것을 뜻하는데, 여기에는 아름다움을 합리적으로 인식한다는 뜻이 포함되어 있다. 이는 자동화된 심미적 경험이 부정됨으로써 발생하지만, 교훈적인 시나 자연을 찬미하는 시에서는 아이스테시스가 발생하지 않는다. 이는 원래의 것이 부정됨으로써 생겨나는 독특한 거리감을 인식하는 데서 발생하고, 직관의 능력을 필요로 하는 것이 아니라 바로 관행과 같이 고착된 시각에서 벗어나게 하는 인식을 필요로 한다. 따라서 아이스테시스를 불러일으키기 위해서는 반드시 부정성이 필요하다. 부정성이란 지금까지 습관적인 아비투스를 벗어난 새로운 환기를 의미하는 것으로, 이러한 부정성에서 비로소 아름다움을 인식하게 된다. 이렇게 부정에서 출발한 창조적 글쓰기는 참여자의 심리를 드러내는 창조의 과정으로 자신이 쓴 글을 읽으면서 자각을 하게 되고, 정서와 인지를 동시에 드러낼 수 있는 치유적 원리로 작용한다. 이를 통해 시인은 자신의 정서를 이해하게 되고, 새로운 인식을 획득할 수 있게 된다. 인식의 획득은 증상과의 심리적 거리 조절을 유도하도록 기능함으로써 치유성을 가진다. 창조적 글쓰기의 거리조절은 자신이 쓴 글이 자기 내면의 반영인 동시에 객관적인 형태로 외부에 드러남으로써 시인의 내면을 거울을 보듯 들여다보게 된다. 시인도 알지 못했던 자아를 드러내는 과정 자체는 여타의 표현 예술치료와 크게 다르지 않으나, 자신의 창조물을 객관화하는 것에서 치유적 글쓰기는 언어가 가지는 고유한 특징을 가지고 있다. 이것은 세계에 대한 부정성의 인식이며 창조적 글쓰기를 통하여 거리조절이 가능해지고 현실세계의 고착된 것으로부터 벗어나게 해준다.

2) 심층적 원리

시치료의 심층적 원리는 내적 갈등을 해소하는 것에서부터 출발한다. 정신분석학을 최초로 주장한 프로이트는 정신분석이론에서 "무의식적이고 본능적인 소망과 갈등 요인을 자발적인 문학작품으로 창작해야 한다"고 했다. 시치료에 관한 원리에 대하여 헤닝거(Heninger)는 프로이트 이론을 환기방법과 카타르시스(ventilation and catharsis), 치료적 탐구과정(exploration), 지적인 정신치료(support), 활동적인 숙달방법(active mastery), 이해하는 방법(understanding), 안전한 방법(safety), 즐거움(pleasure) 등 7가지[5]로 논하고 있다. 여기에서는 헤닝거의 7가지 논의를 토대로 창작자 관점에서 시치료의 심층적 원리를 설명하고자 한다.

첫째, 환기방법과 카타르시스는 창작자의 마음 깊숙한 곳에 상처난 감정적 독액(emotion venom)을 시어로 배출시켜 억압된 정서를 정화시킬 수 있다는 치료적 요법이다. 둘째, 치료적 탐구과정은 창작자의 무의식 세계, 심층 내면을 비춰줌으로써 자아의 왜곡된 모습을 직시하게 한다. 이 과정은 자신을 성찰하면서 심리적 요인을 깨닫게 하거나 세계와의 갈등을 명료하게 통찰하도록 해준다. 시적 탐구는 자아의 감정을 정직하고 진실하게 표현하는 수단으로, 이른바 '진실의 추구자(trust seeker)'[6]라고 명명할 수 있다. 셋째, 지적인 정신치료는 창작자의 감정이 시로써 사람들과 공유하고 있다는 사실을 알게 한다. 보편성을 깨닫게 하는 도구로서의 시는 창작자에게 용기를 주고 집중력을 증진시키면서 상처 입은 자아를 위로하고 단절된 세계와 소통할 수 있는 여지를 허락한다. 넷째, 활동적인 숙달방법인데, 이 과정은 시를 쓰거나 읽으면서 화자의 감정과 욕구가 창작자와 동일화를 이룬다. 창작자는 억압된 욕구불만을 시적 언어로 순화시켜 무의식을 순환함으로써 감정을 조절할 수 있다. 활동적인 숙달방법은 내면의 부정적 요인과 억제된 감정, 세계에 대해 수용할 수 없는 생각을 표현할 수 있도록 허용한다. 여기서 창작자는 시의 도움으로 자기의 감정을 언어로 외면화함으로써 재체험하고 정신적 성숙과 이성적 성장을 촉진시킨다. 다섯째, 이해하는 방법은 창작자가 자신의 작품을 읽으면서 자연스럽게 타자를 수용하고 세계와 공감(empathy)하게 됨으로써 타자와 세계에 대한 자아의 이해를 도울 수 있다. 자아와 세계를 수용하고 이해하는 시창작자는 소외되고 억눌린 자아를 효율적으로 견인하는 인식의 공간에 놓이게 된다. 여섯째, 안전한 방법을 들 수 있다. 시는 자아의 거칠거나 역동적인 내면세계를 미학적으로 표현할 수 있는 도구로, 시창작 방법인 주제의식, 상상력, 리듬, 비유와 상징, 이미지, 시적 형식 등을 이용하여 시를 창작할 때, 창작자는 주관적 관점에서 문학이라는 객관적 영역에 놓이게 된다. 창작된 작품은 문학이라는 범주에 있기 때문에 혹자가 임의의 비난, 감정적 평가, 죄책감과 수치심, 자존감 상실 등을 유발할 수 없다. 따라서 창작자는 표현하고자 하는 심리적 욕구를 시로 자유롭게 분출할 수 있다.

　예컨대 반복은 리듬감을 살려 창작자의 정신을 집중시키는 효과와 최면 효과가 있다. 문장과 문단 안에서 유사한 단어나 어구 등을 반복 사용함으로써 그 의미가 강조되며 음악적인 작용 때문에 자아의 저항감을 줄여준다. 창작자의 정신이 산만한 경우 집중 효과가 있으며, 반복 형식은 나열 형식과 더불어 전형적인 엮음의 표현 형태이다.[7] 반복된 리듬은 태아기에 느꼈던 어머니의 심장박동을 경험하게 하는데, 성인이 되어서도 모태의 심장소리처럼 지속적이고 규칙적인 리듬에 안정감을 느끼고 졸음이 오는 상황을 만든다. 비유는 자아를 타자화하여 은유적 대상으로 표현하면서 행간 안에서 무의식적으로 자아를 살펴볼 수 있다. 자아는 비유로써 내적 생명력을 토대로 의미의 변화와 확장, 역동적인 의미를 창출하는 효과를 일으킨다. 또한 상징은 심상과 관념을 결합시키고 물질세계와 언어세계가 상호작용하게 함으로써 언어로 표상된 심상이 새로운 의미를 만들어내면서 정서를 환기시킨다. 이는 표현력이 무기력해질 때 활력소를 주며 정서적 반응도 다양하게 하고, 감각적 체험을 통해 자신을 표현한다. 또한 이미지를 통해 묘사되는 자아는 내면의 총체성을 발견하는 데 중요한 역할을 한다.[8] 이러한 시창작 방법은 상처 입은 창작자의 마음을 치유하는 가장 안전한 방법으로서 미학적 접근을 가능하게 한다.

　마지막으로 시치료의 원리를 즐거움에서 찾고 있다. 아리스토텔레스는 시의 정서적 가치에 역점을 두었다. 그는 시의 기원을 모방에서 찾았고, 모방은 인간의 본능이며 이 본능의 충족은 자연스럽게 쾌락을 수반한다는 것이다. 시의 기원은 쾌락의 추구에 있으며 순수한 의미에서 예술적 쾌락을 의미한다. 카타르시스 역시 정서적 균형을 찾았을 때 얻는 쾌감으로, 일종의 심리적 쾌락이라고 볼 수 있다.[9] 시의 기원을 모방에서 찾듯이 모방은 인간 본능의 '쾌락 원칙'을 따르고 있으며, '창작자의 자발적'이면서도 '창의적인 미학적 즐거움'이 되는 것이다.

4. 시치료의 기구들

치유적인 시는 시인의 해소되지 못한 현실적 문제를 주제의식, 상상력, 리듬, 이미지, 비유와 상징 등의 시적 도구(poetic tools)로 창작되어야 한다. 첫째, 시적 주제의식은 시인이 표현하고자 하는 중심생각이다. 주제는 시의 유기적인 총체로, 작품에서 구체적으로 형상화하면서 구성요소와 함께 적절히 녹여서 용해되어 발현해야 한다. 시인이 시 속에 형상화한 중심사상이 주제이며, 상상력, 이미지, 비유와 상징 등에 비해 추상적·관념적이고 구조적인 개념인 성격을 지니지만, 자아의 중심적인 인식 검열을 거치면서 세계를 바로 보게 한다. 또한 그에 근거한 사고를 하도록 유도하고, 세계에 대한 이해를 증진시키고 보다 정확한 자아인식을 돕는다. 주제의식은 세계에 대한 자아의 인식을 통합적으로 이끌어낸다는 점에서 통찰 기능을 수행하며 내면적 갈등을 직시하는 치료효과가 있다.

둘째, 시적 상상력이다. 상상이란 라틴어 '이마기나티오(imaginatio)'에서 온 것으로, 과거에 보고 듣고 겪었던 어떤 사물이나 현상에 관하여 마음속에서 다시 생각해내는 일, 즉 다시 그려보는 것을 말하며, 상상할 수 있도록 하는 정신적인 내면의 힘을 말한다. 사람은 누구나 상상하는 능력이 있어 지난날의 희로애락을 떠올린다든지, 미래에 대한 꿈을 꾸게 되는데, 이러한 것들은 모두가 상상 활동의 일환이다. 지적 능력과 의지, 기억과 구별되는 상상력은 심리적 환기와 용해 작용으로 작가의 무의식적 상상력을 통하여 의식화된 지적 반응인 것이다. 이러한 시적 표현은 사실과 허구의 접점에서 시인의 체험과 상상력이 만나는 공간이다. 이렇게 상상력은 사물과 주체에 대해 이미지의 선명성을 획득하고 일련의 능동적인 변형을 거치게 된다. 대상의 지각과 정신 작용의 긴밀한 통합을 거친 상상력은 시인의 정신세계에서 시작하여 심리적이고 미적인 단계에 이른다.

셋째, 시적 리듬인데, 리듬이란 흔히 율동, 운율 혹은 가락으로 번역된다. 리듬 안에는 사유와 정서, 사회성과 더불어 인간의 본질적인 사상이 담겨 있다. 따라서 시의 반복과 열거의 리듬은 집중시키는 최면효과가 있고, 안정된 정서의 회복을 가져다준다. 연과 연 사이, 행과 행 사이의 한 문장 안에 유사한 단어나 어구 등을 여러 번 사용함으로써 그 의미를 강조하고 음악적인 효과로 독자의 저항감을 줄여주며 심리적 안정감을 준다.

넷째, 이미지는 상상과 어원을 같이하며 상상력이 만들어낸 심상 또는 심적 영상을 말한다. 어떤 체험이 구체적·감각적으로 마음속에 재생되는 상을 말하며, 심상으로서 선택된 단일한 이미지가 유기적으로 결합되어 구성된 것이다. 이 결합된 이미지들을 통틀어 가리키는 것이 이미저리(imagery), 즉 이미지들의 결합체이다. 이러한 이미지는 억압된 현실에서 분열된 자아를 표현하는 양식으로서 자신의 내면을 구체화할 수 있는 언어적 수단이다. 이미지의 표현은 현실적 소통의 단절을 극복할 수 있는 중요한 관계에 놓임으로써 무의식적 욕구에 대한 정서의 환기와 전이가 가능해진다.

다섯째, 비유와 상징은 압축과 다양함을 통해 시적 주제와 이미지를 확장시켜준다. 이는 본래의 사실, 사물, 상황 등을 일반적 어법에서 벗어나 이미 알고 있는 다른 것의 사실, 사물, 상황 등에 견주어넘으로써 특수한 의미나 효과를 나타낼 수 있도록 표현하는 양식이다. 시인의 심상과 관념을 결합시키고 물질세계와 언어세계를 상호작용하게 하여 언어로 표상된 심상이 어떤 새로운 의미를 만들어내고 억압된 정서를 환기시킨다. 이렇게 시치료 이론의 관점에서 비유와 상징을 활용하는 방법은 고통스러운 기억을 표출하는 데 용기와 효과를 준다. 이렇게 현실세계에 대한 부정적 문제점과 시인 내면의 심리적 갈등 및 고민들은 시창작의 방법적 기제들을 통하여 억압된 시인 내면의 욕구를 자극하고, 감정을 분출함으로써 정서적인 환기를 가능케 할 뿐만 아니라 적극적인 저항을 가능케 하는 자아를 발견하게 하며, 그러한 자아를 강화하는 기능을 수행한다. 이것은 시에 내장된 시창작 기구들이 가진 효과로, 시는 창작자의 억압되고 불안정한 심리에 대한 정서적 해소로 작용할 뿐만 아니라 감정의 극복과 정서의 회복을 가능하게 하는 것이다.

5. 시창작 과정에서 기능하는 치유성

시인은 주제의식, 상상력, 리듬, 이미지, 비유와 상징 등의 시창작법을 활용하여 창작에 집중하는 동안 정서적 안정과 평안을 찾는다고 할 수 있다. 이때 내면에서 발휘되는 '동일화', '카타르시스', '통찰과 통합'이라는 세 가지 요인이 심리적이고 치유적으로 기능한다.

'동일화'는 '동일시(identification)'와 '투사(projection)'의 과정으로, 시인이 경험한 행위와 감정에 몰입하여 시를 쓰면서 그 대상을 통해 자신이 지닌 어떠한 유사한 특징을 찾게 된다. 이때 시적 자아는 대상을 통해 성찰과 합일을 이루고 자기 정체성의 현주소를 찾게 된다.

'카타르시스'는 억압된 감정을 언어로 외부에 표출하여 정신의 안정을 찾는다. 카타르시스는 억압된 시인의 불만을 외부로 발산시켜 건전하고 교훈적인 영향을 미치게 한다. 이것은 감정의 정화작용으로, 심리적 갈등을 언어적 행위로 표출함으로써 내면의 불만과 갈등을 경감하거나 해소시킨다.

'통찰과 통합'은 자신이 지닌 문제와 정체성을 통찰하고 객관적인 인식을 체득하여 미래지향적 세계와 통합된 가능성을 확보하게 된다. 시인은 통찰과 통합으로써 자신의 갈등을 객관화할 때, 결국 자신의 욕구를 동기화할 수 있다.

우리는 '동일화', '카타르시스', '통찰과 통합'으로 기능하는 치료적인 시를 시인의 정서를 드러낸 '억압의 기표'라고 부를 수 있다. 이때 기표는 의사 전달을 위한 신호이면서 정신분석학에서 말하는 무의식을 분출시킨 증상이다. 이 증상은 시에서 나타난 기호화된 억압의 증후이며 억압을 대체하는 방법으로서 구현된 무의식의 표상이다. 시인이 체험한 상처를 무의식의 억압에서 구제한다는 것은 결국 시적 도구로서 억압을 가공하고 재현하는 과정, 즉 '동일화', '카타르시스', '통찰과 통합'으로 드러낼 때, 자아와 세계에 대한 '정서의 순화'와 '감정의 회복'이 이루어진다고 할 수 있다. 우리는 시를 창작자의 무의식 속에서 해소되지 못한 '내면의 감정 보고서'이며 '심리적 고뇌의 산물'이자 동시에 그것의 '대안적 치료'이며 시인의 '정화된 정서적 텍스트'라고 할 수 있다.

오늘도 시인은 시를 쓴다. 마치 감기약을 먹듯이. 체질에 맞게 처방한 언어라는 알약을 억압의 방에서 조제한다. '내면의 상처'를 '외면의 언어'로써 '담금질'하며 '체험한 상처'로 재현된 '시어의 알약'을 반복적으로 썼다가 지우며 꿀꺽꿀꺽 삼킨다.

제2장

유영철 글쓰기와 사이코패스 진단

1. 글쓰기와 유영철의 편지

그동안 우리나라의 글쓰기 연구는 기성 작가군의 문학 텍스트를 대상으로 한 문학사적 또는 미학적 양상을 밝히는 작업들로 이루어져왔다. 그것은 문학이라는 범주 안에 글쓰기가 놓여 있기 때문이며, 객관화된 탐구의 대상으로 기성 작가군의 문학 텍스트가 적합했음은 반론의 여지가 없다. 그러나 글쓰기라는 용어는 '작문과 문학'을 아우르는 정도보다 더 넓은 의미를 가지고 있다. 글쓰기는 대상의 의미와 의미의 문자화를 통하여 자신을 둘러싸고 있는 타자와 사회에 대해서 의사소통을 원활하게 하고, 문제의 해결 능력을 가질 수 있다. 다원적이고 학제간에 융합적으로 연구되지 않은 글쓰기는, 기성 작가군의 텍스트에 나타난, 작가와 텍스트의 상호관계, 그리고 이와 관련한 주제의식과 형식, 구조 분석에 치중하는 한계가 있었다. 이러한 지엽적인 작업이 오히려 위기에 처한 인문학을 보편성에 삼투시키지 못하고, 문학을 매개로 한 특수한 집단의 헤게모니를 강화시키는 수단이 되기도 했다. 이 문제를 극복하기 위해 이 글에서는 작가군의 다양성과 텍스트(장르)의 다각적인 연구가 활성화되지 않았던 것에 주목하고, 비작가군의 텍스트(편지)에 나타난 글쓰기와 사회적·심리적 관계에 대하여 알아보고자 한다.

그것은 엽기적인 살인행각을 벌인 연쇄살인범 유영철*이 남긴 편지 모음집 『살인중독』[1]을 중심으로 유영철의 글쓰기에 나타난 사이코패스(Psychopathy, 반사회적 인격장애)적 성격을 탐구하고, 그의 글쓰기가 심리적으로 반사회적 의식을 가지고 있었다는 것을 밝히는 작업이다. 글쓰기는 특수한 집단의 전유물이 아닌 의사소통의 수단으로서 누구나 글을 쓰면서 자신의 내면의식과 체험을 문자로 반영한다. 이에 이 글은 사회학적·심리학적으로 유영철의 글쓰기에 나타난 반사회적 인격장애가 그의 내면의식을 진단할 수 있는 하나의 모델이 될 수 있을 것으로 진단한다.

이 텍스트는 유영철이 말할 수 없었던 비밀스러운 사실과 사건의 기록이다. 여기에는 글쓰기의 목적, 인물과의 관계, 과거와 현실 인식, 내면세

---

* 전북 고창에서 3남 1녀 중 막내로 출생. 고등학교 2학년 때 절도 사건으로 중퇴. 그 다음 해인 1988년 6월경 야간주거침입 전과로 군면제. 1993~1995년경까지 정신질환으로 국립서울병원 외래 진료. 2000년 3월 22일 강간 등으로 전주교도소 수감 중 2000년 5월경 안마사인 처와 이혼한 후부터 대인기피 증세. 2003년 9월 11일 전주교도소에서 3년 6개월 만기 출소. 연쇄살인범으로 구속 기소되기 전 2004년 1월 21일까지 범죄경력은 야간주거침입 절도, 특수절도, 음반·비디오물 및 게임물에 관한 법률위반, 강간, 공무원사칭, 사기, 폭력 등으로 14차례의 징역형과 벌금형. 1993년 9월 22일부터 2003년 9월 11일경까지 교도소에서 7년간 수형생활. 2003년 9월부터 2004년 7월까지 20명을 연쇄살인한 범죄자로 2004년 7월 18일 체포 당시 현장검증에서 26명을 살해하였다고 주장했으나, 기소 후 20명 살인범죄 인정. 성폭력범죄, 강간살인, 1급살인, 과실치사혐의에 의거 2005년 6월 9일 대법원 사형확정. 현재 사형은 집행되지 않고 있다. 1997년 12월 30일에 김영삼 전 대통령의 임기 중 23명의 사형을 집행한 이후로 10년간 사형이 집행되지 않아 2007년 12월 30일 실질적 사형 폐지 국가로 간주. 미국 잡지 『라이프』가 2008년 8월 6일에 선정한 20세기 대표 연쇄살인자 30인의 한 사람으로 뽑혔다.

계 등 글쓰기 주체의 심리상태가 그려져 있다. 유영철의 내밀하고도 은폐된 자아의 소리가 편지라는 형식에 기록되는 순간 내면의 억압되고 억제된 욕망이 반사회적인 문제의 언어 습관으로 드러난다. 이것은 20여 명을 살해한 살인마의 언어활동으로 "무의식에 있는 소망이 왜곡과 위장을 통해 의식세계에서 받아들여질 만한 형상"[2]으로 형상화되어 있기 때문이다. 유영철은 시와 그림을 좋아했고, 그것들을 실제로 창작했다는 점에서 예술가적인 성향이 강했다. "환상에서 다시 현실로 돌아갈 수 있는 길이 있는데, 그것은 바로 예술이다. 예술가는 근본적으로 내향적이고 신경증"[3]을 가진 사람이라는 프로이트의 관점으로 보고자 한다.

유영철의 글쓰기에 나타난 반사회적 심리 상태의 문제 요인을 파악하기 위해 심리기제로서의 검사도구(PCL-R, Psychopathy Checklist-Revised)[4]를 사용하기로 한다(28쪽 표 참조). PCL-R 상의 반사회적 심리 상태의 문제 요인으로, 첫째 대인관계, 둘째 정서성, 셋째 생활양식, 넷째 반사회성 등 네 가지와 20가지의 세부 항목을 들 수 있다. PCL-R를 통하여 유영철의 글쓰기에 나타난 사이코패스의 문제 요인을 추출하고, 다시 그 요인을 정신분석이론의 '자아방어기제(defense mechanism)'**의 관점에서 알아보고자 한다.

** 1.억압(repression) 2.억제(suppression) 3.취소(undoing) 4.반동형성(reaction formation) 5.상환(restitution) 6.동일화(identification) 7.투사(projection) 8.자기에게로의 전향(turning against self) 9.전치(displacement) 10.대체형성(substitution) 11.부정(denial) 12.상징화(symbolization) 13.보상(compensation) 14.합리화(rationalization) 15.격리(isolation) 16.지식화(intellectualization) 17.퇴행(regression) 18.해리(dissociation) 19.저항(resistance) 20.차단(blocking) 21.신체화(somatization) 22.성화(sexualization) 23.금욕주의(asceticism) 24.유머(humor) 25.이타주의(altruism) 26.분리(splitting) 27.투사적 동일화(projective identification) 28.회피(avoidance) 29.승화(sublimation) 30.방어과정(defensive processes) 등으로 설명하고 있다. (이무석, 『정신분석에로의 초대』, 이유, 2006, 160~204쪽.)

2. 심리적 기제로서의 정신병질 장애 검사도구

심리적 기제로서의 검사도구(PCL‐R)에 따르면 연쇄살인범의 성향은 주로 정신병질적 특성으로 나타난다. 연쇄살인범은 극단적으로 이기적이며 타인을 자신의 목적달성 도구로 이용하고 무책임하면서도 냉담하고 쉽게 거짓말을 하는 등 반사회적인 특징이 두드러진다. 하지만 외관상 정상적으로 보이고 지능도 보통 이상의 수준을 가진다. 연쇄살인범의 정신병질 성향을 보면 공격성, 둔감성, 카리스마, 무책임성, 지적 능력, 위험성, 쾌락주의, 자기중심성, 반사회성 등으로 축약된다. 이수정 교수는 PCL‐R의 항목에서 정신병질자의 특성을 아래의 20개 항목으로 규정하였다.

〈표〉 PCL‐R 검사도구

요인 1(단면 1과 단면 2로 구성) 대인관계/정서성		요인 2(단면 3과 단면 4로 구성) 사회적 일탈	
단면 1: 대인관계	단면 2: 정서성	단면 3: 생활양식	단면 4: 반사회성
1. 입심 좋음/ 피상적 매력	6. 후회 혹은 죄책감 결여	3. 자극욕구/ 쉽게 지루해함	10. 행동통제력 부족
2. 과도한 자존감	7. 얕은 감정	9. 기생적인 생활방식	12. 어릴 때 문제행동
4. 병적인 거짓말	8. 냉담/공감 능력 결여	13. 현실적이고 장기적인 목표 부재	18. 청소년 비행
5. 남을 잘 속임/ 조종함	16. 자신의 행동에 책임감을 못 느낌	14. 충동성	19. 조건부 석방 혹은 유예의 취소
		15. 무책임성	20. 다양한 범죄력

* 항목 중 11(난잡한 성행동)과 17(여러 번의 혼인관계)은 포함되지 않음.

위의 표를 중심으로 유영철의 글쓰기에 나타난 반사회적 인격장애의 요인을 찾아서 자아방어기제가 어떻게 유영철의 내면에서 작동되고 있는지 파악할 것이다. 자아방어는 인간이 사회적·환경적인 관계에서 의존적 욕구와 본능적 욕구가 좌절되었을 때 반사적으로 자신을 보호하고, 욕구를 충족하는 방법을 습득하는 심리기제이며, 이것은 개인의 성격 특성으로 나타난다. 정신분석학자인 이무석[5]은 정신분석이론의 자아방어기제가 동원될 때 사건과 유형에 따라 한 가지 이상이 작용하는 경우가 대부분이라고 말한다.

이 글에서는 유영철을 살인으로 몰고 간 그의 행동 이면과 심리 발달을 분석하기 위해 1차적으로 PCL – R를 통하여 글쓰기에 나타난 연쇄살인범들의 반사회적 성격을 진단한다. 그리고 분류된 글쓰기를 텍스트화하여 정신분석학적으로 30가지의 자아방어기제 중 특징적으로 나타나는 방어기제만을 추출하여 연구방법 도구로 사용하고자 한다. 유영철의 자아방어기제들이 어떻게 정상적·비정상적 방향으로 동원되는지 살펴봄으로써 연쇄살인범의 전형적인 심리상태를 진단할 수 있을 것이며, 나아가 반사회적 인격 장애를 가진 사이코패스의 본능적 욕구와 초자아의 욕구 사이에 벌어지는 내면문제의 양상을 분석할 수 있을 것이다.

3. 유영철의 글쓰기와 반사회적 심리

1) 대인관계

대인관계는 인간관계의 상호작용이다. 이때 상호작용은 구체적인 행동의 교환으로 이루어지며 상대방에게 자신의 마음을 효과적으로 드러내 표현하는 작업이다. 하지만 사이코패스들이 갖는 대인관계 실패의 공통점은 정상적인 성장이 어느 부분에서 고착되고 차단되거나 굴절, 퇴행하여 일어나는 심리현상이다. 그 원인은 유아기 때 이루어지는데, "유아가 정신적 손상을 당하거나, 어머니의 보살핌을 잃어버렸을 때, 아이는 자신의 감정이나 충동을 위험한 것으로 인식한다."[6] 이러한 박탈감은 "불완전한 양육에서 기인하며, 아동의 불안과 정서적 굶주림이라는 결과를 가져오게 되고, 유아기의 잘못된 양육으로 인하여 파괴적 공격성을 띠며, 적대감과 분노로 인해 살인의 행동을 강요당하게 되고, 결국은 살인행동으로 표출된다."[7] 연쇄살인범의 유아기를 추적했을 때, 어머니로부터 받은 박탈감이 성인이 된 후에 반사회적 인격장애로 나타난다. 유영철의 어머니는 그가 태어나자 "생활고에 못 이겨 옹알이를 하고 있는 아이를 죽여버릴 생각을 했으며, 평생 딸에게 짐이었다"[8]고 그의 외할머니가 전언한다. 유영철의 경우에는 어머니의 무의식이 그의 무의식으로 전환됨으로써 고통과 좌절을 경험하는 등 정체성을 형성하는 데 악영향을 주었을 것이며, 훗날 사회생활을 하면서 평범한 대인관계를 유지하기 어려운 요인으로 작용했을 것이다.

연쇄살인범의 '대인관계'는 입심이 좋거나 피상적 매력이 있고, 과도한 자존감과 병적인 거짓말로 남을 잘 속이거나 타자를 조종해왔다. 그는 자신의 살인에 대하여 "학창 시절 남에게 싫은 소리 한마디 제대로 못한 제가 이렇게 되어 버렸어요. 세상의 아름다움만 봐오고 좋은 것만 봐온 사람이 이렇게 희대의 살인마가 될 수 있을까요?"[9]라고 의문을 제기한다. 그러나 그의 중학교 동창들은 "유영철은 중학생이었지만 영등포 고등학교 깡패조직 '일진회'와 싸우기도 했고, 학교 내에서는 화장실에서 담배 피우는 학생을 발견하면 선배라고 해도 그 자리에서 무릎을 꿇게 했으며, 체육선생님이 체육시간에 운동장에서 한 학생을 나무라고 있었는데, 그 학생이 반항하자 영철이가 선생님을 팔로 밀치고 나서 그 친구를 주먹으로 때려눕혀 버렸어요"[10]라고 말하기도 했다. 그러나 유영철은 학창 시절 '남에게 싫은 소리 한마디' 못하고, '세상의 아름다움만 봐'온 사람이라는 '병적인 거짓말'을 통하여 '남을 속이고', 그것을 통하여 자신이 의도하는 방향으로 '상대방을 조종'하려고 한다. 반대로 그의 동창들은 유영철이 깡패조직인 '일진회'와 싸우기도 하며, 담배 피는 선배를 선도부장처럼 혼내주기도 했으며, 선생님에게 반항하는 학생을 선생님이 보는 앞에서 폭행하기도 하였다. 이러한 정황으로 미루어보아 유영철의 행동 발달 심리를 보면 '피상적 매력'이 있고, '과도한 자존감'이 충만했던 것으로 보인다.

내 나이 18세 때 에르네스토 게바라(체 게바라의 본명)의 책 몇 권을 들고 제주도로 갔었다. 평범한 의대생이었던 게바라가 8개월의 여행 끝에 혁명을 결심했다고 해서 흉내(?) 낸다고 무작정 떠났던 여행이었다. 언론엔 가보지도 않은 소년원 얘기가 써 있더라. 아무튼 그 나이 때 사진 일부터 시작해서 가두리 양식장, 파인애플 농장, 이시돌 목장을 전전하며 세상을 경험하려고 일부러 고생을 자청한 시기였다. 게바라가 여행길에서 자기의 인생을 바꿔놓았듯이 나도 어떤 길을 무작정 향했던 것이다.[11]

유영철은 자신의 제주도 여행에 대해 마치 혁명가인 체 게바라의 여행과 동일시하고 있다. 체 게바라가 혁명을 결심하기 전 8개월간 여행을 한 것처럼 자신도 무엇인가를 이루기 위해 무작정 제주도 여행길에 올랐다는 것이다. 이같이 유영철의 심리상태를 보면 자기중심적이며 '과대망상적인 입심 좋음', '피상적 매력', '과도한 자존감' 등이 보이고 있다. 이때 유영철의 심리상태는 자아방어기제로 '동일화(identification)'와 '합리화(rationalization)'[12]로 분석할 수 있다. 동일화의 자아는 초자아를 영웅화하는데, 중요한 인물의 태도와 행동을 자기 것으로 만든다. 그리고 자신의 태도와 행동을 과장해서 드러내며, 자신을 이상적인 모델과 병치시킨다. 유영철은 제주도에 갔던 실제의 동기나 내용을 언급하는 대신에 그럴듯하게 '체 게바라'라는 인물을 등장시켜 자신의 방황을 '정당화'하며 '합리화'시키고 있다. 유영철의 동일화는 '혁명', '민란', '전쟁' 등의 비극적인 역사의식을 통해 현 시대의 모순을 고발하며 혁명에 동조하고 자신을 '임꺽정', '홍길동'에 비유하며 범죄 사실을 정당화하기도 한다.

그리고 18세 때 자신은 "소년원에 가지 않았다"는 것인데, 유영철은 "고등학교 2학년(18세) 때인 1988년 6월 이웃집 누나의 기타와 소니 카세트 한 대를 훔친 야간 주거침입 절도로 가정법원에서 보호처분을 받았다."[13] 그는 이 절도 사건으로 "첫 징역을 받을 때 저는 경미하다고 생각되어 곧 풀려나올 줄 알았습니다. 기타 살 돈이 없어 옆집 누나의 기타를 훔쳤지만 나중에 돌려주고 용서도 받았습니다. 법정에 섰을 때 손에 조그마한 목(木)십자가를 하나 쥐고 있었습니다. 그러나 전 나오지 못했습니다. 목십자가를 부러뜨리며 하느님을 등지게 되었고……."[14] 이렇게 유영철은 고등학교 2학년 시절 첫 절도로 실형을 선고받은 것이 명백한데 병적인 거짓말을 통하여 자신뿐만 아니라 상대방을 의식적으로 속이고 있다. 이것의 자아방어로 '취소(undoing)' 또는 '부정(denial)'[15]을 들 수 있다. 유영철이 비관의식에서 생긴 자신의 욕망과 욕구로부터 상대가 피해를 당했다고 느낄 때, 피해자에게 준 피해를 취소하고, 사건이 없었던 원래의 상태로 복귀하려는 심리상태로 '취소'의 자아방어가 동원되고 있다.

2) 정서성

심리학자들이 정서에 관한 올바른 정의를 내리지 못할 정도로 인간의 정서는 복잡하고 난해하다. 다만 분명한 것은 인간의 환경이 한 개인의 신체적 반응, 의식, 행동 등의 다양한 정서로 누적되어 성격으로 표출된다는 것이다. "다윈은 정서적 표출의 선천성을 믿었지만 어떤 표출은 언어처럼 학습된 것임을 확인했다. 예컨대 기도할 때 두 손을 모은다든지, 긍정하는 표시로 머리를 끄덕이는 것 등은 학습에서 얻어진 것이다. 특히 정서적 표출 중에는 의사소통 등의 수단으로 의식적으로 사용되는 것들이 많은데, 이들은 대부분 학습된 것이다. 정서는 6세 이전 아동기에 빠르게 분화 발달하기 때문에 생활경험이 풍부하지 못한 환경은 아동의 원만한 정서발달을 저해한다."[16] 아동기에 형성된 감정 중 애정, 질투, 분노, 기억, 상상, 사고 등의 발달은 인간의 정서에 중요한 영향을 미친다. 성장과정에 한번 형성된 정서는 말이나 지도로 쉽게 고쳐지지 않는다. 왜냐면 자신도 모르는 사이에 무의식적 생활경험을 통하여 학습되면서 형성, 발달되기 때문이다.

유영철이 겪게 된 개인적 사건으로 중학교를 다닐 때 "저를 아끼던 선생님으로부터 무시험(無試驗)으로 갈 수 있었던 체육고교의 추천서를 받았지만 운동을 하면 머리가 빌 거라 생각하여 좋아하는 예술고를 지원했고 필기성적이 좋았음에도 신체검사 면접에서 색맹 텍스트 글자를 하나도 맞히지 못해 1차 실패를 경험했고, 또다른 예술고를 지원해 '아그리파' 데생을 자신 있게 그려 제출했는데도 역시 생각지도 못했던 색맹 면접에서 굴욕을 경험한 후 화려한 물감이 아닌 데생연필만 만지작거리는 시간들을 보내며 스스로 외곬적인 성격을 만들게 되었습니다."[17] 이렇게 유영철은 좌절과 절망을 겪으면서 정서적 상처를 극복하지 못하고 자신만의 세계에 매몰되어 세계와의 소통이 단절되었다.

사이코패스는 "외관상으로 상당히 정상적으로 보이고 지능도 보통 수준 이상을 지니지만, 극단적으로 이기적이며 타인을 목적달성의 도구로 이용하며 무책임하면서 냉담하고 쉽게 거짓말을 하는 특성"[18]이 있는데, 이는 유영철의 경우와 유사하며, 자아방어 작용으로 '합리화

(rationalization)', '보상(compensation)' 심리를 들 수 있다. 그는 오피스텔에서 16명의 여자를 살인할 때 도전정신이 필요했으며, 용기를 내기 위해서 반젤리스의 '콜럼버스 1492'를 틀어놓고 살인의식을 치렀으며, 그것은 자신만의 "한(恨)이 서린 외로움과 상실감의 회복"을 위한 것이라고 해명한다. 반젤리스의 '콜럼버스'는 1992년 콜럼버스 미 대륙 발견 500주년 기념작으로 만들어진 영화의 삽입곡인데, 유영철은 용기를 얻기 위해 이 음악을 틀어놓고 자신의 외로움과 상실감을 극복하기 위한 도전정신으로 여자들을 살해했고, 사체를 토막냈다는 것이다. 자신이 겪은 불행한 삶을 극복하기 위해 도전정신으로 토막살인을 저질렀다고 일축하며, 자신의 살인을 숭고의 경지에 올려놓고 '합리화'한다. 이것은 자신의 삶에서 오는 열등감에서 기인한 잘난 체하려는 미숙한 '보상심리'로 파악된다. 보상심리는 "실제적인 노력이든 상상으로 하는 노력이든 간에 자신의 성격, 지능, 외모 등과 같은 이미지의 결함을 메우려는 비의식적인 노력을 말한다. 심리적으로 어떤 약점이 있는 사람은 이를 보충하기 위해서 다른 어떤 것을 과도하게 발전시킨다. '작은 고추가 맵다'는 속담이나 키 작은 사람이 목소리가 큰 것은 보상행위의 일종이다. 멸시받는 작은 섬 코르시카에서 태어난 키 작은 나폴레옹이 세계정복의 야심을 갖고 나섰던 것"[19]처럼 유영철은 비정상적인 비의식의 상태에서 자신의 오피스텔에서 자행하는 살인은 혼자만의 의식이며, 이것은 자신의 약점과 결함을 내면적으로 보충함으로써 위대해지려는 영웅심리가 작용한 것으로 보인다. 나아가 유영철이 토막살해한 16명의 여자들에 대해 자신의 오피스텔(세계)에서 자신만의 의식(통과제의)을 치르면서 살인과 사체를 토막내는 행각을 벌였는데, 이 사건들의 공통점은 "즉시 살해를 시도하는 것이 아니라 일정 기간 동안 살인을 생각하고 범행 전에 치밀하게 계획하는 경향성이 있으며, 강도 살인이나 강간 살인의 경우에도 범행상황에서 피살자 유

발 때문에 살려둘 경우 체포 등의 두려움을 의식하여 범죄은닉을 목적으로 살해를 결심하는 부차적 계획성"[20] 안에서 순차적이며 반복적으로 연쇄살인 사건이 이루어졌다는 것이다.

그는 '연쇄살인과 토막살인보다 더 무섭고 긴장한 것은 살해의 증거를 인멸하기 위해 사체를 처리하다가 아들에게 걸려온 전화'라고 태연한 어조로 진술한다. 말하자면 유영철을 가장 놀라게 한 사건이 있다면 '수건걸이에서 토막 난 머리가 떨어졌던 순간'도 '머리 없는 몸뚱아리가 달려들었던 순간'도 '개복한 임신부의 뱃속에서 움직이는 태아를 보았던 순간'도 아닌 아들의 전화였고, 아들이 "감기 아직 안 나았어 아빠?" 하며 물어보는 말이 마치 "아빠, 난 다 알고 있어. 그러지마"라고 갑자기 걸려온 아들의 전화 때문에 등골이 오싹했다는 것이다. 이렇게 유영철의 글쓰기에 나타난 정서성이 전형적인 사이코패스와 동일함을 보여준다. 타자의 고통을 자신의 고통으로 전환할 수 없는 '공감의 무능력자'라는 사실과 '후회 혹은 죄책감 결여', '얕은 감정' 등의 정서성을 극명하게 보여준다. 이러한 그의 방어심리상태는 '자기에게로의 전향(turning against self)'이라고 할 수 있다.

3) 생활양식

생활양식은 인간이 사회 속에서 살아가는 방식이다. 사회는 정치, 문화, 제도적으로 독자성을 지닌 공통의 관심과 신념, 이해에 기반을 둔 2인 이상의 집합체다. 개인의 생활양식은 개개인의 특성, 가치, 세계관을 반영하며, 자아를 세우고 개인의 정체성과 조화가 되는 문화적 상징을 만들어낸다. 개인의 생활양식이 사회와 결합하기 위해서는 사회적 약속이라는 규범을 지켜야 하며 다른 사람과 함께 이치에 맞는 행동을 해야 한다. 그러나 반사회적 성격장애인의 생활양식은 "자신의 생활에 있어서 계획성이 전혀 없고, 이기적이고, 충동적으로 범행하며 욕망을 충전시킨다."[21] PCL‒R에 나타난 연쇄살인범들의 '생활양식'은 자극에 대한 욕구가 강하고, 쉽게 지루해하고, 기생적인 생활방식이 강하며, 현실적이고 장기적인 목표가 없고, 충동적이고 무책임하다는 특성이 있다.

유영철은 "어느 누구든 한계에 이르는 증오심과 분노가 폭발하면 인간이라는 존재로서도 그렇게 악마의 본성을 나타낼 수 있다고 봅니다. 이건 변명이 아닙니다. 많은 사람들이 그 분노를 참고 살아가기 때문에 이 사회는 질서라는 게 지켜지고 있을 뿐입니다."[22] 자신의 살인은 '증오심과 분노'에서 발생하는 자극욕구에 의한 충동성에서 기인한 것으로 인간 내면의 '악마적 본성'이라고 단언한다. 그러면서 자신의 삶을 "누구들처럼 전 열심히 살지를 못했어요. 앞으로도 얼마를 더 살아야 만족할 수 있을까요. 지금 저에게 '산다'는 행위의 타당성이 있는 걸까요. 왜 주어진 생을 다 채우지도 못하고 스스로 운명을 결정짓는 이런 삶을 살았는지, 아예 태어나기를 바라지 않았던 인생이어서 그랬을까요."[23] 이 텍스트에서 볼 수 있는 것은 '열심히 살지 못한 자신'에 대한 후회와 반성이 없다는 점이다. 그에게 후회와 반성의 결여는 삶의 의미를 찾지 못하고 있다는 또 다른 방증이다. 유영철은 '열심히 살아야 하는 당위성'을 찾아서 자신을 보완하기보다는 '앞으로 얼마를 더 살아야 만족할 수 있는 삶을 살 수 있을까'라고 행복한 삶이 노력 없이 기다리면 오는 것으로 인식하는가 하면 자신을 '태어나지 말았어야 하는 무의미한 존재'로 자포자기하는 태도로 일관한다. 이렇게 삶의 의미와 당위성에 대한 상실은 유영철의 '기생적인 생활방식'을 초래했으며, 이것은 '현실적이고 장기적인 목표 부재'의 생활 패턴으로 극단적인 살인을 하게 된 직간접적인 원인이라고 할 수 있다.

그는 가장으로서 직장을 다니거나, 돈을 벌거나, 집을 마련해서 가족과 행복하게 살아야겠다는 장기적인 목표와 계획이 없다. 이것은 한 여성과의 만남이 오래갈 수 없는 결정적인 요인이며, 쉽게 지루해질 수밖에 없는 심리상태에 놓여 있다. 따라서 동거녀인 김○영에게 유영철이 만족하는 수위의 욕구가 좌절되었을 때, 김○영을 복수하겠다는 심리상태로서 '대체형성(substitution)'의 자아방어가 동원된 것으로 보인다. "대체형성이란 목적하던 것을 갖지 못하게 되면서 생기는 좌절감을 줄이기 위해 원래의 것과 비슷한 것을 취해 만족을 얻는 것을 말한다. '꿩 대신 닭'이라는 속담처럼 대체형성은 대체물이 되는 '대상'에 중점을 둔다."[24] 당시 김○영이 유영철을 배신하고 집을 나간 후, 김○영을 살해하려고 했던 유영철은 '김○영이를 죽이지 못한 것은 시기와 증오도 사랑의 일종'으로 생각했기 때문이라고 하지만, 전체적인 정황으로는 김○영과 오랜 동거를 하여 '발각될 것을 우려'했기 때문인 것으로 보인다. 유영철이 진정 죽이고자 했던 여자는 동거했던 여자처럼 '사람 가지고 장난치는 여자들'이라고 표현하고 있지만, 대체형성된 대상은 사실상 '힘없고, 돈 없고, 오갈 데 없는 연약한 여성'을 택하게 된 것이라고 파악할 수밖에 없다.

4) 반사회성

연쇄살인범은 하루아침에 살인범이 되는 것이 아니라 어린 시절부터 독특한 특성을 가진다. 연쇄살인범은 대부분 비정상적인 양육환경을 동반하며, 가정 폭력이나 양육자의 비일관적 교육을 경험하면서 자신들이 받았던 처벌을 불공정하고 학대적인 것으로 인식한다. 어머니와의 관계가 소원하며 적절한 역할 모델이 되어줄 아버지가 없거나 아버지가 있더라도 신체적, 성적, 정서적으로 학대를 가하는 경우가 많다. 연쇄살인범들은 어린 시절의 학대 경험으로 인하여 적절하게 자아방어를 발달시키거나 사용하기 어려우며, 이러한 이유로 학교나 사회, 직장에서 적응상의 어려움을 겪게 된다.

유영철의 소년 시절 친구들은 "유영철은 쥐를 아주 잘 잡았어요 달동네라 쥐가 많았는데 연탄집게 하나만 있으면 거뜬히 쥐를 잡았어요."[25] 이것으로 미루어보아 유년기와 청소년 시절의 빈곤으로 인하여 '참새', '쥐'와 같은 동물을 자연스럽게 죽이거나 잡아먹으면서 생명의 고귀함과 존엄성을 알지 못했다. 당시 유영철은 동물을 학대하거나 고통을 주면서 죽음에 대한 각별한 관심을 가지게 되었고, 이러한 문제행동이 범죄력을 조장했던 것으로 보인다. 이는 자아방어로 '전치(displacement)'를 들 수 있다. 전치는 "비의식적 대상에게 주었던 감정을 그 감정을 주어도 덜 위험한 대상에게로 옮기는 과정이다. 언니를 미워하는 여동생이 언니의 공책을 찢어버리는 것이나, 일본을 미워하는 어른이 일본 노래를 부르는 젊은이를 공격하는 행동도 전치방어로 '전이(transference)'와 '공포증(phobia)'도 '전치'에 의해서 생기며 '상징화(symbolization)'도 전치의 일종이다."[26] 유영철이 자신보다 약한 '참새'나 '쥐'를 죽이거나 학대한 것은 자신의 비의식이 다른 대상으로 전이되었다는 점에서 행동발달 심리기제로서의 '전치적 자아'와 무관하지 않다.

유영철이 청소년 시절에 절도죄로 복역을 하고 "처음 징역을 살고 나왔는데 어머니가 '사내 녀석이 실수를 할 수 있다. 괜찮다'고 하셨어요. 처음에 저에게 모질고 독하게 하셔야 했는데 호되게 야단치지 않으셨어요. 자식을 정말 위하는 마음이라면 냉정하게 혼내셔야 했어요. 돌이켜보면 그때 저는 청소년이었잖아요. 어머니는 제가 잘하든 못하든 뭘 해도 내버려 두셨어요."[27] 이 경우에는 자신의 잘못을 어머니에게 떠넘겨버리는 '투사'와 '합리화' 등의 심리기제가 쓰이고 있다. 이것은 올바른 가치관을 심어줄 어머니 역할의 상실, 도덕적으로 온전한 어른이 없는 상황에서 그가 법과 원칙을 무시하게 되었고, 범죄자로서 나름대로의 세계를 구축하게 되는 도화선이 되었다고 할 수 있다.

그의 생활기록부에는 아버지가 '행방불명'이라고 기재되어 있다. 하지만 그의 아버지는 그가 중학교 1학년 때 교통사고로 식물인간이 된 후 사망했다. 아버지가 생존했던 당시 그가 여동생과 함께 아버지가 살고 있던 미아리에 찾아가면, 아버지는 그에게 학용품을 챙겨주었다. 그런 아버지의 부재는 상징적 존재의 결핍으로 작용했다. "아버지가 교통사고 나셔서 병원에 40일간 식물인간으로 계시다가 돌아가셨는데 아버지 병간호하시던 엄마마저 쓰러지셨다. 그래서 형제들이 돌아가며 아버지 옆에 지키고 있었는데, 아버지 임종하시던 날 아버지가 내 손을 잡고 우시는 것을 보고, 난 너무나 큰 충격을 받았다. 분명 식물인간이라 했는데 어떻게 내 손을 잡고 눈물을 흘리시는지 너무나 놀라 이해가 안 간 것이다."[28] 이렇게 아버지의 사망 원인을 잘 알면서도 연쇄살인사건 이후 수사 과정에서도 아버지는 죽은 것이 아니라 '행방불명'이라고 진술하기도 했다. 그만큼 아버지의 부재는 큰 충격이었으며 강한 콤플렉스였던 것으로 보인다.

위의 사실을 종합해볼 때 유영철은 아버지를 자신의 '억압'에서 '상징화'하고 있기 때문에 아버지의 죽음을, 죽음이 아닌 실종으로 기억하려고 했다. 이때 자아방어로서 '부정', '반동형성', '격리' 등의 심리기제가 작동하고 있다. '아버지가 죽지 않고 실종되었다'는 것은 아버지의 죽음을 인정하지 않으려는 '부정의식'에서 생긴다. 부정은 '반동형성'으로서 현실적으로는 "겉으로 나타나는 태도나 언행이 마음속의 욕구와 반대인 경우다. 비의식의 밑바닥에 흐르는 생각·소원·충동이 너무나 부도덕하고 받아들이기 두려운 것일 때, 이와 정반대의 것을 선택함으로써 의식으로 떠오르는 것을 막는 과정"[29]으로 전환된다. 그리고 아버지의 죽음이라는 현실적 사건을 의식과 비의식 세계에서 무의식적으로 격리시켜버린다. '격리'란 "강박장애에서 흔히 볼 수 있는데, 과거의 고통스러운 기억과 관련된 감정을 의식에서 떼어내고 각기 분리"[30]하는 자아방어다.

우리가 앞에서 살펴본 바로는 유영철의 성장기에 나타난 가난과 사회적 고립, 가정 내의 학대와 갈등과 충격적 경험, 진로의 좌절 등이 문제행동으로 발전한 것으로 보인다. 청소년기의 비행을 겪고 출소한 유영철은 폭행, 사기, 절도, 강간 등 범죄력으로 인하여 조건부 석방 혹은 유예의 취소, 다양한 범죄력 등을 초래하게 되었으며, 이렇게 형성된 반사회적 성격이 그를 연쇄살인범의 길로 들어서게 만들었던 것이다.

제3장

사이코패스 유영철이 감옥에서 보내온 시편

1. 시인과 시인 공화국

시인 공화국. 어딘지 모르게 시인과 공화국 사이에는 정통과 이단, 해학과 풍자, 허구와 진실을 보여주며 실체와 가상의 자리를 상징적으로 보여주는 듯하다. 이 용어는 시인 박두진이 1957년 『현대문학』에 시 「시인 공화국」을 발표하면서 생겨났다. "눈부시게 찬란한 시인의 나라"는 "피 흘림과 살인, 학살이 없다. 강제수용소가 없다. 공포가 없다. 집 없는 아이가 없다. 굶주림이 없다. 헐벗음이 없다. 거짓말이 없다. 음란이 없다. 그리하여 아, 절대의 평화, 절대의 평등, 절대의 자유와 절대의 사랑, 사랑으로 스스로가 스스로를 다스리고, 사랑으로 이웃을 이웃들을 받드는, 시인들의 나라는 시인들의 비원, 오랜 오랜 기다림이 이루어져야 할 것이다"(「시인 공화국」 부분 발췌)라고 시인 공화국을 간절히 바라고 있다. 박두진의 「시인 공화국」은 전후 시대의 사회를 반영하고 부조리와 불합리에 대한 강한 분노와 저항정신을 대변한다. 당시의 혼란스럽고 어두운 현실과 이상향이 대조되는데, 그 틈 사이에서 이른바 '이데아의 세계'를 불러온다. 그것은 봉건주의에서 전쟁 이후 분단과 이산, 복원과 개발이라는 자본주의적 체제로 전환되면서 인간 소외 현상이나 아노미적 가치 상실이라는 새로운 문제를 낳았다. 박두진은 이러한 사회관계에서 발생하는 모순과 불평등, 그리고 인간 소외 현상에 주목했던 것 같다.

그러나 지금의 '시인 공화국'은 최소한 박두진의 이데아는 아닌 듯하다. 그것은 정신적인 것이 아닌 물질적인 것을 겨냥한다. 독자층보다 생산층이 더 많은 시대를 풍자하는 신조어로 보인다. 최근 한국문화예술위원회에서 발간한 『문예연감』 통계를 보면 시인의 수가 2만 명을 넘었다고 한다. 이 2만 명이 넘는 시인의 정체에 의문이 생긴다. 폴란드 시인 타데우시 루제비치는 「시인이란 누구인가」에서 "시를 쓰는 사람은 시인이다/ 또한 시를 쓰지 않는 사람도 시인이다/ 구속을 떨쳐버리는 사람은 시인이다/ 또한 구속을 스스로에게 지우는 사람도 시인이다/ 믿는 사람은 시인이다/ 또한 믿는다는 것이 불가능한 사람도 시인이다/ 속이는 사람은 시인이다/ 또한 속는 사람도 시인이다/ 쓰러지는 자는 시인이다/ 일어나는 자도 시인이다/ 떠나는 자는 시인이다/ 또한 떠날 수 없는 자도 시인이다"라고 정의한 바 있다. 루제비치는 정서적이고 지각 가능한 모든 사람을 시인이라고 단정하는 듯하다. 이는 포괄적인 것으로 언어 이전의 언어, 언어 밖의 언어, 언외언(言外言)까지 시의 외연을 확장하는 것 같다. 이 시는 아름다움과 추함, 좋은 것과 나쁜 것, 거짓과 진실 등 음과 양을 가진 양면의 얼굴을 비추고 있다. 지금부터 시인 공화국에서 보이는 '구속을 스스로에게 지우는 사람', '믿는다는 것이 불가능한 사람', '속이는 사람'의 정체성에 대하여 집중적으로 살펴보고자 한다. 자신의 잘못을 인정하지 않고, 타자와 세계를 믿지 않고, 남을 속이는 기질적 성향을 가진 시는 어떨까. 이러한 시인의 작품을 집중적으로 파헤치면 표층적 언어와 심층적 의미의 두 얼굴을 대면할 수 있을까.

2. 불행과 무의식의 저장고

지금부터 유영철이 감옥에서 보내온 시를 관찰하고자 한다. 사이코패스라고 여겨지는 유영철은 2003년 9부터 10개월 동안 20여 명의 사람을 살해했다. 그는 2005년 6월 9일 대법원에서 사형 판결을 받았다. 유영철이 연쇄살인사건의 대가를 치러야 한다는 피해자 유가족의 간절한 바람에도 불구하고 그는 법의 보호를 받으며 현재 안양교도소에서 복역 중이다. 2004년 서울지방경찰청은 유영철의 연쇄살인사건을 사회적 병리현상으로 보고, 새로운 형태의 범죄에 대응할 수 있는 과학 수사 체제를 구축하기 위해 그에 대한 수사 기록 일체를 모아 21건의 살인동기와 과정, 범행의 잔혹성과 대담성, 방화 및 사체 토막 유기 등 범행 전후를 기록한 『살인사건 수사백서』를 발간하였다.

『살인사건 수사백서』에서는 유영철의 성장과정을 밝히고 있다. "초등학생 시절 부모님이 이혼했고, 중1 때 아버지가 정신분열증과 간질환으로 사망, 둘째 형 또한 간질환으로 사망하였다. 어머니 밑에서 성장한 그는 서울 마포 소재 K공업고등학교 2학년 재학 중 절도사건으로 처음 소년원에 수감되었다. 성인이 되어 14회에 걸쳐 폭행, 특수절도, 성폭력 등으로 7년을 복역하고 사회와 격리된 생활을 하던 중 전주교도소에서 아내가 이혼소송을 제기하여 이혼하였다. 그는 자신도 언제 사망할지 모른다는 불안감과 부자들에 대한 경멸, 배우자에 대한 원망 등 세상을 비관하며 막연한 복수심에서 살인의식을 갖게 되었다. 그것은 세상, 부자, 여성 등에 대한 증오감과 죽음에 대한 공포감이 복합적인 살인동기로 작용한 것으로 보인다"[1]라고 적고 있다.

유영철이 창작한 시를 이은영의 『살인중독』에서 아홉 편 발견했다. 이 책은 『월간조선』 객원기자였던 이은영이 '연쇄살인범 유영철의 어린 시

절'이라는 제목으로 기사를 쓰게 된 일을 계기로 유영철과 주고받은 편지
글이다. 2004년 8월부터 2004년 12월까지 총 32통의 편지에서 뽑아낸 유
영철의 시가 엮어져 있다. 이 시를 통해 유영철의 두 얼굴과 내면의 세계
를 조명하기 위해 먼저 그에 대한 편견을 버리고 문학적 수사법과 정신분
석 방법으로 독해하고자 한다. 시는 망막 위에 세계로부터 포착된 현상이
시적으로 인화된 것이다. 이때 인화의 양식은 언어이며, 이 언어는 시선의
관찰과 시인이 발견한 세계의 비밀을 드러낸다. 정신분석학에서 시가 '언
어로 말하기'의 한 양식이라는 점에서, '무의식의 저장소'에서 현상된 그
의 시를 텍스트로, 그를 시인으로서 사유해야 분석의 오류와 주관적 오만
에서 해방될 수 있으리라.

3. 비극을 극복하는 5단계

이 글에서는 유영철 시편의 주된 분석방법으로 엘리자베스 퀴블러 로
스(1926~2004)가 말한, 인간이 비극적인 소식을 접했을 때 거치게 되는
부정 – 분노 – 협상 – 우울 – 수용 등 5단계[2]를 통해 살펴보고자 한다. 우
리는 주검의 피해자(수용자)가 아닌 죽임의 가해자(피수용자)인 유영철과
같은 사이코패스의 경우 가해자인 자신이 피해자의 비극적인 불행을 어
떻게 인식하고 수용하여 극복하는지 알게 될 것이다. 인간의 죽음의식은
임종의 고통과 공포라는 사건으로 실존한다. '죽음'이라는 불변의 진리
는 문학·종교·철학 등에서 존재적 사유와 실제적 사건으로 인식되어왔
다. 궁극적으로 죽음의 공포로부터 어떻게 해방되는지에 대한 고민은 여
러 분야에서 지속적으로 논의되어온 핵심 과제이다. 그 결과 인간의 유
한성을 인정하고 죽음의 실체를 사유하고 수용하면서 공포로부터 벗어

나는 구체적인 과정을 아래와 같이 보여주고 있다.

　제1단계는 부정과 고립의 과정으로서 비극적인 사건을 처음 알게 되었을 때, 그 상황을 부정하고 싶은 욕구를 느낀다. 이때 반응은 일종의 쇼크 상태로 초기의 멍한 상태에서 벗어나 정신을 차렸을 때, '그럴 리가 없어'라는 부정적 심리로 나타난다. 무의식적으로 인간 자신은 불멸의 존재라고 판단하므로 수용자가 죽는다는 사실을 받아들이기 힘들다. 죽음에 대한 부정의식은 충격적이고 고통스러운 현실에 반응하면서 고립상태에 머물게 한다. 제2단계는 분노의 과정으로 부정 단계가 더이상 유지될 수 없을 때 분노, 광기, 원한 등으로 나타난다. 타자와 세계 그리고 신에게 '왜 하필이면 나일까?'라는 수용자의 의문은 예측할 수 없는 상황에서 분노로 표출된다. 그러나 적절한 존중과 이해를 받고, 관심과 시간을 누린 수용자들은 곧바로 자신의 광기를 낮추고 비이성적인 태도를 멈춘다. 반면 비이성적인 분노를 표출함으로써 평안을 가져다주기도 한다. 제3단계는 협상의 과정으로 죽을 수밖에 없다는 사실을 알면서도 고통이나 육체적 불편 없이 좀더 오래 살 수 있게 된다면 '평생 하느님께 자신의 삶을 바치겠다' 또는 '평생 봉사하며 살겠다'라는 협상 단계에 도달하게 된다. 이 시기는 수용자들이 죽음을 미루기 위한 수단으로 자신의 '선한 행위'에 대한 보상을 요구하는데, 스스로 '시한' 같은 것을 정하기도 한다. 또한 그 소원만 이루어진다면 더는 어떤 것도 원하지 않겠다는 절대적 약속도 포함하지만 자신에게 한 약속이므로 누구도 이행하지 않는다. 제4단계는 우울의 과정으로 수용자가 자신의 죽음을 더이상 부정할 수 없을 정도로 명확해졌을 때, 수용자는 자신의 상황을 웃어넘길 수가 없다. 이것은 곧 상실감으로 이어지고 무감각, 냉정, 분노, 흥분 등과 같은 심리적 반응들이 불연속적으로 일어난다. 마지막 제5단계는 수용의 과정인데, 일종의 포기상태로 죽음을 남의 일처럼 느낀다. 이때부터 수용자는 마음의 평화를 찾고,

자신의 죽음을 받아들인다. 혼자 있고 싶고, 세상 소식을 궁금해하지도 않는다. 이제 영원히 눈을 감는 것은 시간문제일 뿐이라고 받아들이게 된다. "지금까지 우리는 인간이 비극적인 소식을 접했을 때 거치게 되는 다섯 단계를 살펴보았다. 각 단계는 심리학적인 측면에서는 일종의 방어 도구라고 할 수 있으며, 극단적으로 힘든 상황에 대한 인간의 대처 방법이라고도 할 수 있다"고 엘리자베스 퀴블러 로스는 설명한다.

엘리자베스 퀴블러 로스는 불행을 거치는 과정을 '죽음의 5단계', 즉 부정-분노-협상-우울-수용 등으로 분류하여 서술하는데, 이것은 수용자가 죽음의식을 부정에서 수용으로 극복해나가는 상징적인 과정이다. 그렇다면 이러한 심리 반응과 행동 단계들은 피수용자의 글쓰기에서도 분명히 드러날 것이다. 글쓰기는 인간 내면의 정서가 일상적 언어와 수사적 언어로 투사된 것이므로 작가의 감정이 간접적으로 반영된다고 할 수 있기 때문이다.

4. 사이코패스로 말하기

1) 부정 단계—수용 단계

끝을 보았다.
눈물을 보았고
슬픔을 보았고
공포를 보았고
운명을 보았다.
그들의

마지막을 보았다.

—「마지막」전문 (2004. 10. 15.)

이 시는 2004년 7월 18일 유영철이 살인 용의자로 체포되고, 2004년 8월 24일 이은영과 편지를 주고받은 이후 처음 쓴 자작시이다. 유영철이 이은영에게 자작시를 보내기 전 10여 통의 편지에는 "끊임없이 시작되는 한탄 속에서도 꿋꿋이 견디어 내는 사철나무……" "아침처럼 서러움 모두 버리고 나 이제 가노라" "제비꽃의 꽃말이 그리움이래요" "강물 위에 띄워 보낸 편지를 그 누가 받아 볼까" "아무래도 난 돌아가야겠어 이곳은 나에게 어울리지 않아" "너무 아픈 사랑은 사랑이 아니었음을" "그리움이란 그리워할 수 있어 아름다운 것"[3]이라는 등 노래 가사로 자신의 정서를 비유한 것이 있었는데, 대체로 유영철의 문학적인 감수성과 낭만적인 성격을 알 수 있는 대목이다.

이 시기 유영철은 "제 사건은 누구 때문에 밝혀진 것도 아니고 제 스스로 이제 그만 살고 싶어서 세상에 밝힌 것이에요. 증거품들도 일부러 찾아다 바칠 정도입니다. 일련의 이 모든 일이 과연 정신병자가 할 수 있는 일이었을까? 정말이지, 주먹구구식 경찰도 바뀌고 형식적인 허수아비 검찰도 바뀌고 정작 판단도 제대로 못하는 재판부 의식도 바뀌어야 합니다. 제가 떠난 후에라도 꼭 바뀌어야 합니다"[4]라는 내용을 통해 유영철이 피의자 신문, 조사, 현장 검증, 대질 신문, 추가 범죄 등 기소 단계를 거치면서 자신의 살인 혐의를 대부분 자백하고 있는 것으로 보아 구제될 수 없는 자포자기상태에 놓여 있었다고 할 수 있다.

이 시는 철저하게 살인자에서 관찰자로 시선 처리가 되어 있다. 화자는 죽어가는 사람들의 상태를 7행에 담아 "마지막을 보았다"라고 증언한다. 생명의 '끝'을 보기까지 '눈물' '슬픔' '공포' '운명' 등이 확장식 은유로 사용되는데, 병치된 시행 속에서 압축과 리듬이 팽팽한 긴장감을 주고 있다. 화자는 살인자가 아닌 심판자로 죽음을 바라보며 죽어가는 사람들의 희로애락을 담아낸다. 이것은 신비주의적인 분열된 쾌락의 도착증세이며 "신에 대한 직관으로 신이 자신을 보고 있다고 믿는다. 관조하는 자신의 눈을 신의 눈과 혼동하는 것은 도착적인 희열의 성질을 갖고 있다."[5] 도착적인 혼동의 시선은 과도한 자존감으로 반성과 후회가 없고 죄책감이 결여된 연쇄살인범의 심리상태를 드러내며 사이코패스의 절정을 보여준다. 유영철의 정서가 전형적인 사이코패스의 심리와 동일하며 타자의 고통을 자신의 고통으로 전환할 수 있는 공감 의식이 거세되어 있다.

따라서 구속된 유영철이 삶에 대한 애착과 미련이 없는 상황, 즉 포기 상태로 "이 단계는 감정의 공백기라고 할 수 있다. 마치 고통이 사라지고 몸부림치는 시간을 지나 긴 여행을 끝내고 편안히 쉬어야 할 때이며, 이제 영원히 눈을 감고 마지막에 대한 명상"[6]을 하는 '수용의 단계'로 살인에 대한 회유, 회상, 도착 등을 동반하며 살인자가 아닌 증언자로서 남의 이야기를 하듯 거시적 시선으로 자신의 살인을 바라보고 있다.

2) 분노 단계─우울 단계

(1)
바람이 분다.
내 마음을 횡 하니 지나간다.
비가 온다
눈엔 안 보인다
눈엔 안 보인다
소리도 없다

꿈속에서조차 울었던

내 마음의 비

슬픔이 내린다

무서운 꿈이었다. 잠이 깬 것이 다행이다.

　　　　　　　　　　　　　　　　—「悲」 전문 (2014. 10. 29.)

(2)

잠을 못 이루어가며

그들은 편히 눈 감게 할 수 없기에

혼불마저 춤추게 하는

진실의 눈물이 아니라면

어둠도 어둡지 않을 것이며

술잔에도 눈물이 가득할 것이며

슬픈 노래들은 멀리 울려 퍼질 것이다.

거짓은 거짓

진실은 진실이듯이

옳은 것은 하나임이 분명할진대

침묵으로 벽을 허물진 못한다.

진실의 눈물이 아니라면

그들은 여름도 추울 것이며

꿈도 펴보지 못한 꽃들의 눈망울은

홀가분하게 떨구지도 못한다.

가슴을 때려가며
한(恨)을 달래주지 못한다면
그들은 달빛도 서러울 것이며
영혼마저 따스하지 못할 것이다.

내 슬픔에 한탄하고
베갯머리 눈물 잊지 못한다 해도
진실의 눈물이 아니라면
꽃은 흙이 되지 못할 것이고
계절마다 바람이 다르다 해도
꽃은 느끼지도 시들지도 못할 것이다.

옥(獄) 벽에 기대앉아
살인마도 시(詩)를 쓰고
세인(世人)들도 이해 못하는
슬픈 독배 주절거려 봐야
아무도 알아주지 않는다.
법전(法典)을 들춰 보게 하고
범죄사(犯罪史)를 다시 쓰게 하는
명분이 아니라면
그 누구든 이해하랴.

꽃들을 깨우게 하고
영혼을 춤추게 하는
진실의 눈물이 아니라면.

—「시들 새도 없이 말라 죽은 꽃들을 위하여」 전문 (2004. 11. 7.)

시 (1)「悲」, (2)「시들 새도 없이 말라 죽은 꽃들을 위하여」는 잠을 이루지 못한 나날의 우울한 정서를 보인다. 우울증은 삶에 대한 흥미와 관심이 결핍되어 나오는 증상으로, 산다는 것의 의미와 동기를 찾지 못할 때 수반된다. 우울증이 심각할 경우 자살 충동을 느끼며 수면 장애를 호소하는데, 잠을 이루지 못하거나 잠이 들어도 일찍 깨거나 자주 깨는 불안 증상을 보인다. 불안감은 "예감이 뒤따르는 애매하고 불쾌한 감정이다. 지나친 경계심, 자율신경계의 과잉활동, 근심 걱정이 원인이며, 증상은 항상 불안하고, 피로하고, 절박한 죽음에 대한 막연한 걱정, 불면증 등의 증후로 나타난다."[7] 유영철은 "이제는 뼛속까지 내가 혼자인 것을 느낀다. 창밖을 봐도 바람을 느껴도 모두 죽기 바로 전에 보는 것 같은 심정으로 보게 된다. 휴일 아닌 휴일의 연속이다. 처절한 고독 속에 빠져본 사람만이 자기 자신을 발견한다. 내 무의식을 지배했던 이놈을 죽이고 미소 띤 내 모습을 찾고 싶다. 이 서늘한 방에서 이 텅 빈 마음으로 벌레보다 못하고 틀어박혀 이를 악물어가며 진정 생을 연장해야 하는지. 그나마 다행인 건 난 공포를 모른다. 번거로운 무의미한 나날이 지속되어 간다. 살아도 살아도 아무런 의미가 없다. 난 고갈되어 간다. 이제 첫눈의 약속 따윈 필요 없다."[8] 이 우울한 정서는 무의미한 삶에 대한 좌절감과 불안감, 그리고 죽음에의 충동에서 나타난 것이다.

시 (1)「悲」에서는 '슬픔'을 '비'로 비유하고 있다. 평탄하지 못하고 힘들었던 그의 삶을 시인은 비를 맞고 있는 것으로 묘사한다. 이 시의 '비'는 "마음을 횡 하니" 지나가는 바람을 동반하지만 눈에 보이지 않는다. 비가 오지만 눈에 보이지 않는 상태, 소리가 없는 상태로 불안을 증폭시킨다. 있는 것 같지만 보이지 않는 상황, 그것은 분명 공포의 시간이다. 이 시공간은 "눈엔 안 보인다/ 눈엔 안 보인다"라고 반복적 운율을 통해 강조되고 있다. 그리고 비는 "꿈속에서조차 울었던/ 내 마음의 비"라는 사실을 알게 한다. 화자의 비는 감추고 싶었던 애환이며, 이 애환의 눈물을 마음속에서 "슬픔이 내린다"며 냉담하게 말한다. 이렇게 화자의 눈물-비는 내면에서 내리고 있으므로 시각적·청각적으로 확인할 수 없는 것을 암시한다. 이러한 시선 처리는 심리적으로 보이지 않는 불안이, 보이는 불안보다 더 두렵다는 것이다. '무서운 꿈'을 있게 한, 이 '비'는 삶의 고통과 죽음에 대한 공포를 드러낸 것이며, 눈에 보이지 않는 '마음의 비'는 우울한 감정을 비극적으로 드러내면서 자신도 언제 죽을지 모르는 '죽음의 비'로서 불안한 정서로 작용하며 잠든 그를 깨우고 있다. 아래의 편지는 유영철의 불안한 정서가 '우울, 권태, 공허, 좌절'에서 온다는 사실을 재확인시켜준다.

존재의 괴로움, 지푸라기 같은 이 목숨 야무지게 해결하지 못하고, 최후의 휴식을 주는 죽음에 이르기까지 몇 장의 암담함을 더 그려야 되는지. 머리가 몹시 혼란해요. 이런 내 자신이 낯설기도 하고 무언가에 집중할 수도 없고 동물적 태만과 무위(無爲) 속에 빠져 들어가고 있어요. '우리' 안의 돼지처럼 잠을 자고, 밥을 먹고, 횡설수설하고, 빈둥거리며 기다리고 있어요. (중략) 죽음만이 내게는 큰 의미를 가져요. 죽음 뒤에 뭐가 있는지 하루 빨리 보고 싶어요. 그러나 사후세계(死後世界)는 없는 것 같아요. 내가 너무나 많이 확인해봤어요. 우울, 권태, 공허, 좌절, 이것만과 그만 좀 싸우고 싶어요, 나는 내가 관 속에 누워 있는 걸 보았어요. 편안해 보였어요. 죽음은 적어도 모든 것을 엄폐시켜요. 더이상 싸우지 않아도 되고, 원하지 않아도 되고, 듣지 않아도 돼요. 진심으로 죽음을 기다리고 있어요 깊디깊은 좌절감이 밀려오네요.[9]

시 (2)「시들 새도 없이 말라 죽은 꽃들을 위하여」역시 "잠을 못 이루어 가며/ 그들은 편히 눈감게 할 수 없기에/ 혼불마저 춤추게 하는"이라는 불안감을 드러난다. 그리고 비선형적인 정서적 혼란 상태로 불규칙적이고 예측 불가능한 행태의 혼돈 또는 무질서한 언어 현상을 보여준다. 이를테면 자신이 살해한 원혼을 3연 3행에서 "꿈도 펴보지 못한 꽃들의 눈망울은/ 홀가분하게 떨구지도 못한다"고 하면서 죄책감의 결여를 보이며, 특히 5연에서 피해자들의 슬픔에 한탄하는 것이 아니라 "내 슬픔에 한탄하고 배갯머리 눈물 잊지 못한다" "옥(獄) 벽에 기대앉아/ 살인마도 시(詩)를 쓰고/ 세인(世人)들도 이해 못하는/ 슬픈 독배 주절거려 봐야/ 아무도 알아주지 않는다"는 지적인 허풍으로 사람들을 매혹시킨다. 이것은 마치 자신은 진실한 인간이고, 자신이 죽인 피해자들이 마지막에 보인 눈물은 '진실의 눈물'이었기를 바라고 있다. 이러한 마음을 '아무도 알아주지 않고' '그 누구든 이해하랴'. 그는 죄에 대한 '무책임성', 피해자에 대한 '무정성'을 보이는 반면, 자신에게는 '과도한 자존감'을 보인다.

이러한 우울의 단계는 "세상과 작별을 고하는 단계로서 자신의 상황을 웃어넘길 수가 없을 때 무감각, 냉정, 분노, 흥분과 같은 것이 상실감으로 나타난다."[10] 유영철의 시에서 빈번하게 나타나는 불만감과 우울증은 억압된 좌절경험에서 비롯되는데, "억압이 많을수록 편견이나 선입견이 많아져 억눌린 생각들이 풀려나오지 못하고 억눌려 있기 때문에"[11] 무의식적으로 죽음과 내통하는 정신세계의 혼돈과 혼란이 우울한 언어를 낳고 있는 것이다.

3) 협상 단계—협상 단계

(1)
죽음만이

애정이여

동정이여

슬픔이여

불만이여

고통이여

공포여

엄습하는

모든 것들이여

눈만 감으면

되느니라.

—「죽음만이」전문 (2004. 11. 7.)

(2)
내 손에 만들어진 꽃무덤에 대해

대본 없는 연극들에 대해

갈등케 했던 사랑의 달콤함에 대해

꼭두각시의 율동에 대해

누구만이 아는 아픔, 누구만이 아는 그곳에 대해

나를 스쳐 지나갔을 법한 사람아

초점 없는 시선으로 앉아 있음에 대해

모든 짐을 혼자 져야 했던 무거움에 대해
내 눈을 가렸던 장막에 대해

나를 스쳐 지나갔을 법한 사람아
터트리고 싶었던 그 울분에 대해
몇 번을 되뇌었던 비밀에 대해
아픔만 남긴 가벼운 사람들에 대해
멈춰버린 공백의 시간에 대해

그 무엇도 부질없음에 대해
나를 스쳐 지나갔을 법한 사람아
오래전 영롱했던 아이는
이제는 용기 내어 말할 수 있는데
행여 내 이야기 들어줄 수 있냐고 물어보자

                    ―「이제는 말해야 되지 않겠니」 전문 (2004. 11. 12.)

(3)

보내야지
바람에 마음 담아
저 새에 사랑 담아
외로움에 슬픔 담아
이 눈물과 삶의 무게까지
정녕 보내야지
이 늦은 참회 남겨 두고
모두 보내야지

엘리자베스 퀴블러 로스가 말하는 협상 단계는 "첫번째 부정의 단계에서 슬픈 사실을 받아들일 수 없었고, 두번째 분노의 단계에서 피할 수 없는 일을 조금 미루고 싶은 일종의 협상 단계에 도달하게 된다."[12] 그러나 유영철의 경우에 첫번째 단계는 수용의 단계로 자포자기한 상태에서 사건을 받아들일 수밖에 없었고, 두번째는 우울의 단계로 불안한 정서와 혼돈과 혼란의 상태를 맞으며 세번째 협상의 단계로 이어진다. 이 단계는 "소망이 이루어질 확률이 거의 없다는 사실을 알면서도 자신의 행위에 대한 보상을 요구하는 과정으로서 심리학적 협상은 죄책감과 관련이 있다"[13]고 하는데, 이 단계를 자의적이고 무모한 과정으로 볼 수 있다.

"내 차가운 유년 시절을 봐라. 어린 시절의 그 슬픈 모습들이 내 머릿속에 그대로 남아 아직도 내 의식을 지배하잖냐. 비록 오래된 기억인데도 마음의 상처로 남아 있듯이. 내가 마지막으로 바라는 게 있다면 애 엄마가 내가 싫어지고, 아들이 나를 살인마라고 미워하는 일이 없었으면 하는 마음뿐이다."[14] 이같이 그의 마지막 바람은 자신의 어린 시절 슬픈 기억들이 마음의 상처로 남아 있듯이 아들 또한 아버지가 살인마라는 사실을 알고 자신을 미워하지 않았으면 한다는 평범한 아버지들의 소망을 말하고 있는 듯하다. 하지만 그의 내면은 '차가운 유년 시절'과 '어린 시절의 슬픈 모습들'이며, 그것은 머릿속에 그대로 남아 자기 의식을 지배하고 있었기 때문에 자신의 범죄력은 유년 시절로부터 온 것이라면서 자신의 살인을 무화시키고, 원인을 과거로 되돌리려고 한다. 이렇게 유영철은 죄를 유년 시절로 회귀시키며 자신이 그랬듯이 자신의 아들이 결손가정에서 성장하게 된 것 역시 자신의 책임이 아니라 자신의 유년 시절 차갑고 슬픈 모습에서 유래하였음을 암시하고 있다. 그는 자신의 죄의식을 유년기로 소급하면서 무의식적으로 자신의 잘못을 스스로 불식시키며 현실과의 무모한 타협을 시도한다. 또한 앞에서도 언급했지만, 청소년 시절에 절도로 인해 복역을 하고 "처음 징역을 살고 나왔는데 어머니가 '사내 녀석이 실수를 할 수 있다. 괜찮다'고 하셨어요. 처음에 저에게 모질고 독하게 하셔야 했는데 호되게 야단치지 않으셨어요. 자식을 정말 위하는 마음이라면 냉정하게 혼내셔야 했어요. 돌이켜보면 그때 저는 청소년이었잖아요. 어머니는 제가 잘하든 못하든 뭘 해도 내버려두셨어요"[15]라고 말했다. 이는 자신의 잘못을 어머니에게 떠넘겨버리는 자아방어기제로의 '투사'와 '합리화'로 보이며, 비극적인 현실을 무화시키기 위해 과거로 소급하여 타협하려는 의도를 보인다.

그의 정서는 시 「죽음만이」에서 무감각적으로 죽음과 무감정적으로 살인을 인식한다. 여기서는 '애정' '불만' '고통' '공포'라는 시어를 보면 결핍된 애정, 세계로부터의 불만, 삶의 고통, 죽음의 공포 등을 감지할 수 있다. 그동안 불우했던 삶의 환멸과 분노가 살인으로 촉발되었듯이 죽음을 미화하고 살인을 정당화한다. 죽음을 찬양하는 이 시에서 유영철은 얕은 감정에 충실할 뿐 그 어디에도 살인에 대한 후회 혹은 죄책감을 찾아볼 수 없으며, 죽음의 욕망만을 보일 뿐이다. (3)의 시 「인생무상(人生無常) 무념무심(無念無心)」에서는 삶에 대한 열정의 침체기를 통해 터득할 수 있는 인생의 속절없음을 보여준다. '바람' '새'에게 '외로움' '눈물' '삶의 무게'를 담아 보내야 하는 마음을 묘사하면서 실현 불가능한 상상력으로 초탈하려는 욕망을 통한 협상을 시도하기도 한다.

(2)「이제는 말해야 되지 않겠니」에서는 1연에서 4연 1행까지 '대해'라는 운율을 낳고 있다. 그런데 화자는 정작 '~에 대해' 말하고자 하지만 그에 따른 답은 찾을 수 없다. 다만 '꽃무덤' '대본 없는 연극' '초점 없는 시선' '내 눈을 가렸던 장막' '아픔만 남긴 사람들' '공백의 시간' 등을 통해

살인과 관련한 사건들의 미의식만 이미지화하여 암묵적으로 드러낼 뿐 그 진실의 실체를 보여주지 않는다. 그러나 마지막 연에서 "오래전 영롱했던 아이는/ 이제는 용기 내어 말할 수 있는데/ 행여 내 이야기 들어줄 수 있냐고 물어보자"라고 하면서 자기 안의 또다른 '아이'라는 에고(ego)를 불러내어 암울했던 과거에 질문을 던진다. 결국 유영철이 말하고자 한 진실은 불우했던 내면의 아이를 무의식적으로 보상하려고 하는 자위적인 협상의 단계로 나아간다. 이렇게 그는 자신의 연쇄살인행각이 종국적으로 유년 시절의 불우한 환경으로부터 파생된 것으로 인식하는데, 이러한 욕망은 자위적 타협을 이루며 마음의 안정을 찾으려는 미숙한 보상심리로 해석된다.

4) 우울 단계―분노 단계

(1)
별종(別種)이 나타나 세상에 파문이 인다.
멈추지 않는 소문이 꼬리를 문다.
편안한 이들은 이유도 모른다.
술에 취한 이들은 다른 나라 일인 줄 안다.
미친 자의 소리라 귀담아듣지도 않는다.
청천 하늘에 날벼락인 사람들은
놀란 가슴 쓸어내리지도 못한다.
해가 지고 뜨는 걸 당연하게 여기지만 날이 밝으면 눈물이 흐르고
해가 지면 죽음부터 생각하는 이들도 있다.

행복, 즐거움, 사랑.

그런 것들을 모르고 살아가는 사람도 있다.
누군가는 떠들어야 한다.
세상이 소란하면 이유가 있는 것이다.
침묵 속의 평온만 바라지 마라.

큰 대가를 바라는 것도 아니다.
소문만 떠들썩하면 뭐하나
삶에 열중해 모두들 나 몰라라 뛰어다니지만
언제 또 이 평탄한 길이 갈라질지 모른다.

어린 동심이 비난을 배우고
적개심 속에 싸우는 것을 배운다.
수치 속에 자란 사람들은 죄의식마저 배운다.
한 사람 한 사람씩만이라도 느껴봐라.
작은 관심 하나가 죽어가는 마음들을 살린다.

사람의 탐욕은 우주로도 안 된다.
그 큰 부(富)를 쓸 줄도 모른다.
모두들 어디를 향해 가고 있는지도 모른다.
죽으면 가져가지도 못하는 것들
너무 꼭 쥐고 있지들 말자.

꾀나 부리는 감투가 얼마나 갈까
약한 자 위에 군림하는 것이 진정 강한가
너무 똑똑해도 어리석은 것이다.

너무 강한 자들은 부러지기 전에
약한 자들의 조언을 들어야 된다.

마음은 공기와 같아서 눈에는 보이지 않는다.
그 마음의 문을 여는 건 상대방의 말 한마디다.
재앙에 맞서는 것은 현명하지 않다.
그러나 재앙을 극복해야 하는 건 옳은 처사다.
예수도, 붓다도, 공자도 그리하라 했다.
어리석은 인생 살았다고 욕해도 좋다.
잃을 게 더이상 없는데 비난 좀 받으면 어떠냐
그대는 생(生)의 마지막에 무슨 말을 남기고 싶은가?
상처 입은 조개들이 진주를 만들어낸다.
모두가 사는 거, 되돌아보며 나누는 것이다.

　　　　　　　　　　　　　　　　―「소리」 전문 (2004. 11. 28.)

(2)
멍멍멍
멍추 같은 멍텅구리
멍군장군 멍멍멍
다 지난 일 멍멍멍
멍청한 멍멍이
멍석말이에도 멍멍멍
멍에 끼고 멍멍멍
멍석 깔고 앉아 멍멍멍
멍든 가슴 만지며 멍멍멍

멍하니 멍멍멍

멍울 서도록 멍멍멍

—「멍든 강아지」 전문 (2004. 12. 17.)

분노의 단계는 "끔찍한 소식을 접했을 때 첫번째 반응이 '아니야. 나한 테 이런 일이 일어날 리 없어'였다면 이 반응은 머지않아 '사실이구나! 정말 나한테 일어나는 일이었어!'로 바뀐다. 부정 단계가 더이상 유지될 수 없을 때, 그 단계는 분노와 광기, 시기, 원한의 단계로 넘어간다. 그다음으로 '왜 하필이면 나일까?'라는 질문으로 이어진다. 그러나 적절한 존중과 이해를 받고 관심 속에서 시간을 보낸 수용자들은 곧바로 목소리를 낮추고 분풀이를 멈춘다. 이때 수용자들은 사랑받고 있으며 소중한 존재이기 때문에 여건이 허락하는 범위 내에서 인간 구실을 할 수 있다는 사실을 깨닫는다."[16] 그러면서 다음 단계인 협상의 단계로 넘어가지만, 유영철의 경우에는 이 단계에서 오히려 부정 단계로 나아간다. 그것은 누군가의 사랑을 받거나, 소중한 존재로 인식되거나, 인간 구실을 할 수 없다는 지배적인 의식이 작용하고 있기 때문이다.

학대받고 착취당하는 것보다 더 힘든 게 뭔지 아니? 희망이 없는 삶이다. 지구상의 모든 것은 이유가 있어서 존재하는데 그 존재 부여도 안 되는 삶. 내가 아무리 이 사회와 맞장 뜨지 않으면 안 되는 절박한 인생을 살았다 하더라도 정말 내 맘대로 가지도 못하는 건 너무하는 것 같다. 세세생생 부귀영화 누리겠다고 산 인생도 아닌데 말이다. 물론 시간과 세월이 흐르면 별수없이 생을 마쳐야 되는 건 인간의 운명이지만 그걸 거부하고자 날뛰었던 이 후진 운명을 또 받아들이며 살라 하니 참. (중략) 그래서 아픈 추억에만 뒹굴고 있는 시간들을 건드리면 피가 나올 것만 같은 아픈 상처들. 피를 흘리며 그런 추억을 가지고 놀았던 과거들. 이놈의 상처가 빨리 굳어져 딱지가 앉아야 되는데, 그래서 건드려도 아무것도 느끼지 못하게 되어야 되는데, 이런 상처 하나 치유하지 못하고 있다.[17]

위 사실을 보더라도 희망과 존재 이유 없이 기구한 운명을 살아야 했던 유영철의 의식은 비관적이고도 염세주의적인 경향을 보인다. 그리고 "아픈 추억에만 뒹굴고 있는 시간들을 건드리면 피가 나올 것만 같은 아픈 상처들. 피를 흘리며 그런 추억을 가지고 놀았던 과거들"이라고, 과거를 아픈 추억으로, 아픈 추억을 아픈 상처로 증폭시키고 있다. 건드리면 피가 나올 것 같은 유년기를 치유될 수 없는 트라우마로 단정하고 자신의 분노를 촉발시키고 있다.

"별종(別種)이 나타나 세상에 파문이 인다"고 시작하는 위 (1)의 시 「소리」는 자신의 피맺힌 상처에 귀를 기울여주지 않는 세계에 대한 분노를 표출한다. 연쇄살인에 대한 소문은 유영철이 사이코패스라는 것에만 관심이 있을 뿐, 그가 왜 사람들을 죽였는지 이유를 모른다는 것이다. "술에 취한 이들은 다른 나라 일인 줄 안다" "미친 자의 소리라 귀담아 듣지도 않는다." 3연에서 그 이유를 찾을 수 있다. 자신과 같이 '행복, 즐거움, 사랑'마저도 모르고 살아가는 사람도 있는데, 누군가는 떠들어야 한다는 식으로 분노를 표현한다. 그리고 4연에서는 "삶에 열중해 모두들 나 몰라라 뛰어다니지만/ 언제 또 이 평탄한 길이 갈라질지 모른다"고 자신과 같이 울분에 찬 사람들이 또 연쇄 토막살인 사건을 저지를 수 있다고 경고하는데, 그것은 마지막 연에서 "잃을 게 더이상 없는데 비난 좀 받으면 어떠냐/ 상처 입은 조개들이 진주를 만들어낸다"에서 보이듯, 자신과 같이 버림받은 사람들의 출현을 예고하는 듯하다. 한편 5연에서는 자신이 왜 이렇게 되었는지에 대한 원인을 "어린 동심이 비난을 배우고/ 적개심 속에 싸우는 것을 배운다./ 수치 속에 자란 사람들은 죄의식마저 배운다./ 한 사람 한 사람씩만이라도 느껴봐라./ 작은 관심 하나가 죽어 가는 마음들을 살린다." 어린 시절 사랑받지 못했던 동심을 보이면서 동정심 또한 유발한다.

유영철은 세계를 향해서 "사람의 탐욕은 우주로도 안 된다.""그 큰 부(富)를 쓸 줄도 모른다.""모두들 어디를 향해 가고 있는지도 모른다.""죽으면 가져가지도 못하는 것들 너무 꼭 쥐고 있지들 말자.""꾀나 부리는 감투가 얼마나 갈까""약한 자 위에 군림하는 것이 진정 강한가""너무 똑똑해도 어리석은 것이다.""너무 강한 자들은 부러지기 전에 약한 자들의 조언을 들어야 된다." 등 정제되지 않은 분노를 터트리며 부자, 권력자, 강한 자, 똑똑한 자, 지식인 등에 온갖 야유를 보내며 자신의 말을 뒷받침할 3대 성인의 이름을 빌려 충동적으로 "예수도, 붓다도, 공자도 그리하라 했다"고 하는데, 세계를 인식하는 자의적 해석 뒤에 과도한 자존감이 뒤섞여 있는 부분이다.

위의 시 「소리」는 유영철이 12월 13일 사형선고를 받기 보름 전인 2004년 11월 28일 창작된 것으로 보아 재판과정에서 오는 정신적 압박, 수치심과 모멸감, 죽음의 공포 등 스트레스가 자의식을 통제하지 못하고 그대로 분노의 감정으로 표출된 것으로 보인다. 그리고 2004년 12월 17일 창작된 아래의 시 「멍든 강아지」는 유영철이 사형선고를 받고 난 후 불과 5일 후에 쓴 시다.

(2)「멍든 강아지」 역시 자신을 비루한 강아지로 인식하고 개 짖는 소리로 세계에 대한 부정과 분노를 표출한다. 마음의 상처로 얼룩진 유년기를 '멍든 강아지'로 비유한 것이다. 주로 개 짖는 소리 '멍멍멍'을 각 행에 반복적으로 배치하고 청각적 이미지를 각운에 사용하여 수미상관 리듬감을 주고 있는 것이 특징이다. 이 시는 2연으로 구성되어 있는데, 1연은 어리

석었던 삶을 표층적으로, 2연은 불행한 처지를 심층적으로 들려준다. 1연의 "멍추 같은 멍텅구리" "멍청한 멍멍이" "멍석말이에도 멍멍멍" "멍에 끼고 멍멍멍"과 2연의 "멍든 가슴 만지며 멍멍멍" "멍하니 멍멍멍" "멍울 서도록 멍멍멍" 등이 그것이다. "멍멍멍"이라는 청각적 이미지는 다름 아닌 스스로 자신의 존재를 불경스럽게 하여 자학적 비애를 나타낸다. 1연은 그동안 자신의 존재를 인정하지 않고 그에게 쏟아졌던 타자와 세계의 비난들은 멍추, 멍텅구리, 멍청한 '멍멍' 개 짖는 소리를 내고 있으며, 2연은 이로 인하여 멍울이 서도록 멍들어버린 마음의 '멍든 소리'를 '멍멍멍'이라고 표현한다. 강아지 울음은 그의 분노를 표출하는 것인데, 이는 불행했던 삶을 가엾고 애처롭게 만드는 자각적인 시적 장치로 작동한다. 이렇게 이 시는 분노와 측은지심을 동시에 보이며 자기 연민에 대한 얕은 감정을 내포하고 있다.

5) 수용 단계─부정 단계

새벽을 깨우며 달렸던
숨찬 뜀박질들이
진정 울분을 달래주더냐
단 한 번 진지하게
되돌아보았더라면
하늘은 올려다볼 수 있었을 것을

징검다리 한 번에 건너뛰어
신의 영역까지 가려 했던
용서받지 못할 어리석은 자야

바람 부는 바다에 돛도 없이

분노에 쫓겨 절망만 남긴

구겨지고 뒤틀린 우둔한 자야

사람인 척 살아온 세월

하늘 너만은 두렵구나

내가 잘못했다 하늘아

—「하늘아 내가 잘못했다」 전문 (2004. 12. 26.)

마지막으로 부정의 단계는 "예기치 못한 충격적인 소식을 접했을 때 자신의 상황을 부정하게 되며, 그것은 고립상태에 머무는 일시적인 방어심리로서 곧 '부분적 인정'으로 대체된다.[18] 정신분석학에서 '부정'은 행동발달 단계 중 최초이면서 가장 원초적인 방어기제 중의 하나이며, 무의식적으로 사건 자체를 잊어버리거나 생각하지 않기 위해 발휘된다. 그것은 '반동형성'으로서 현실적으로 "겉으로 나타나는 태도나 언행이 마음속의 욕구와 반대인 경우이다. 비의식의 밑바다에 흐르는 생각 · 소원 · 충동이 너무나 부도덕하고 받아들이기 두려운 것일 때, 이와 정반대의 것을 선택함으로써 의식으로 떠오르는 것을 막는 과정"[19]이자, 일종의 취소행위로 자신에게 감당할 수 없는 충격이 의식되는 것을 막는 역할을 수행한다. "2000년 10월 강제이혼을 당하면서, '신은 죽었다'고 했던 니체의 말처럼 저도 죽었다고 마음먹었고 만물을 창조했다는 유일신을 부정하며 평화로워야 할 교회 주변 사람들에게 그랬던 것입니다. 그 이후로 전 하느님에게 저의 희망을 구걸하지 않았고 진리를 찾아달라고도 하지 않았습니다. 그러다 보니 예배나 기도 같은 건 자연히 멀어졌고 전 결국 오랜 세월 믿고 의지했던 기독교를 떠났던 것입니다. 이런 아픔을 겪으며 점점 분노로 가득차면서 저는 부자들에게 도전하고 싶었습니다."[20] 유영철은 억압으로 인해 생긴 '증오와 분노' 같은 부정의식을 악의적인 방법으로 조절하여 현실을 극복하고자 하였다. 절도 사건으로 중형이 선고되자 믿었던 기독교를 떠나게 되었고, 그 분노는 신으로부터 부자들로 전이되어 "악마의 길을 걷게 됐는지 모르겠지만 (중략) '생사화복'을 주관한다는 신을 부정하듯 인간이 인간을 그렇게까지 할 수 있다는 걸 보여주고 싶었고 인간을 초월한 신의 존재를 신앙으로 삼는 종교를 경멸이라도 하듯 많은 교회 주변 사람들을 대상으로 삼은 것"[21]으로, 현실과 신에 대한 부정의식이 감지된다.

이 시에서는 제목에서 보여주듯 "하늘아 내가 잘못했다"라고 그 스스로 자신의 잘못을 뉘우치고 있다. 이를테면 "단 한 번 진지하게/ 되돌아보았더라면" "용서받지 못할 어리석은 자" "구겨지고 뒤틀린 우둔한 자" "사람인 척 살아온 세월" 등 무엇으로도 씻지 못할 자신의 살인행각을 진정으로 반성하고 성찰하는 것처럼 보인다. 그러나 용서의 방향은 살인의 피해자와 유가족이 아니라 위와 같이 자신이 부정했던 하늘이다. 살인의 주체로서 화자는 '살인'이라는 엄청난 재앙을 받은 피해자를 돌아보지 않는다. 오히려 "새벽을 깨우며 달렸던/ 숨찬 뜀박질들이/ 진정 울분을 달려주더냐"라며 죄책감 대신 기구한 자신의 운명만 탓하고 있다. 그리고 삶과 죽음을 관장하는 "신의 영역까지 가려 했던" 자신을 신과 동격화하여 인간임을 부정하면서 자신을 고립시킨다. 이러한 부정의식은 충격적이고 고통스러운 현실에서 "바람 부는 바다에 돛도 없이" 살아온 세상에 대한 경멸과 "분노에 쫓겨 절망만 남긴" 세계에 강한 반항의식을 드러낸다. 이 시의 참회는 피해자가 아닌 절대자를 향하는 아이러니이며, 내적으로 "구겨지고 뒤틀린" 자아와 현실의 부정성에서 돌발하는 듯하다.

5. 저주받은 시인과 악의 꽃

이은영의 편지 모음집 『살인중독』에 나타난 유영철의 시 9편을 중심으로 수용자가 아닌 피수용자 시각에서 비극을 거치는 과정을 5단계로 고찰하면서 사이코패스의 의식 변화 양상을 살펴보았다. 여기에서는 문학적 수사법과 정신분석적인 방법을 통해 접근하였다. 또한 엘리자베스 퀴블러 로스가 『죽음과 죽어감』[22]에서 주창한, 인간이 비극적인 소식을 접했을 때 거치게 되는 부정-분노-협상-우울-수용의 5단계를 통해 들여다보았다.

그러나 유영철의 경우 수용자와 반대로 수용-우울-협상-분노-부정의 의식 순서로 나타났다. 정리하자면 그에게 수용 단계는 연쇄살인으로 구속된 후 자포자기한 상태의 현실을 인식하며, 우울 단계는 육체와 정신에 가해지는 죽음의 공포이고, 협상 단계는 자신의 죄의식을 유년기로 퇴행시켜 자신의 잘못을 불식시키며, 분노 단계는 자신에게 상처를 준 타인과 세계를 향한 공격성이고, 마지막 부정 단계는 자신의 잘못을 피해자가 아닌 지난날 자신이 배신했던 신에게 용서를 구하며 현실을 부정하고 자신을 고립시키는 것으로 볼 수 있다.

이렇게 수용자와 피수용자가 상이하게 나타난다. 수용자의 경우 "각 단계는 제각기 다른 시간 동안 지속되다가 다른 단계로 대체되지만 때로는 두 단계가 공존하기도 한다. 이 모든 단계에서 공통적으로 발견되는 것이 있다면 희망이다."[23] 그러나 피수용자 유영철의 희망은 어느 단계에서도 찾아볼 수 없고, 거기에 절망과 좌절, 분노와 원망만 있기 때문에 일반인과는 대조적인 변화 단계를 보인다.

보들레르의 「축복」이라는 시에서 '저주받은 시인들'이라는 표현이 나온다. 그의 시에도 유영철과 같이 고통과 아픔, 슬픔과 우울, 환멸과 모멸 등

불행한 이미지가 전방위적으로 배어 있다. 여섯 살 때 아버지가 죽고 어머니는 군인과 재혼을 했는데, 그의 저주는 유년기의 외로움에서 왔는지 모른다. 이것은 상처가 만든 자아와 세계의 거리, '세계의 벌어진 상처'다. 이 벌어진 상처는 "죽음의 충동에 의해 지배된다. 사물이 비어 있는 장소에 대한 그의 병적인 애착이 그를 탈선시키며 그에게서 삶의 과정의 규칙성을 떠받치는 지지물을 박탈한다. 인간 행위의 극단적인 성질을 제거하고 그것을 삶의 규칙적인 순환 속에 포함시키려는 모든 노력은 근원적이고 돌이킬 수 없는 간극을 봉합하기 위한 일련의 연속적 노력일 뿐이다."[24] 결국 병적인 언어는 불행한 삶에서 온 것이며, 그것은 자아와 세계 사이의, 벌어진 세계의 상처를 관통하고 있다.

우리는 다양한 시인들이 존재하는 오늘날의 시인 공화국에서 유영철이 감옥에서 창작한 시편들을 읽었다. 안타깝게도 유영철의 시에서 박두진의 「시인 공화국」에는 없어야 하는 나라의 비극적인 진실을 보았다. "피, 살인, 학살, 수용소, 공포, 상처받은 아이, 굶주림, 헐벗음, 거짓말, 음란" 등이 그것이다. 유영철의 시는 병적인 자존감과 존재의 기만 그리고 마비된 죄의식을 통해 연속적으로 탈선을 시도한다. 자신이 죽인 스물한 명의 주검에 대한 내적 성찰과 반성이 전혀 없이 오히려 죽음을 미화하고 살인을 은폐시킨다. 이것은 전형적인 저주받은 시인으로서 돌이킬 수 없는 '벌어진 세계'를 극단적으로 제거하거나 봉합하기 위한 병질적인 '언어도단'이 아닐까. 그렇다면 '저주받은 시인' 유영철이 남긴 축복받지 못한 '저주받은 시'를 보들레르식으로 말하자면 '벌어진 세계'에 피어난 '악의 꽃'이라고 불러도 될 것 같다.

제4장

유병언, 죽은 자는 흔적으로 증언한다

1. 꿈같은 사랑과 닮았구나

이 흔적은 죽은 자의 사자(使者)로서 우리에게 말을 걸어온다. 유병언 (1941~2014) 그도 죽어서 흔적을 남겼다. 그의 시신 옆 가방에 들어 있던 『꿈같은 사랑』이라는 책이 그것이다. '꿈같은 사랑'은 유병언을 대신하여 증언한다. 이 책은 2009년 출판된 것으로, 유병언 자신의 종교를 따르는 신도들을 위해 쓴 글을 엮었다. 신도들은 이 책을 가리켜 "우리가 얻은 구원에 대해 가장 확실하게 알 수 있는 책"이라고 하면서 "그리스도인의 진정한 교주 예수 그리스도를 자세하고 알기 쉽게 설명해놓았다"고 평가한다. 그렇다면 유병언의 '꿈같은 사랑'은 구원의 지도를 기록한 '영생의 일지'일지도 모른다는 생각이 든다.

얼마 전까지만 해도 우리는 유병언을 알지 못했다. 그렇다고 지금 그를 잘 아는 것도 아니다. 그는 우리에게 침몰된 세월호와 함께 왔다가 세월호처럼 많은 의혹을 남기고 '미궁의 바다' 속으로 가라앉았기 때문이다. 지난 2014년 4월 16일 전라남도 진도군 조도 부근 해상에서 청해진 해운

소속의 인천발 제주행 여객선 세월호가 침몰한 사고로 294명이 사망하고 9명이 실종되는 사고가 발생했다. 사고의 최종 책임자로 세모그룹의 창업주이며 총수인 그가 피의자 신분으로 수면 위에 떠올랐다. 그는 횡령, 배임, 조세포탈 등의 혐의를 받았다. 그리고 6월 전라남도 순천의 한 매실밭에서 밭주인의 제보로 남성의 변사체가 발견됐는데, 7월 21일 경찰은 이 사체가 유병언이라고 발표했다. 100일 전 세월호 침몰 이후 하루 평균 3만 명의 경찰이 찾아다녔던 피의자의 소재가 주검으로 발견된 순간은 그야말로 허망했다. 그렇게 그는 100일 동안 방송과 언론에서 모습을 보여주었지만, 우리는 단 한 번도 살아 있는 그를 본 적이 없다.

'위키백과'에 따르면 유병언은 종교인이자 기업인 그리고 구원파로 알려진 기독교복음침례회의 지도자이며 한때 극동방송 부국장을 지내기도 했다. 기독교복음침례회의 창시자 권신찬의 사위이자 2대 교주인 그는 일본 교토에서 한국인 사업가의 아들로 태어났다. 일본이 제2차세계대전에서 패망한 직후인 1945년 8월 가족들과 함께 한국으로 돌아와 부모의 고향인 경상북도 대구에 정착하였다. 소문으로는 학창 시절 학업 성적은 우수하지 않았지만 어떤 일이든지 몰두하는 성격과 함께 뛰어난 손재주를 가졌다는 평을 들었고, 이러한 손재주가 훗날 그가 종교지도자와 기업인으로 활동하는 데 큰 밑거름이 되었다고 한다.

성광고등학교를 졸업한 그는 미국인 독립 선교사 딕 욕(Dick York)이 운영하는 성경학교를 수료하고 신앙생활을 시작했다. 1962년부터 권신찬(1923~1996)이 대구에 개척한 교회에 출석하면서, 권신찬의 신임을 얻고 1966년 그의 딸 권윤자와 결혼하였다. 1972년에는 미국 국제복음주의 동맹 선교회(TEAM) 산하에 있던 공산권 선교 방송국인 극동방송에서 설교 프로그램을 맡고 있던 장인 권신찬의 추천으로 극동방송국 부국장 자리에 올랐으나, 이들의 설교 방식과 신학에 비판이 제기되어 1974년 권신찬은 그의 추종자 10여 명과 함께 극동방송국에서 물러났다. 그리고 1981년 12월 종교법인 지위 확보를 위해 권신찬이 기독교복음침례회를 교단으로 정식으로 발족하였고, 그후 이를 유병언이 인수하였는데, 이것이 지금의 신흥종교 '구원파'가 되었다고 전해진다.

유병언은 예술에도 관심이 많았다. 사업과 선교를 병행하면서 '사진작가'와 '시인'으로 왕성하게 활동하며 국내외에서 사진전시회를 열거나 산문집과 시집을 출간하기도 했다. 예술인답게 그는 아호로 '아해(AHAE)'라고 사용하면서 미국과 유럽 등지에서 수차례 '아해 사진전'을 열었고, 시집 『닮았다고』 1, 2권의 저자명을 '아해'라는 아호로 출판했으며, 그의 사진을 판매하는 회사 이름 역시 '아해 프레스'이다.

아해(兒孩)는 한자로 '나이 어린 사람'이고, 일본말로 '아이'를 의미한다. 유병언은 한 강연회에서 "어린아이들을 친구로 삼아야지, 그러다보니 제 아호가 '아해'로 돼버렸어요"라고 말하면서 "나는 늙음에서 탈출했다"고 선언했다. 또한 구원파와 관련하여 '아해'에는 종교적 의미가 담겨 있다는 설이 있는데, 그것은 기독교에서 하느님을 일컫는 '야훼'에서 인용한 이름이라는 것이다. 이것을 뒷받침해주는 것이 주식회사 '세모'의 이름도 1,300년 전 유대인들을 이끌고 이집트에서 탈출한 '모세'의 이름에서 유래한다. '세모'는 선지자 '모세'를 거꾸로 읽은 것이고, 세월호의 '세월'은 세상을 초월한다는 한자어 '世越'로 '속세를 벗어나 구원을 받는다'는 기독교적 의미로 해석할 수 있다. 이렇게 보면 유병언이 사용했던 아호 '아해'는 '늙어감의 시간'으로부터, 주식회사 '세모'는 종교와 민족의 '탄압과 억압', 세월호의 '세월'은 세상으로부터 벗어나려고 하는 '초월적 세계관'을 보인다. 이 세계관은 인간의 '궁극적 관심'을 다루는 것으로 궁극성을 달리 표현하면 모든 종교는 현실을 초탈하려는 '구원의 종교'라는 말이지만, 이러한 구원 안에는 여러 가지 의미의 폭이 있는 듯하다.

우리는 유병언의 세계관과 구원관을 그의 시집에서 읽을 수 있을까? 시는 문학적 상상력이라는 허구를 통해 인간이 허무에 빠지지 않고 존재 가치를 확인케 하는 일종의 종교이자 '고독한 언어유희'일 수도 있다. 유병언이 출간한 『꿈같은 사랑』(2009)과 『닮았구나』(1995)는 1980년부터 1990년까지 쓴 자작시가 주를 이루며 출판은 뉴욕에서, 인쇄는 이탈리아에서 한 것이 눈에 띈다. 시집 『꿈같은 사랑』은 한 달 안에 쓴 것인데, 시집 『닮았구나』의 경우에는 1990년 11월에만 91편의 시를 썼고, 11월 4일 하루 동안에 쓴 시만 22편이다. 시인의 경우 다작을 하더라도 하루 22편의 시를 창작하는 경우는 드물다. 그런데 그의 창작시 상당 부분은 가족을 소재로 하고 있다. 유병언의 자녀인 아들 유대균, 유혁기, 딸 유섬나, 유상나가 어릴 때 그가 느꼈던 정서를 대부분 시로 옮겨놓은 것이다.

　시집 『닮았구나』는 기독교에서 말하는 하느님의 형상과 관련이 있어 보인다. 창세기에서 하느님이 천지창조를 할 때 자기 형상, 곧 "하느님의 형상대로 사람을 창조하시되 남자, 여자를 창조하시고"(창 1:27)에서 비롯된다고 보면, 이 시집들에서는 기독교와 유관한 종교적 현상들이 발견된다. 인간은 하느님의 형상대로 창조되었기 때문에 인간이 하느님을 닮은 것처럼 자식들도 아버지인 유병언을 닮았다는 것으로 풀이된다. 이때 '닮다'라는 동사에서 나온 '닮았구나'는 화자의 혼잣말로 새롭게 알게 된 사실에 감탄하여 주목함을 나타낸다. 인간은 누구나 실제의 자아와 자신이 닮아가고자 하는 자아 사이에서 갈등한다. 이 고민은 실제의 자아가 이상적인 자아에 도달할 때 해소되며, 그것은 '깨달음의 언어'가 된다. 그렇다면 무엇이 그로 하여금 닮은 것에 주목하여 하루에 22편의 시를, 한 달에 시집 한 권 분량의 시를 창작할 정도로 감성을 불어넣었을까?

2. 사랑은 닮았구나

우리집 개구쟁이 대균이가

초등학교 1학년 때

숙제하느라고 밥 먹던 식탁에 그대로 앉아

공책 펴 놓고 고민에 싸여 있었을 때

쌀이 어디서 나느냐고 하는 질문에

답 못하고 쩔쩔맬 때

막내 짱구 혁이가 나서며 하는 말이

"그것도 모르냐"고 하기에

둘러앉은 어른들 귀가 쫑긋해 있을 때

요것이 답하는 말이

"쌀은 저기 있는 쌀통에서 나온다"고 정답을 내었다

—「탐구생활」 전문

하루도 거르지 않고 도시락 두 개를 싸가고 있었다

누가 물으면 반 애가 점심 안 싸오기 때문에

제 것 갈라 먹으면 모자라기 때문이라고······

며칠 전

학교 앞에서 사 온 병아리가 불쌍해서

학교를 못 가겠다고 울기에

사내애가 저렇게 마음 약해서

어떻게 하느냐고들 걱정했었다

—「내껀데」 부분

위의 시는 유병언의 장남 유대균과 차남 유혁기를 소재로 하고 있다. 유병언은 여느 아버지와 다름없이 장남을 개구쟁이, 막내를 짱구라는 애칭으로 불렀다. 이 시에서 보여주듯 어릴 때부터 마음이 약하고 소심한 성격의 장남과 당차고 영악한 차남의 성격이 대조를 이룬다.

시 「탐구생활」에서는 유대균이 초등학교 1학년 때의 일화를 통해 형제 간의 각기 다른 소양을 보게 한다. 유병언이 유대균에게 "쌀이 어디서 나느냐"라고 하는 질문을 던진다. 그러나 유대균이 대답을 못하고 쩔쩔매고 있을 때, 동생 유혁기가 나서며 "그것도 모르냐"고 면박을 주고는 "쌀은 저기 있는 쌀통에서 나온다"고 한 것이다. 이 시는 숙제로 고민하는 개구쟁이 대균으로부터 시작해서 정답을 맞힌 막내 짱구 혁기의 반전으로 끝나는데, 여기에는 사회성이 떨어지는 장남 유대균을 걱정하는 아버지의 심정이 드러나 있다.

이것은 시 「내껀데」에서도 도시락을 싸오지 못한 친구를 걱정해 도시락을 두 개씩 싸서 다니는 갸륵한 아들이 병아리가 불쌍해서 학교에 가지 않겠다고 울고 있는 것을 "사내애가 저렇게 마음 약해서/ 어떻게 하느냐고들 걱정했었다"며 근심하는 아버지의 모습을 볼 수 있다. 그런데 유대균과 어린 시절을 같이 보냈던 대학 동창생이 어느 방송 인터뷰에서 "유대균은 도시락을 싸서 다닌 적이 없고 점심시간이 되면 5단 뷔페식 도시락을 누군가 가져다주었는데, 그것도 나눠먹지 않고 혼자 다 먹었다"고 말한 내용이 사실이라면, 이 시에서 보여주는 유대균이 친구를 향한 동정심은 유병언이 독자를 조장하기 위해 조작한 허구이거나, 유대균이 아버지에게 거짓말을 한 것임이 분명해 보인다.

섬나는 어렸을 때 찾아온 손님들이
이쁘다고 안아주면

고사리 같은 손을 펴 보이며

'섬나 손에 껌 없어요' 라고 해서는

밖에 나가 뭔가 사 먹으면서

사준 분의 손을 잡고 들어오는 모습을 종종 봤었다

—「잔꾀」 전문

하루는 둘째 딸 상나가 방문을 배시시 열고 들어와서

"아빠"라고 불러놓고는 입을 삐죽삐죽하더니

"섬나 언니 이쁘지?" 하고 묻자

"다른 사람들이 그렇다고 말하더라" 하니

요게 하는 말이 "아빠 상나는 귀엽지 그지?" 하면서

눈물이 고여 있기에 꼭 껴안아주었다

'요런 것들도 질투를 미화시키는 요령이 있구나'고 생각했었다

집에 놀러온 손님들이 상나 귀엽다고 꼭 껴안으면

안겨서 귀에 대고 하는 말이 "돈 십 원 주면 안 되나?"

—「시샘」 부분

　유병언의 시 「잔꾀」와 「시샘」은 유병언의 앞서 살펴본 시처럼 장녀 유
섬나와 차녀 유상나의 유년기 이야기다. 유섬나는 찾아온 손님들이 자신
을 예뻐하는 것을 알고 그것을 이용해서 "고사리 같은 손을 펴 보이며" 손
님에게 동정심을 유발하면서 "섬나 손에 껌 없어요"라는 식으로 입심 좋
게 말하여 자신이 가지고 싶은 것을 얻어내는 것을 보고 「잔꾀」라고 하였
고, 유상나는 "섬나 언니 이쁘지?"라며 언니인 유섬나를 질투하며 눈물 흘
리고, "아빠 상나는 귀엽지 그지?"라며 아버지에게 동정심을 유발하면서
손님들에게 안겨 귀에 대고 "돈 십 원 주면 안 되나?"라고 하는 것을 보고

「시샘」이라고 제목을 지었다. 이 두 편의 시는 장녀와 차녀가 자신이 원하는 것을 부모가 아닌 손님들에게 꾀를 부려 성취하는데, "사준 분의 손을 잡고 들어오는 모습을 종종 봤었다"며 이를 대견스럽게 지켜보는 아버지의 모습은 훗날 어떤 최후를 맞이했을까?

시에서도 잘 보여주듯 자식들을 무척 사랑했던 유병언은 도피 중에 사망했다. 자식들은 아버지가 죽어가는 동안 그의 곁을 지키지 못했다. 자식들은 구속되거나, 아버지의 지시로 도피 중이었기 때문이다. 여기서 궁금해진다. 유병언은 그의 시에서 자식들을 지켜보며 느꼈던 사랑을 근심과 대견함으로 묘사하고 있지만 정작 자신이 총수로 있던 세월호 희생자들의 가족들에게는 어떻게 했는가? 자신의 자식이었다면 망망 바다 한가운데, 검고 차가운 바닷물에 그렇게 자식의 목숨을 버리고 도피행각을 벌일 수 있었을까? 유병언이 자식들에게 도피하라는 말은 세월호의 희생자들에게 해야 할 금언 같은 것이다.

이제 유병언이 남긴 의혹은 죽은 아버지 대신 그의 자녀들에게 시선이 집중되어, 장남 유대균은 7월 25일 용인 오피스텔에서 여자 경호원과 함께 숨어 있다가 붙잡혀 구속되었고, 차남 유혁기는 아버지가 이끌던 구원파의 실질적 후계자로 알려져 있지만 미국에 체류하다 도피했고, 장녀 유섬나는 6월 27일 프랑스 현지에서 체포되어 범죄인 인도 재판 중에 있다. 차녀 유상나는 미국이나 프랑스 등으로 도피생활을 이어가고 있는 것으로 알려졌다.

3. 욕망이 닮았구나

내 눈 깊숙이에는

꽤나 큰 욕심주머니가 있나 봐

내 어릴 적 철모를 때는

눈에 보며 좋게 보이는 건

뭣이든지 갖고 싶었는데

커 오는 동안

염치와 눈치 배워가며

도덕과 교양 쌓는 동안에

조심성 키워 조금 정돈되어 갈 뿐

지금 더 커서 어른이 되었어도

마음은 종종

겉으로 쌓아놓은 조심성 있으나

자유를 원할 때 어디에 가나

경치 좋은 곳마다 보면서

내 정원 만들어보는 때면

높은 산과 들 이은

바다가 있는 곳을 연상하다가

좀더 넓게 좀더 뭣뭣이 있으면 바라다가

내가 다 가볼 수 없는 지구 끝

아니 바다 전체가

내 정원 호수가 된다 해도

내 작은 이 마음 채우지 못해

우주 한 곳에서

뭣이든지 삼켜버리는

블랙을 닮았나봐.

—「크고 넓은 욕심쟁이」 전문

이렇게 변한 내 모습
나는 조금도 후회하지 않는다고

왜냐고?

그건 많은 사람들이
황금에 미쳤기에 말이다

그것뿐인가

서양 미인들 중에는
금발이 많다더라

노다지 칼라

속 비고도 기상 넘치는
너 대나무야

빈 속 자책 않고
희망 넘치는구나

너야말로

살아온 마디마디 비었지만

속에는

나쁜 아무것도 들지 않은

청렴한 마음

비어 있어

더욱 푸르게

돋보이는구나

―「대나무」 전문

　유병언은 위의 시 「크고 넓은 욕심쟁이」에서 자신의 내면 깊숙한 곳에 있는 욕망을 '꽤나 큰 욕심주머니'라고 표현한다. 이 '욕심주머니'는 "내 어릴 적 철모를 때는/ 눈에 보며 좋게 보이는 건/ 뭣이든지 갖고 싶었는데"라는 시행에서 어리고 철모를 때에 욕망이 왔다는 것을 무의식적으로 진술한다. 이는 자식들을 소재로 한 시 「잔꾀」 「시샘」처럼 깊이 없고 금방 들통날 얕은 감정을 보이는 것이다. 그는 그동안 염치와 눈치를 배우고 도덕과 교양을 쌓고 조심성을 키웠지만 어른이 되었어도 여전히 욕심을 버리지 못하고 경치 좋은 곳은 자신의 정원으로 만들었다고 한다. 실제로 유병언이 국내와 유럽에서 사들인 부동산과 동산만 하더라도 5,000억 원에 달하는 천문학적 액수로 추산된다고 검찰은 발표했다. 이처럼 그의 욕망은 '지구 끝/ 아니 바다 전체가/ 내 정원 호수가 된다 해도/ 내 작은 이 마음 채우지 못한다'는 것을 깨닫는다. 그것을 비유하여 "우주 한 곳에서/ 뭣이든지 삼켜버리는/ 블랙을 닮았나봐"로 자신의 과도한 욕망과 자존감을 표현한다.

　이런 마음이 시 「대나무」에 와서는 "이렇게 변한 내 모습/ 나는 조금도 후회하지 않는다"라며 자신을 성찰하고 되돌아보기도 한다. 많은 사람들은 황금에 미쳤고, 금발에 미쳤다. 여기서 황금은 돈으로, 금발은 여자를 환유하는 수사법이다. 그리하여 세상은 "노다지 칼라"라고 정의한다. 그러나 속이 비고도 기상이 넘치는 대나무의 빈 속에서 세상의 희망을 본다. 마디마디에 들어차 있는 '반어적 희망'은 "나쁜 아무것도 들지 않은/ 청렴한 마음"이며 "비어 있어/ 더욱 푸르게/ 돋보이는구나"라는 탄식을 자아낸다.

다른 법도 같겠지만 도로교통법은 교통순경에게 딱지 안 떼이려고 배운 것이 아님을 알아야 된다. 운전자들의 양심에서부터 차를 달리는 도로 위에서 지켜야 하는 의무인 것이다.

운전자들 자신이 양심의 간섭 받으면서 지키지 않으면 사고 일으킨 후에 타인의 간섭 받게 될 때까지 늦었다는 걸 교통경관 앞에 서기 전에 먼저 양심에 위반 신호가 울릴 것이다.

　　　　　　　　　　　　　　　　　　　　　　　　　　　　—「도로교통법」 전문

그에게 법은 누구나 지켜야 할 의무이며 양심이다. 2연으로 된 위의 시 「도로교통법」은 운전자들이 도로 위에서 지켜야 하는 의무를 스스로 알아서 잘 지켜야 한다고 지적한다. 그동안 유병언 자신은 이 시처럼 법을 잘 지키며 살아왔을까? 지금까지 밝혀진 것만 하더라도 2008년부터 상표권 사용료 명목으로 받은 계열사 자금 98억 원과 2010년부터 컨설팅비 명목으로 계열사 자금 120억 원을 횡령하고, 자신이 부도낸 세모 자산을 담보로 598억 원을 대출받아 다시 세모를 인수하고, 2010년 국제영상 주식 4만 6,000주를 계열사들에 27억 원에 시세보다 높게 매각하고,

2011년부터 사진대금 명목으로 446억 원의 계열사 자금을 해외 법인으로 빼돌리고, 사진사업 관련 증여세 101억 원을 포탈한 혐의를 받고 있다. 무려 1,390억 원이라는 거액을 범법으로 취득했는데, 이 많은 돈의 배후에는 수많은 사람들의 고통과 아픔이 있었을 것이 자명한 일이다.

그래서 시 「도로교통법」에는 자신의 죄의식을 망각한 채 기생적으로 살아온 유병언의 병적인 거짓생활들이 무의식적으로 드러난다.

4. 죽음도 닮았구나

나를
많은 인생들이
돈 맡겨놓은 은행에 보내어

인생들의
고뇌의 결실을 세어
샘하는 곳에서
한 번쯤 만져보고
생각해보려고

가져온 것 없으니
아무것도 못 가져가는
낙엽 같은 인생이라고

―「오나가나 빈손」 전문

시간이 멈추고

날도 달도 해도

다 정지되는 날이

모든 인생 각자에게

반복해서 계속되는 혈액순환도

심장에서 멎는 순간

끝이 오고

영혼은 영원을 향해

숨쉬러 떠나는 시작이 된다.

—「영원의 호흡」 전문

경찰당국은 유병언이 사망했다고 발표했다. 그는 알아볼 수도 없는 시체로 우리에게 돌아왔다. 자살, 타살, 자연사 등이 명확하게 밝혀지지 않은 채 불행히도 그의 죽음은 미스터리로 남았다. 그렇지만 5,000억 원의 재산과 1,390억 원의 추징금 속에서 지금까지 살펴본 시편들을 남겼다.

시 「오나가나 빈손」은 "돈 맡겨놓은 은행"을 "인생들의/ 고뇌의 결실을 세어/ 셈하는 곳"이라고 비유한다. 그리고 자신의 인생을 돈을 세듯 "한번쯤 만져보고/ 생각해보려고" 사색한다. 자신의 인생에 대해 한 번쯤 고뇌한다면 "가져온 것 없으니/ 아무것도 못 가져가는/ 낙엽 같은 인생"이라는 존재 본연에 대한 메시지를 던진다. 이처럼 인생은 맨몸으로 왔다가 다시 맨몸으로 가는, 허무하고 덧없는 것이다. 마지막 그의 자리를 지켰던 것도 황금이 아닌 그가 창작한 한 권의 시집이었던 것처럼, 그렇게 이름만 남기고 사라지는 것이다.

그는 자신의 죽음을 예감했는지, 시 「영혼의 호흡」에서 죽음은 아무것도 못 가져가는 그날로 "시간이 멈추고/ 날도 달도 해도/ 다 정지되는 날"

이며 "심장이 멎는 순간"이라고 말한다. 그렇지만 그는 죽음이 찾아와도 희망을 놓지 않는다. 육신의 끝은 오지만 육신에서 분리된 "영혼은 영원을 향해/ 숨쉬러 떠나는 시작"이 되는 '소중한 날'로 보인다. 그의 시처럼 그의 영혼은 "심장에서 멎는 순간 끝이" 와서 그토록 많은 물질을 세상에 남겨놓고 영원의 숨을 쉬기 시작한 것이다

아해 유병언, 그의 시에서 거짓과 진실 사이를 오가며 거짓 안에 진실을 진실 안에 거짓을 첨부한 것으로 보아 그의 죽음도 자살 안에 타살이 있고, 타살 안에 자살이 있는 것은 아닐까. 이것을 총칭하여 이른바 '자연사'라고 부르는 것은 아닐까. 무엇보다 그의 시와 그의 삶이 무척이나 "닮았다"는 생각 속에서 그가 꿈꿔왔던 세계와 꿈을 위해서 함께했던 사람들을 상상해본다. 그리고 그가 받은 구원은 '아해'라는 호처럼 '늙어감의 시간'에서 '죽어감의 시간'으로 해방된 지금도 유효한가.

제5장

이승하 작품의 폭력성과 정신분석

1. 글쓰기의 폭력성

이브 미쇼는 "폭력(violence)을 좁은 의미에서 보면 사람에게 상처를 입히거나 재산에 손해를 입히는 것을 목적으로 하는 행위로 정의한다. 힘(force)은 더 일반적인 용어다. 우리는 힘을, 어떤 사람에게 가만히 있다면 하지 않을 일을 하도록 하게 하는, 실제적이거나 잠재적인 폭력의 사용으로 본다. 만일 폭력이 다른 사람의 행동을 변경시키려고 사용되었을 경우, 폭력은 힘의 성격을 갖는다."[1] 즉 상대방의 의지와 무관하게 위해를 가하는 힘이 폭력이다.

세계는 세계라고 명명되기 전부터 폭력에 노출되어 있었고, 우리는 폭력으로부터 자유로울 수 없다. 에티엔 발리바르가 "인간 사회는 구조적으로 폭력의 진공으로서의 비폭력은 불가능하다"고 할 만큼 폭력의 종류는 다양하여 단순하게 정의를 내리기가 어렵다. 세계에 존재하는 폭력의 양상으로 신체, 정치, 문화, 권력, 언어 등이 있다면, 그중에서 물리적이 아니라 심리적인 폭력의 양상을 보이는 것이 언어다. 그렇다면 언어적 폭력,

그것은 어떻게 생성되는 것일까. 글쓰기의 폭력성은 폭력적인 감정을 기표화하는 것으로서, 상상을 불러들여 문자언어로 폭력을 행사한다. 이때 폭력적인 글쓰기는 심리학적으로 주체의 외상을 표현하는 사회학적 기표이자 심리학적 기의가 될 수 있다. 폭력적인 글쓰기는 심리학적이고 사회학적인 도구로서 "정신생활에서 강한 자극의 증가를 가져오는 외상적 체험이다".[2] 정서적 글쓰기는 트라우마를 해소하거나 처리하는 방식인 동시에 자아를 드러내는 소산물이며, 존재를 확인시켜주는 산물이라는 점에서 출발한다. 우리가 아는 한, 진정한 글쓰기는 "과거의 부정적인 경험들을 털어내고 현재의 긍정적인 인지와 정서로 대체"[3]할 수 있는 리비도를 가지게 되는 데 있다.

이를 위해 시인이자 중앙대학교 교수인 이승하[*]의 시와 산문을 텍스트로 삼았다. 이승하 작품을 텍스트로 삼은 것은 이승하 자신이 주장한바, 자신의 삶이 폭력적 고통과 좌절로 인한 죽음으로 얼룩져 있고, 그것을 시집 『뼈아픈 별을 찾아서』(2001), 사진과 회화, 카툰 등 시각이미지를 도입한 파격적인 형식실험의 시들만 묶은 『공포와 전율의 나날』(2009), 가족, 이웃, 동료, 독자, 스승과 제자 등에게 쓴 총 35통의 편지 모음집 『피어 있는 꽃』(2007) 등의 기록을 남겼기 때문이다. 이승하의 시집 『뼈아픈 별을 찾아서』와 시선집 『공포와 전율의 나날』에 나타난 고통과 좌절, 공포와 전율 등의 폭력성을 분석하기 위해 선행적으로 산문집 『피어 있는 꽃』을 살펴봄으로써 이승하가 겪은 폭력과 죽음에 관한 트라우마 양상을 탐사

---

[*] 1960년 경북 의성에서 2남 1녀 중 차남으로 출생. 고등학교 입학 2개월 만에 가출로 중퇴, 대인공포증, 신경성 위궤양, 심계항진, 빈뇨증, 언어장애 등을 스스로 극복. 1975년 대입자격 검정고시에 합격. 1984년 중앙일보 신춘문예 시부문에 「화가 뭉크와 함께」가, 1989년 경향신문 신춘문예 소설부문에 「비망록」이 당선. 중앙대학교 문창과를 거쳐 같은 대학원에서 석사·박사학위 취득 후 모교에서 교수로 재직하고 있다. 대한민국문학상 신인상, 지훈상, 시와 시학상 등 수상. 시집 11권과 다수의 시론집, 소설집, 산문집을 펴냈다.

하기로 한다. 『피어 있는 꽃』은 이승하가 지인들에게 쓴 편지글을 묶은 책이다. 편지는 본질적으로 실용문이지만 문학적 측면에서 보면 수필에 가깝고, 쌍방의 소통을 목적으로 한 자신의 정서와 인지를 드러내는 기제라고 할 수 있다. 편지는 자신의 존재를 확인시켜주며, 동시에 타자와의 소통에서 글쓴이의 정서가 밑바탕이 된다. 여기서는 이승하의 편지 모음집에 드러난 트라우마 체험에 근거하여 위 텍스트에 나타난 폭력성이 시창작 과정에서 어떻게 자아방어기제를 통과하는지 살필 것이다.

프로이트의 트라우마 치료는 언어적 기표를 통해 상처받은 감정을 치료하는 것이다. 그것은 트라우마의 '정동을 말로 표현하라'이다. 언어(글쓰기)는 폭력성에서 발생한 내향적인 노이로제를 문자로 묶는 과정의 일환이고, 이것은 '관념들' 곧 언어-무의식의 관계로 묶이며 기호와 체험이 하나로 연결된다. "라캉이 프로이트의 '관념적 대변체(Vorstellungsrepräsentanz)'라는 개념을 언어적 기표(signifiant)라고 번역한 것도 같은 맥락에서이다. 보호 방패의 균열로 과도하게 유입된 흥분의 방출과 잇따른 감정의 소산이라는 트라우마 치료 과정의 필수적 전제 조건이 언어적 접근이라는 것이다. 이것은 언어에 의해서만, 언어를 통해서만 존재의 핵인 라캉적 실재(the real)에 닿을 수 있다는 분석 강령에 충실한 진술이다."[4] 예술가적 성향을 지닌 사람들은 신경증을 앓고 있으며, 창작이라는 예술활동을 통해 일상적인 생활을 할 수 있다는 것이다. 프로이트가 제시한 트라우마의 정의는 명료하며 그에 대한 대처 방안 역시 간단하다. "트라우마는 보호 방패를 뚫을 만큼 강력한 외부로부터의 자극을 '외상적'이면서 그에 따른 욕동(trieb)이 충동의 증가와 에너지의 범람으로 자아의 정체성을 위협하는 위기적 상황에 대해서 '보호 방패'(protective shield)라는 강력한 메타포적 언어를 필요로 한다"고 박찬부는 말한다. 예컨대 폭력성에 대한 외부적 자극을 보호하기 위한 방패가 은유라는 말이다. 폭력적인 공격으로부터의 마지막 저지선인 자아의 방패가 뚫려 그것에 균열이 생기면 그 틈 사이로 감당할 수 없이 많은 양의 자극이 내부로 가해져 정신계에 대규모의 교란 사태가 벌어지고 '쾌락 원칙(pleasure principle)'이 잠정적으로 중단되는 비상 상황이 연출된다. 이것이 정신적 외상이자 폭력성이고, 이것을 자아방어기제로 방어하고 보호하는 것이 글쓰기라고 할 수 있다.

2. 트라우마와 자아방어기제

트라우마는 주체가 감당할 수 없는 강한 자극이나 충격으로 입게 되는 정신적 상처다. 주체가 타자와 세계에 의해 충격적인 사건과 사고를 경험하면서 무의식적으로 억압이 발생하고 일정한 잠복기를 거쳐 신경증으로 발전한다. 그것은 신체적인 마비, 악몽, 가위눌림, 환청, 환각증세, 발작 등 다양한 증후가 된다. 폭력적 외상은 자아의 방어적 방패에 균열을 가져오고 그 틈으로 외부적 자극이 과잉 유입되어 '흥분 상태의 증가'를 초래한다. 이러한 트라우마는 "육체에 가해지는 상처에서 정신에 가해지는 상처로 확장"[5]되며 반복적이고 강박적으로 발생한다. 트라우마는 의식적으로 기억하고 싶지 않은 과거의 사건을 반복적으로 경험하게 하는데, 폭력은 대개 또다른 폭력을 야기함으로써 순환되고 만연케 된다. 트라우마는 강박 상태에서 헤어나지 못하여 생기는 노이로제로 발전한다. 노이로제로 발전한 트라우마는 감정상으로 일상생활에 불안, 초조, 긴장 상태 등의 이상행동, 곧 신경증을 드러내며, 현실에 영향력을 행사하면서 현실과의 원활한 관계를 형성할 수 없게 한다. 이렇게 트라우마는 자아통제를 불가능하게 한다. 자아개념에서 "자기통제는 순간의 욕구충족을 자제하고 만족을 지연시킴으로써 보다 장기적이고 상위의 목표를 달성하려는 능력"6이면서 노력이지만, 폭력성으로 생긴 강력한 정신적 외상에 의해 자아를 정상적으로 제어할 수 있는 방어선이 무너지게 된다.

인간의 트라우마에 대한 자아방어기제로 "불안을 피하고 본능욕구를 부분적으로나마 충족시킬 때 마음의 갈등과 충동이 해소되고 평정된다. 이 과정에서 본능적 욕구와 초자아의 요구 사이에서 타협이 일어나고 절충형성(compromise formation)이 이루어진다. 욕구와 초자아가 양보하여 타협을 이룬 것이 절충 형성이며, 그렇게 나름대로의 욕구 충족을 얻으면서 평정을 회복하는 것이다. 이 절충 형성의 결과가 행동으로 나타나는 것이 증세(symptom)이고, 성격의 특성"7이다. 글쓰기가 방어기제로 자아를 방어하고 보호함으로써 세계와의 화합과 통찰을 이루고 있는가의 문제가 곧 트라우마 해소의 문제인 것이다. 이때 자아방어기제는 억압으로 인한 "파편화된 감각과 맥락 없는 심상에 강렬하게 집중되면서 현실성을 획득하게 되는 기억인데, 언어적인 이야기체와 맥락이 결여"8된 기억을 불러내어 언어로 복원하려고 한다. 작가의 경우 트라우마를 극복하기 위해서 글쓰기를 통해 결여되고 파편화된 기억을 맥락이 있는 이야기체로 복원하려고 부단히 시도하게 된다. 여기서 이야기로서 맥락의 복원은 "트라우마 상황을 관념들(Vorstellungen)과 묶으려는 정신계의 끈질긴 시도이고, 묶기 과정(binding)은 방출과 잇따른 감정의 소산(catharsis)을 위한 필수 조건이다."9 말하자면 기표를 매개로 하여 은유적으로 말하기-글쓰기(메타포)는 반복적 묶기 과정이며, 이러한 재현 체계의 복원 작업이 '은유와 상징화 작업'이다. 시인에게는 당연히 시(詩)를 매개로 해서 이것이 이루어진다. 트라우마가 '언어화(verbalization)'되는 것, 즉 시창작으로써 트라우마-반복강박의 외상적 실제를 재현시킨다. 시적 상징을 통해 실재-트라우마에 개입하는 것이 외상적 실제를 재현하기 위한 언어적 시도다. 이렇게 폭력성으로 인해 분절되거나 끊어진 맥락을 글쓰기로 무의식에서 복원시키려는 시도를 통해 기제가 작동되는 것이다. 그렇다면 글쓰기가 이승하의 정신계에 침입한 트라우마 폭력을 분해하고, 묶고, 통제하는 역할을 하는 것일까?

3. 글쓰기에 나타난 폭력성과 정신분석

여기서는 이승하의 글쓰기(산문과 시)에 나타난 폭력성과 트라우마를 정신분석학적으로 탐구하고자 한다. 먼저 이승하의 성격 형성에 막대한 영향을 준 폭력적 인물을 중심으로 트라우마 원인과 양상을 고찰한 후, 이승하 글쓰기에 나타난 폭력성과 자아방어기제를 탐구하게 될 것이다.

1) 이승하 산문의 폭력성과 트라우마 양상

아래는 이승하의 성장기와 트라우마 양상을 잘 보여주는 산문이다.

"불면증으로 여러 해 고생한 적이 있습니다. 고등학교를 딱 두 달 다니고 그만둔 뒤 여러 도시를 떠돌면서 불규칙적으로 생활하다보니 그런 병이 찾아온 것이었습니다. 지금 와서 생각해 보니 미래에 대한 불안감도 잠을 못 이루게 한 원인이었던 것 같습니다. 잠만 못 이룬 것이 아니라 대인공포증, 신경성 위궤양, 심계항진, 빈뇨증 등 신경과 관계가 있는 온갖 병이 찾아왔고, 말까지 심하게 더듬게 되었습니다. 10대 후반부터 20대 중반까지 저는 신경안정제와 각종 진통제에 절어 있었다고 해도 과언이 아닐 것입니다. 병원 의사와의 상담이며 약 처방이 도무지 소용이 없는 10년 가까운 세월이었지요. 대입검정고시에 합격한 뒤에는 대학입시를 준비하긴 했지만 공부는 뒷전이었고, 깊은 잠을 갈망하여 여러 병원을 찾아다닌 세월이었다고 해야 보다 정확한 표현일 것입니다."[10]

이승하는 삶의 좌절에 따른 불안으로 결혼 전까지 불면증에 시달려야 했다. 뿐만 아니라 신경계통의 질병들로 인해 몇 차례 자살을 시도하지만 실패했고, 10대 중반부터 불면증에 시달리며 오랜 세월 방황과 고통의 나날을 보냈다. 방황의 시기를 거치면서 대학에 진학하게 되지만 불면증과 신경성 위궤양, 관절염까지 겹쳐 대학 시절도 투병의 나날이었다.

그렇다면 이승하의 10대와 20대의 좌절과 불안은 어디서 온 것일까? 좌절은 트라우마로 인해 동기 또는 목표추구활동이 인간, 사물, 제도 등에 의해 방해를 받음으로써 느끼는 피해의식이다. 지연, 결핍, 상실, 실패 등이 주요 원인이며, 증상은 허무, 권태, 불만감, 무의미감, 무흥미, 또는 대체된 다른 욕망인 쾌락 추구, 약물, 폭력 등이 그것이다. 반면 불안은 예감이 뒤따르는 애매하고 불쾌한 감정이다. 지나친 경계심, 자율신경계의 과잉활동, 지나친 근심 걱정이 원인이며, 증상은 항상 불안하고, 피로하고, 절박한 죽음에 대한 막연한 걱정, 불면증 등의 증후로 나타난다.

트라우마의 원인은 그의 산문에 나타난 아버지라는 폭력적인 존재에서 찾을 수 있다. "초등학교 2학년 때인가, 부임지 경북 김천에서 경찰복을 벗은 아버지는 어머니가 꾸려가는 가게를 도우며 반실업자 상태로 살아가게 됩니다. 그 당시 경찰은 참으로 박봉이어서 어머니가 보다 못해 초등학교 내 매점에서 시작, 학교 앞에다 문방구점을 내면서 김천에 정착하게 됩니다. 아버지는 포항으로 전근을 가 가족과 1년 동안 헤어져 살게 되었는데 또다시 오지인 영양으로 발령을 받자 경찰직을 그만두게 된 것입니다."[11] 이때부터 아버지의 폭력을 견디다 못한 이승하는 불면증이 생겼고, 이승하의 여동생은 정신질환의 합병증으로 거식증과 실어증에 시달리며 고투의 나날을 보낸다. 이승하의 아버지는 "이렇게 사느니 이놈의 집구석 불지르고 우리 다 죽어뿌리자"라는 말을 수시로 하면서 폭력을 행사하는 등 가장으로서 자포자기한 언행을 일삼았다. 아버지가 무차별적으로 행한 폭력은 그에게 깊은 상처이자 치유하기 힘든 고통이었다고 한다. 특히 "아버지의 폭력으로 말미암은 누이의 정신병"은 그에게 큰 충격으로 각인되었다. "아버지의 지속적인 폭력의 결과 누이동생이 중증의 정신분열증 환자가 되어 병원에서 생을 보내게 되고, 제 자신도 신경정신과 병원에서 약을 타먹으며 불면증과 싸우면서 시를 쓰게 되었다"고 했다. 김영철 건국대 교수는 "시쓰기는 역설적이지만 가족사적 환경에서 힘을 얻고 있다. 역설적이라는 의미는 아버지의 폭력으로 인해 시를 쓰고, 시인이 됐다는 모순성을 의미한다"고 말한다.

이승하는 아버지한테 올리는 편지글에서 "아버님의 고함 소리보다 더 듣기 괴로웠던 어머님의 오랜 통곡과 선영이(여동생)의 숨죽인 울음을 피해 저는 지하실 우리집을 빠져나와 밤의 골목길에서 하늘을 우러러보곤 했습니다. (중략) 밤하늘에 흩뿌려져 있는 별은 제게 베토벤 9번 교향곡에 나오는 '환희의 송가'처럼 가슴 벅찬 감동을 안겨주곤 했습니다. (중략) 별은 저에게 큰 힘이 되어주었습니다. 별을 보면서 저는 밀항을 해서라도 이 지옥 같은 집을 떠나리라"[12] 결심하기도 하는데, 이승하가 그토록 사랑했던 여동생이 정신병원에 입원하게 되자, "선영이의 영혼이 돌아올 수 없는 세계로 가버린 뒤, 저는 의지처가 없어 1년 넘게 성당에 가서 죽어라 하고 기도를 드렸던 적이 있습니다. 제 기도의 내용은 단 한 가지였습니다. 선영이가 정상으로 돌아오게 해달라는 것이 아니라 아버님을 용서할 수 있는 마음을 갖게 해달라고 저는 빌고 또 빌었습니다. (중략) 저는 기도하는 마음으로 그런 시를 써야만 했던 것입니다."[13] 이렇게 이승하는 아버지와 여동생 사이에서 아버지에 대한 분노와 원망이 교차하는 고통과 좌절의 나날을 보내야만 했다.

"정상적으로 오이디푸스 콤플렉스를 극복하고 '아버지 – 이름 – 의 – 기표'를 입력받은 사람은 '정상적'인 상징/실재의 관계를 유지하며 '재현과 그 불만'의 세계를 살아간다."[14] 그는 아버지의 폭력성으로 파생된 억압과 분열을 억제하며 아버지를 용서해달라는 기표로서 별이라는 시어를 즐겨 동원하여 시를 썼는데, 이것은 오이디푸스 콤플렉스를 극복하기 위해 전이된 것에 다름 아니다. 이때 시는 "외상적 경험을 경악의 상태에서 불안의 차원으로 경감시키는 것으로, 메타심리학적 관점에서 수동성/능동성, 경악/불안, 비준비성/준비성, 리비도 집중(cathexis) 저하/리비도 집중 강화, 풀기(unbinding)/묶기, 통제력 저하/통제력 강화 등의 대극적 구조들은 긴밀한 연관 속에 상호작용한다."[15] 그러면서 중심 트라우마는 무의식적으로 외상적 체험을 극복해나간다. 이승하의 시에 죽음의식이 많이 나타나는 것도 정신병원으로 간 동생과 아버지의 폭력성 그리고 결핍된 사랑의 정서가 영향을 주었기 때문이다. 이렇게 이승하 글에서 빈번하게 나타나는 죽음의식은 시를 통해 수동적·능동적으로 체험한 경악과 불안의 리비도에 집중함으로써 체험한 정서를 강화하거나, 풀고 묶음으로써 자아 통제력을 강화하기 위한 수단이 된다. 여기서 시창작은 폭력성으로 인해 정신계에 가해지는 작업에 대한 요구가 정신계의 일정한 자기 조절 장치에 의해 처리되는 과정이며 통제력 회복을 향한 의지가 된다. 우리는 이승하의 시세계를 성찰하면서 구체적으로 그의 트라우마와 정신분석에 다가갈 수 있을 것이다.

2) 이승하 시의 폭력성과 자아방어기제

아래의 시는 첫 시집 『사랑의 탐구』와 시선집 『공포와 전율의 나날』 첫 장에 실려 있는 이승하의 등단작이다.

어디서 우 울음 소리가 드 들려

겨 겨 견딜 수가 없어 나 난 말야

토 토하고 싶어 울음 소리가

끄 끊어질 듯 끄 끊이지 않고

드 들려와

야 양팔을 벌리고 과 과녁에 서 있는

그런 부 불안의 생김새들

우우 그런 치욕적인

과 광경을 보면 소 소름 끼쳐

다 다 달아나고 싶어

도 동화(同化)야 도 동화(童話)의 세계야

저놈의 소리 저 우 울음 소리

세 세기말의 배후에서 무 무수한 학살극

바 발이 잘 떼어지지 않아 그런데

자 자백하라구? 내가 무얼 어쨌기에

소 소름 끼쳐 터 텅 빈 도시

아니 우 웃는 소리야 끝내는

끝내는 미 미쳐버릴지 모른다

우우 보트 피플이여 텅 빈 세계여

나는 부 부 부인할 것이다

—「화가 뭉크와 함께」 전문

이 시는 화가 뭉크의 「절규」를 연상하게 한다. 뭉크의 「절규」는 화면의 전체를 차지하고 있는, 불타는 듯한 붉은 구름과 일몰, 그리고 검푸른 굵은 곡선 사이에 머리카락이 한 올도 없는 해골 같은 형상을 한 인물이 양손으로 귀를 막고 매우 놀란 상태로 눈을 치켜뜨고 입을 크게 벌리고 있는 것이 인상적이다. 이 시 역시 「절규」처럼 불안과 공포에 질린 듯한 화자가 밖에서 들리는 소름 끼치는 울음소리에 반응하는 모습을 형상화하고 있다. 마치 한 장의 그림이 한 편의 시로 기표화된 것 같은 이미지로 각인된다. 이 시에서 전해오는 공포의 원인은 이 시집 전체에서 발견할 수 있는데, 그것은 세계 도처에서 벌어지는 타살, 자살, 질병, 굶주림, 강간, 고문, 핍박 등의 폭력적 학살극이다. 이 범죄의 대상은 권력에 의해 무차별하게 자행당하는 무수한 인류의 피지배층이다. 여기서 권력이란 정치, 문화, 종교, 경제, 가족 등에서 헤게모니를 가진 지배층이다. 이 시는 지배층이 무차별하고 끊임없이 자행하는 범죄를 파생시킨 학살의 어휘들, 즉 '끊어질 듯 들려오는 울음소리'(1연), '불안의 생김새들과 치욕적인 광경(2연)', '무수한 학살극(3연)', '소름 끼쳐 텅 빈 도시(4연)' 등이 불안을 생성해 내며 공포를 확산시킨다. 그래서 화자는 견딜 수가 없어 토하고 싶고, 달아나고 싶고, 미쳐버릴지도 모른다고 전언한다.

프로이트에 따르면 불안은 위험을 예측하고 그것에 대비해 위험에 노출되었을 때 느끼는 공포의 감정이다. 불안은 외상의 경험 주체가 취하는 태도가 되므로 텍스트에 나타난 화자의 불안은 정신분석에서 시인의 외상을 반영하는 것이 된다. 그렇다면 구체적으로 시인의 트라우마 체험에서 이 울음소리의 원인과 울음소리를 내는 대상은 누구이며, 화자는 왜 말을 더듬고 있는가에 주목할 필요가 있다. 이 두 가지를 중심으로 텍스트에 나타난 이승하 시세계의 트라우마를 분석하기로 한다.

이승하가 인류의 참담한 현실에 귀를 기울이고 집중하는 까닭은 무엇일까? 이렇게 폭력적이면서 잔인한 광경을 이미지로 형상화한 것은 시인에게 억압된 무의식과 무관하지 않아 보인다. 앞서 언급했듯이 "이놈의 집구석 불지르고 우리 다 죽어뻐리자"라는 극단적인 말을 수시로 하면서 자포자기한 행태를 보였던 아버지로 인해 가족은 큰 고통을 겪게 된다. 이렇게 이 시의 외부에서 들리는 인류의 울음소리를 추적해가면 이승하 내부에서 들리는 어머니의 통곡과 여동생의 숨죽인 울음소리를 만날 수 있다. 이것은 시인에게 폭력으로 분열된 존재를 확인시켜주는 방증이 된다. 그렇다면 시창작이 "외상 경험을 역사화, 외연화한다는 것은 타자와 연관된 관계 속에 주체의 경험을 위치시키고 비로소 자신의 것으로 인정, 소유하는 것이다. 외상적 경험으로 말미암아 주관적 환상과 강박관념에 사로잡혀 고립되었던 주체는 이와 같은 타자와의 관계 속에서 다시금 사회적 주체로서의 자신의 존재를 재확인하고 거듭나게 된다."[16] 말하자면 성장발달과정에서 체험한 폭력에 따른 고통과 좌절, 그리고 방황의 날들이 시로 투사되어 동일시될 때 타자의 부정적인 의식에 주체의 전환이 일어난다. 이러한 비정상적이고 불완전한 세계는 궁극적으로 이승하의 외상적 경험을 시로 역사화하고 서사화하여 자신의 경험으로 소유하는 일이다. 즉 야만의 폭력으로 찢겨진 상징막을 기워 온전한 재현 체계를 복원하는 일이 심리적 안정을 찾는 요법이며, 이것은 억압된 감정을 폭력 상황을 그린 언어를 통해 발산하는 처방이다.

다음으로 이 시에서 강하게 드러나는 표현 기법이 말더듬인데, 세계에 무분별하게 가해지는 폭력으로 인해 절규하는 화자의 말더듬이 화법이 그것이다. 이 화법을 통해 세계에 대한 인간 존재의 불안이 공포로 증폭된다. 이승하는 대학 시절까지 실제로 언어장애를 앓고 있었는데, 왜 이렇게 되었는지, 그 상황에 주목할 필요가 있다. "대학생이 되었을 때 저는 심한 말더듬으로 고통을 받고 있었습니다. 잘 아는 사람 앞에서는 간단한 의사 표시를 하는데 낯선 사람 앞에서는 말을 마구 더듬는 것이었습니다.

그랬기 때문에 대학 시절, 발표는 늘 제 몫이었습니다. 이놈의 말더듬증을 고쳐보자고 필사의 노력을 했던 것입니다. 저는 시와 소설을 쓰는 법을 배웠고, 친구도 사귀었고, 명정의 상태도 경험하게 되었습니다"[17]라고 대학 시절을 회고한다. 따라서 이 시의 말더듬이 화법은 시인의 오랜 고집과 폭력적 외상으로 생긴 트라우마를 동일화한 것이다. 여기서 동일화는 시인이 경험한 폭력적 세계에 가해지는 간접적인 폭력에 대한 공감이다. 이때의 '공감'에 대해 이무석은 "상대방의 입장이 되어 상대의 생각이나 감정이 내 것처럼 느껴지고 이해되는 정신 현상의 하나이다. 그 사람이 되지 않고도 마치 그 사람의 처지가 된 듯이 그가 느끼는 것을 똑같이 함께 느낄 수 있는 현상을 말하며, 일시적이고 한정적이지만 건강한 형태의 동일화"라고 설명한다. 이를테면 이 시는 표층적으로 화자에게 가해지는 세계의 폭력에 대한 절망이 말더듬으로 동일화된 공감으로 나타난 것이고, 심층적으로 이승하가 폭력적인 아버지로부터 겪은 불안감과 공포에 대한 억압과 분열로 인해 생긴 언어장애가 시로 투사되고 승화된 형태다. 이승하는 자신에게 가해진 폭력의 충격으로 언어장애를 앓아왔는데, 세계에 가해지는 폭력에의 절박한 상황에 내몰려 말을 더듬는 언어장애도 그런 연유로 나타난 것이다. 폭력적 외상에서 초래된 이런 현상과 관련하여 김준오는 현실에 가해지는 폭력 시, 말더듬이 시를 언어의 위기(빈곤) 의식의 산물로 보고, "이러한 비정상적인 언어행위가 비정상적인 상황에 효과적으로 저항"하는 것으로 파악하고 있다.

아래의 시는 이승하의 시집 『뼈아픈 별을 찾아서』에서 내가 뽑은 4편의 작품이다. 이 시들에는 위에서 살펴본 아버지에 대한 이승하의 트라우마와 자아방어기제가 가장 많이 드러나 있다. 우리는 이 시들을 통해 아버지라는 대상을 시적으로 동일화하여 아버지를 형상화하며 카타르시스 및 통찰과 통합되는 과정을 살펴보기로 한다.

(1)

이곳에는 술이 없습니다 아버지,

숙취의 아침에 다시 마시는

해장술도, 외상 술값도

고래고래 고함지르며

욕할 대상, 발길질할 식구도

명정(酩酊)의 상태에서 기억이 끊겨

때때로 저를 보고

니 누고……? 라고 물어보셨죠

아버지…… 저예요……

면회 오지 마라…… 고만 와……

지금은 손을 떨고 계시지 않네요

온갖 것을 보는 환각 증세와

온갖 소리에 시달리는 환청 현상

무조건 술 냄새라고 우기는 환취 현상

그 모든 금단 현상에서 벗어난 것입니까

이제는 정말 술 없이

살아가실 수 있는 겁니까

주기적인 자살 협박과 살해 충동

아버지 손에 부엌칼을 들게 한

좌절감과 열등감

이제는 이해할 수 있다고……

아버지는 사회라는 거대한 톱니바퀴에 낀
한 마리 바퀴벌레였어요
눈치를 보다 술로 달아나던
술로써만 해방감을 만끽하던
손을 떨다가도 당당하게, 호탕하게

아버지이 병원 문을 도대체
몇 번이나 다시 들어와야
그 술, 술의 쇠사슬에서
풀려나시는 겁니까
술의 유혹 술의 협박
아아, 술의 압제에서.

—「아버지한테 면회 가다」 전문

(2)
꾸어다놓은 보릿자루처럼
아버지는 침대 위에 지금
놓여 있다 전신 마비의 상태로
사람이 자신의 의지로
배설하지 못하는 고통에 익숙해질 수는 없는 것일까
입을 뒤틀면서
진땀을 흘리는 아버지
배를 불쑥 내밀고서

숨을 몰아쉬는 아버지

튜브, 외과용 윤활제, 주수기(注水器) 같은
관장(灌腸)을 위한 기구들을 갖다놓고
고무장갑을 낀다
손가락 한 개를
나중에는 두 개를
아버지의 항문에 집어 넣는다
가스가 새어나오도록
자극을 주어야 하는 것이다

아버지! 제 목소리 들리세요?
목소리 들리면 제 손을 잡으세요
아무런 반응이 없다
구두 반응 없음 근육 반응 없음
눈 자발적으로 뜨지 않음
자발적으로 배설할 수 없는
아버지의 몸 속에 숨어 있는 삶에의 의지를 자극하고자
나는 지금 손가락으로
처음에는 부드럽게
점점 힘을 주어 넣되
아프지 않게
아프지는 않게, 아버지가
편히 똥 눌 수 있게, 아버지가
악취를 풍겨 후련해질 이 이승에서.

(3)

볼품없이 누워 계신 아버지

차갑고 반응이 없는 손

눈은 응시하지 않는다

입은 말하지 않는다

오줌의 배출을 대신해주는 도뇨관(導尿管)과

코에서부터 늘어져 있는

음식 튜브를 떼어버린다면?

항문과 그 부근을

물휴지로 닦은 뒤

더러워진 기저귀 속에 넣어 곱게 접어

침대 밑 쓰레기통에 버린다

더럽지 않다 더럽지 않다고 다짐하며

한쪽 다리를 젖히자

눈앞에 확 드러나는

아버지의 치모와 성기

물수건으로 아버지의 몸을 닦기 시작한다

엉덩이를, 사타구니를, 허벅지를 닦는다

간호사의 찡그린 얼굴을 떠올리며

팔에다 힘을 준다

손등에 스치는 성기의 끄트머리

진저리를 치며 동작을 멈춘다
잠시, 주름져 늘어져 있는 그것을 본다

내 목숨이 여기서 출발하였으니
이제는 아버지의 성기를 노래하고 싶다
활화산의 힘으로 발기하여
세상에 씨를 뿌린 뭇 남성의 상징을
이제는 내가 노래해야겠다
우리는 모두 이것의 힘으로부터 왔다
지금은 주름져 축 늘어져 있는
아무런 반응이 없는 하나의 물건
나는 물수건을 다시 짜 와서
아버지의 마른 하체를 닦기 시작한다.

—「아버지의 성기를 노래하고 싶다」 전문

(4)
몸 속에 남아 있는
마지막 힘을 모아
눈을 뜨신 아버지
가족 한 번 쳐다보고
천장 한 번 쳐다보고
눈을 감았다가 금방 다시 뜨신다
이 세상 이 순간 이렇게
뜨기는 싫으신 듯

이대로 그냥 눈을 감으면

영원한 암흑,

죽음의 세계일 테니

한 번만 더 눈을 뜨자

한 번만, 한 번만 더

한 번만 사물을 보자고

자, 한 번만 더 눈을 뜨자고

아버지는 안간힘을 다하고 계신 거다

삶의 마지막 암벽에

지금 매달려 계신 거다

오르고 미끄러지기를

갔다가 되돌아오기를

예닐곱 번

마지막 기운마저 빠지자

눈을 크게 떴다가 감으신 아버지

두 줄기 눈물을

주르르 흘리신 뒤

숨을 멈추셨다

그 몇 방울의 눈물로 나는

아버지의 자식이 된다.

―「아버지의 임종을 지키다」 전문

위 텍스트들은 화자의 아버지가 뇌사상태로 병원에서 생을 마감하는
장면을 입원(1) – 숙변제거(2) – 몸 닦기(3) – 임종(4)을 순차적으로 묘사

하고 있다. 시인은 화자를 통해 정상적인 아버지를 뇌사상태에 놓이게 함으로써 병원에 격리시키고 죽어가는 과정을 제의적인 서사로 담아내고 있다. 아버지를 병원에 입원시킨다는 것은 격리이며 죽음을 맞이하게 한다는 것은 부정의식이다. 격리(isolation)와 부정(denial)은 시인의 외상에서 파생된 것이며 아버지에 대한 억압과 분열을 폭력적이고 범죄적인 방법으로 상징화시키는 방어기제다. 격리는 강박장애의 일종으로 과거의 외상체험과 관련된 감정을 의식에서 분리하는 것이고, 부정은 가장 원초적인 방어기제로 의식화 과정에서 감당하지 못할 어떤 생각, 욕구, 경험 등을 있게 한 존재를 부정하는 것이다.

　'부정'과 '격리'는 이승하의 아버지로부터 체험한 폭력성의 발화현상이며 '반동형성(reaction formation)'으로서 겉으로 드러나는 태도나 언행이 마음속의 욕구와 반대로 나타난다. 수용할 수 없는 현실에 대한 억압이 아버지를 상징화하여 상반된 구조로 몰아가는 행위다. 그는 고통스러운 현실을 있게 한 아버지의 투병과 임종을 미리 생각해보는 것처럼 언어적 '존속 살해'로 아버지를 단죄(convictim)하는 것이다. 이러한 범죄심리학적 경향성은 "단순히 개인의 범죄적 기질이나 소질뿐만 아니라 이를 포함한 개인을 둘러싸고 있는 모든 환경이 원인이 되며 범죄학에서 말하는 결정론적인 인간관을 전제로 하는 개념도 아니다. 단지 개인이 범죄의 방향으로 기울어지거나 쏠리는 특성을 갖는 것은 얼마든지 자유의지에 의해서도 가능"[18]한 것처럼 이 시는 시인을 둘러싸고 있는 타자의 폭력성이 요인이 되어 언어로써 타자를 해체하고 임종케 하는, 즉 범죄적 상상력을 통한 언어적 장례식이라고 할 수 있다.

　그러나 (1)에서 (4)까지 보여주듯 시인은 정상적인 아버지를 식물인간으로 만들어 병원에 격리시키고 죽음을 맞이하게 한 후에 비로소 아버지라는 트라우마로부터 빠져나오게 된다. 시인은 아버지에 대해 "사회라는 거대한 톱니바퀴에 낀/ 한 마리 바퀴벌레였어요/ 눈치를 보다 술로 달아나던/ 술로써만 해방감을 만끽하던" 등으로 표현하면서 지나온 아버지의 삶을 성찰한다. 그것은 "주기적인 자살 협박과 살해충동/ 아버지 손에 부엌칼을 들게 한/ 좌절감과 열등감/ 이제는 이해할 수 있다"(1)고 "행동 교환 모델로서 주고받음의 균형 잡힌 좋은 관계"[19]를 유지할 수 없었던 아버지의 폭력을 외면화하며 이해하기 시작한다. 그러자 시인은 자신의 억압된 욕구를 해제하고 아버지의 욕구로 향한다. 그것은 배설의 욕구다. "뇌사상태에 있는 아버지를 전신마비의 상태로/ 사람이 자신의 의지로/ 배설하지 못하는 고통에 익숙해질 수는 없는 것일까 (중략) 관장(灌腸)을 위한 기구들을 갖다놓고/ 고무장갑을 낀다/ 손가락 한 개를/ 나중에는 두 개를/ 아버지의 항문에 집어넣는다", 그렇게 아버지가 "아프지는 않게, 아버지가/ 편히 똥 눌 수 있게"(2) 아버지의 배설의 욕구를 수동적으로 해소시키는 아들이 된다. 다음은 아버지의 몸을 닦는 의식을 행한다. "아버지의 치모와 성기// 물수건으로 아버지의 몸을 닦기 시작한다/ 엉덩이를, 사타구니를, 허벅지"를 닦으면서 성기를 발견한다. 축 늘어진 성기에서 화자가 발견한 것은 생명력, 즉 화자라는 입자가 아버지의 성기에서 나온 것임을 짐작한다. "내 목숨이 여기서 출발하였으니/ 이제는 아버지의 성기를 노래하고 싶다"(3)고 시인은 화자의 입을 통해 시쓰기가 아버지로의 성기로부터 발현되었음을 성찰한다. 이때의 아버지에 대한 각성은 현실 세계에서의 아버지가 아닌 세상을 장악하는 원초적 아버지상으로서 무한한 상징계를 제압하는 아무도 범접할 수 없는 신적인 아버지다. 이승하는 아버지라는 타자를 언어의 시공간에서 식물인간이 되게 만들고 격리시킨 이후에 눕히고, 배설하게 하고, 닦아주는 행위를 하다가 임종 자리에 놓이게 한다. 그리고 아버지의 죽음을 맞으면서 "그 몇 방울의 눈물로 나는/ 아버지의 자식이 된다."(4) 결국 이승하는 아버지의 폭력성으로 괴로워하는 데서 그치지 않고 그에 대한 반동형성으로 아버지의 죽음을 상상해봄으로써 아버지를 이해하고 용서하며 과거의 트라우마와 화해하게 되는 눈물겨운 장면을 연출한다.

이렇게 (1)에서 (4)까지의 전체적인 내용을 요약하자면, 이는 화자가 아버지를 식물인간(상실)으로 입원시키고, 강제로 숙변제거(퇴행)를 행하고, 성기(동일시)를 닦는 과정에서 '애증'과 '가학'이 병존하는 한편 '자기학대'를 통한 제의적 과정으로 해석되는데, 아버지라는 타자, 과거라는 트라우마에 대한 이해와 용서 그리고 화해의 과정이 시로 전치된 것이다. 이것을 프로이트의 정신분석에 근거하자면 "대상의 상실 – 나르시시즘적 퇴행 – 대상과 자아의 동일시 – 애증 병존 – 가학증 – 자기학대를 통한 복수로 요약할 수 있다"[20]고 오형엽은 분석한다.

이 시에서 화자의 공격성은 자신이 받은 외상에 대한 자아방어로, '전치'의 경우다. 전치는 대상에게 받았던 "감정에 대해 그 감정을 주어도 덜 위험한 대상에게로 옮기는 과정으로서의 공격성은 전치방어로, '전이'와 '공포증'도 '전치'에 의해서 생기는데 '상징화' 역시도 전치의 일종이다."[21] 이를테면 현실에서 받은 고통과 상처의 대상을 시적으로 타자화하여 대상을 학대하거나 살해하여 비의식이 다른 대상으로 전이되었다는 점에서 행동발달 심리기제로서의 '전치적 자아'라고 할 수 있다. 이렇게 폭력적 주체인 아버지를 범죄적 상상력을 동원하여 시적으로 동일화하여 은유적인 제의과정을 통해 떠나보낼 때, 드디어 트라우마는 눈물로 환기되고 아버지를 용서하게 된다.

이승하는 폭력적인 아버지에 대한 '억압과 분열'을 폭력적인 시로 '상징화'하고 있다. 이때 자아방어로서 '부정' '반동형성' '격리' '전치' '전이' 등의 심리상태기제가 작동하고 있다. 라캉의 무의식을 지배하고 있는 쾌락원칙에 따르면 트라우마를 살해해야 욕망 성취가 이루어진다. 직접적인 욕망 성취는 현실원칙에 위배되기 때문에 실제를 벗어난 언어적인 행위로 형상화되었다. 그것은 라캉이 헤겔의 언어를 빌려 말한바, "언어는 대상의 살해자"다. 아버지의 폭력성을 용서와 화해의 언어로 극복해나간다는 점에서 첫 시집의 제목 『사랑의 탐구』와 제6시집의 제목 『뼈아픈 별을 찾아서』는 상징적 기표로 가득하다. 따라서 위 텍스트는 시인의 폭력적 트라우마가 내재된 욕망의 자리바꿈이며, 이것이 기표로 전치되었을 뿐이다.

4. 폭력의 언어와 폭력적 세계

우리는 지금까지 이승하의 트라우마가 그의 글쓰기에서 폭력과 공포에 대한 반복강박으로 나타나고 있다는 것을 보았다. 이승하의 글쓰기는 트라우마로 인해 정신계에 가해지는 폭력을 폭력으로 조절하며 정화 처리하는 통제력 회복을 향한 의지다. 이러한 글쓰기는 언어적 묶기 작업(binding)을 통해 실현되고, 상처와 결핍을 복원하려는 시도다. 트라우마는 폭력적 기표를 통해 말할 수 없는 폭력성을 말하고 있다는 것이다.

그의 글에 나타난 폭력으로 인한 죽음과 공포의 트라우마 경험들이 시 쓰기에서도 폭력적 은유로 드러났다. 시인이 지닌 외상은 억압되어 있던 무의식의 시공간에서 재현될 때 폭력성이 폭력적 언어로 구체화되고 있다. 그가 겪은 트라우마가 자아와 세계 간의 문제에서 시라는 메타포를 통과할 때 아버지라는 외상에 대한 자극을 폭력적인 방법으로 방어하며 분해하고, 묶고, 통제하고 있다. 이승하는 궁극적으로 범죄의 피해자이자 트라우마의 제공자인 아버지를 향한 "오이디푸스 콤플렉스를 해소하기 위해서는 프로이트의 말처럼 일단 그것을 불러와야 하고 소생시키지 않으면 안 된다. 거기서부터 죽은 자로서의 '그=나'를 접촉하는 분석 경험이 열리기 때문이다."²² 정신분석학으로 볼 때 시쓰기는 주체가 기표를 매개로 하여 트라우마를 불러와 경험을 소생시키고, 그(대상)-나(주체)를 접촉하게 하는 논리와 연결이 된다. 그럼으로써 주체-시인은 체험에서 해소되지 못한 폭력적 경험을 은유적(메타포)으로 말할 수 있게 된다. 트라우마가 무의식적으로 시창작을 통과할 때는 폭력적인 언어로 묶고 반복적으로 재현하며 복원한다는 것이다. 이때 동원되는 것이 시적 메타포 즉 은유와 상징화인데, 이것이 시쓰기라는 사실이다. 아버지에 대한 폭력적 트라우마가 폭력적으로 언어화되고 구체화된다. 이때 시인의 정서는 시적 메타포를 통해 트라우마에 개입하는 것이기 때문에 트라우마 시는 '정신분석학적 시학'이라고 명명할 수 있다. 이렇게 주체가 폭력적 외상으로 인해 분절되거나 끊어진 맥락을 글쓰기로써 무의식에서 복원시키려고 할 때, 폭력적인 은유로 자아방어기제가 작동되는 것이다.

글쓰기라는 것은 억압된 자의식에 대한 제의를 수행하면서 주체가 전달하고자 하는 의미를 언어 형식에 외면화하는 행위를 통해 주체의 생얼굴을 확인시켜준다. 글쓰기는 주체를 표현하는 심리학적이고 사회학적인 도구이자, 타자로부터 억압되었던 외상을 감소하거나 해소함으로써 트라우마를 극복하는 정화작용이다.

라캉의 말을 빌린다면 언어는 실제 '기표/시(詩)'를 통해 말할 수 없는 것(the unsayable)을 말하게 한다. 이것이 트라우마 치료를 가능하게 한다. 그렇다면 '말할 수 없는 것'은 무엇인가? 그것은 이승하의 경우 '아버지'라는 표층구조 밑에 있는 심층구조, 아버지라는 폭력성에서 생긴 트라우마를 제거하는 행위처럼 보이지만 결국은 아버지로부터 받은 트라우마와 화해하는 제의적 역할을 수행하고 있다. 화자는 시적 말하기로 아버지의 폭력성을 이해하고 용서하는 방법으로서 상상력을 통한 은유를 동원한다. 여기서 폭력적 은유화는 "희생제의로서 폭력을 조절하고 통제하는 한 방법"[23]으로 폭력에의 감정을 제어하는 성격이 있으며, 그것은 '심층적으로 말할 수 없는 것을 은유화하여 표층적으로 말하는 것'이다. 시인은 폭력적인 체험으로부터 환원될 수 없는 실제를 시로 은유화하여 가공함으로써 폭력에 대한 트라우마의 실체를 인식하는 것이다. 따라서 글쓰기로서의 트라우마 치료는 상처받은 영혼에 대한 '위로하기'이며 상처를 준 대상을 '용서하기'가 된다.

이승하는 1997년에 소설집 『길 위에서의 죽음』을 펴낸 바 있다. 이 소설집에 실린 10편의 중·단편 소설에는 모두 아버지와 아들이 나오고, 부자가 오랜 세월에 걸쳐 오해에서 이해로, 갈등에서 화해로 가는 과정을 작품의 주된 골력으로 삼았는데, 이 또한 트라우마 극복과 무관하지 않다. 아버지를 단죄하거나 가학하려는 마음을 떨쳐버리고 이해와 화해로 가는 긴 여정에 시집 『뼈아픈 별을 찾아서』와 시선집 『공포와 전율의 나날』이, 그리고 서간집 『피어 있는 꽃』이 놓여 있었던 것이다. 『공포와 전율의 나날』이 등단 25년이 되는 해에 나온 것임을 감안하면 우리는 아버지에 대한 시인의 용서에 따른 치유적인 실존의 여정이 얼마나 길고 험난했는지 알 수 있다.

제6장

유영철·이승하의 트라우마 극복과 정신분석

1. 유영철과 이승하의 편지 모음집

이 장은 유영철과 이승하의 글쓰기에 영향을 준 인물의 성격과 트라우마를 살피고, 트라우마의 전개 양상과 치유적 글쓰기로서의 노이로제 극복의지에 주목하였다. 기성 작가와 비기성 작가의 글쓰기 양상을 비교·분석함으로써 글쓰기가 억압을 분출시키는 기제를 발휘하고 있다는 것을 밝히는 작업이다.* 그리고 기성 작가군이 아니더라도 문자화된 언어를 통해 인간의 내면의식이 글쓰기에 구조적으로 반영된다는 것을 탐구함으로써 그동안 인문학에 머물렀던 글쓰기를 치유적 관점에서 사회심리학제간으로 확대시킬 수 있는 비전을 제시하고자 한다.

이를 위해 연쇄살인범 유영철과 시인이자 교수인 이승하의 글을 텍스트로 삼았다. 이 둘의 글을 텍스트로 삼은 것은 이들의 삶이 고통과 좌절

---

* 이 글에서 '기성 작가'는 문학을 전문적으로 하는 사람이고, '비기성 작가'는 글쓰기를 하는 기성 작가 이외의 사람들을 말함.

로 얼룩져 있고, 그것을 '편지 모음집'으로 편찬한 것을 고려했기 때문이다. 유영철이 연쇄살인범으로 사형이 확정된 후 교도소에서 쓴 편지 모음집 『살인중독』과 이승하가 시인과 교수의 길을 가면서 쓴 편지 모음집 『피어 있는 꽃』을 텍스트로 삼았다. 두 사람의 편지 모음집을 비교·분석함으로써 이들이 겪은 삶의 양상과 글쓰기의 의미를 탐사하고자 한다. 주지하다시피 프로이트는 예술가를 내향적인 노이로제 환자로 보고 예술을 통해 신경증이 완화된다고 했으며, 융은 예술가를 가리켜 신경증을 예술로 승화시킨 사람들이라고 했다. 이것은 예술가적 성향을 지닌 사람들은 신경증을 앓고 있으며, 그러한 증상을 창작으로 표출할 때 일상적인 생활이 가능해진다는 것이다. 이승하는 말할 것도 없지만 유영철을 텍스트로 삼은 것은 그가 시와 그림을 좋아했고, 실제로 창작을 했다는 점에서 예술가적인 성향이 강했기 때문이다. 예컨대 유영철은 중·고교 재학시절 백일장에서 장원에 뽑히기도 했고, 그림 실력은 수준급일 정도로 문학과 미술에 소질이 있었다. 어느 문예지 현상 공모에 자작시 「사진 속의 사랑」이 당선된 시인이기도 하다.

위 텍스트를 통하여 유영철과 이승하의 글쓰기에 나타난 인물의 성격을 중심으로 트라우마를 어떠한 방식으로 담고 있는지, 콤플렉스에 어떻게 반응하는지, 자기방어기제가 어떻게 발휘되고 있는지 그 공통점과 차이점을 탐구할 것이다. 글쓰기에 나타난 사회적·심리적 성격 양상이 정신분석학적으로 감정의 해소와 정서의 순화로 작용하는지를 살펴봄으로써 이들의 글쓰기와 트라우마가 어떠한 방식으로 억압을 통과하고 극복하는지를 살피고자 한다.

2. 트라우마와 치유적 글쓰기

트라우마는 인간관계에서 주체가 감당할 수 없는 강한 자극이나 충격에 의해 입게 되는 정신적 상처다. 타자로 인해 충격적인 사건과 사고를 경험하게 되면 무의식에서는 억압이 발생하고 일정한 잠복기를 거쳐 이후에 신경증으로 발전한다. 그것은 신체적인 마비, 악몽, 가위눌림, 환청, 환각증세, 발작 등 다양한 증후가 되어 "육체에 가해지는 상처에서 정신에 가해지는 상처로 확장"[1] 되면서 반복적으로 발생한다. 트라우마는 의식적으로 기억하고 싶지 않은 과거의 사건과 사고를 반복적으로 환기하게 하며, 강박 상태에서 헤어나지 못하여 노이로제가 된다. 노이로제로 발전한 트라우마는 일상생활에서 불안, 초조, 긴장 상태 등 이상행동으로 나타난다. 이렇게 트라우마는 신경증을 드러내며 현실에 영향력을 행사하면서 현실과의 원활한 관계를 형성할 수 없게 한다.

그렇다면 고통과 좌절을 경험한 후 쓰인 글쓰기는 미적인가? 만일 미적으로 느껴진다면 창작자의 트라우마 체험을 어느 정도 반영하는가? 현실과 치열하게 대결한 고투의 흔적인 언어는 작가가 글쓰기로 빛을 발하는 한 요인이다. 작가는 고통스런 감정들을 글쓰기로 붙들고 있는 동안 자신의 삶을 탐색한다. 과거의 사건과 사고를 불러오면서 글쓰기 전에는 알지 못했던 자아를 마주하게 된다. 그럼으로써 자연스럽게 '동일화'와 '전이' 등의 수사법을 통하여 고통받았던 내면을 들여다보며 치유를 경험한다. 프로이트는 "'동일시'와 '전이'는 인간이 겪은 좌절, 갈등, 불안감을 해결하는 학습방법"이면서 동시에 "욕구 분출과 더불어 자기방어기제가 된다"고 했다. 문학치료에서 동일시와 전이는 "창작자의 무의식적 핵심감정과 세계에 대한 문제의식을 인식시키고 일깨워주며, 자신의 감정을 글쓰기로 드러낼 때 정서적 순화와 회복"[2] 으로 작용한다.

프로이트는 다섯 가지 리비도 발달단계가 인간의 성격형성에 결정적인 영향을 준다고 했다. 인간은 심리성욕 발달단계를 지나면서 삶의 긴장과 이완을 겪는다. 말하자면 "구강기(0~18개월), 항문기(18개월~3년), 남근기(3년~6년), 잠복기(6년~사춘기), 생식기(사춘기~)를 거치는 동안 인간은 생리적 성장과정, 갈등, 욕구와 좌절, 위협 등을 학습하면서 동시에 해소를 경험하게 된다"[3]고 했다. 이러한 과정에서 학습방법을 모색하게 되는데, 이때 '동일시'와 '전이'가 동원된다. 동일시와 전이는 자기방어기제로 자신이 겪은 좌절, 갈등, 불안감을 해결하거나 해소하는 학습방법으로, 가족 또는 적절한 인물에게 동화된다. "동일시는 사람이 타인의 특성(행동이나 가치관)을 받아들여 자기 자신의 것으로 만드는 기제다. 주위 사람들의 행동을 모방하며 긴장을 해소하는 방법을 학습한다. 그 욕구를 성공적으로 충족시키기 위해 다른 사람을 모델로 선택한다. 전이는 인간의 본능이 최초에 어떤 외적 또는 내적 장애 때문에 그 목적하는 대상을 선택할 수 없게 되었을 때, 다른 대상을 선택하는 전이가 일어난다. 만약 이 새로운 추구가 다시 좌절되었을 때, 또다른 전이가 일어난다. 대상이 사라지더라도 본능적으로 근원과 목표는 계속 남아 대상만 바뀌게 된다."[4]

이것을 작가가 정서적 글쓰기로 투사할 때, 작가가 경험한 비밀스러운 사실과 내면세계 등의 심리상태로 전이된다. 내밀하고도 은폐된 자아의 소리까지 글쓰기라는 형식에 기록되면서 내면의 억압적이고 억제적인 욕망이 표출된다. "글쓰기는 언어가 가지는 명료성과 문학이 가지는 창작성과 상징성을 활용할 수 있는 기법으로 의미가 있다. 글쓰기를 통하여 참여자는 자신의 내면을 형상화하고 이를 통해 억압된 정서를 표출하고 이에 대한 객관적 이해를 획득함으로써 세계 간의 통합을 완성할 수 있게 되는데[5] 이 과정에서 "억압되고 굴곡된 자신이 경험한 사건, 생각하고 있는 관념, 상상적 체험 등이 의식을 통과하여 형상화되며 실제화된다. 이것은 창작가가 현실에서 객관적으로 자신과 마주하게 될 때, 부정적 생각을 긍정적인 사고로 전환하게 되는 기폭제가 되는 것이다."[6]

이렇게 유영철과 이승하의 심리성욕 발달단계에 영향을 준 인물들의 성격이 글쓰기에 어떻게 나타나는지, 트라우마의 원인과 콤플렉스의 진단, 그리고 노이로제 분출 양상과 극복의지를 탐구하면서 이들의 시에 나타난 치유적 사건을 만났으면 한다.

3. 글쓰기에 나타난 트라우마의 전개와 극복

우리는 유영철과 이승하의 텍스트에 공통적인 테마로 등장하는 인물들을 중심으로 차이점을 탐구하게 될 것이다. 그것은 아버지, 어머니, 여동생, 배우자, 여자(애인, 여자친구) 등 5명으로 집약된다. 이 인물들은 유영철과 이승하의 글쓰기에서 투사, 동일시, 전이로 나타나는 전형적인 사례다. 열거한 5명의 인물이 글쓰기에 수시로 언급되는 것은 내면의 불만과 갈등 등 심리적 기제로 작용하고 있기 때문이다. 그렇다면 상대적으로 이 인물들은 유영철과 이승하의 성격발달단계에 영향을 미치는 등 밀접한 관련이 있음이 분명하다. 이들이 글쓰기에 자기방어기제로 반영되고 있는지를 살펴봄으로써 트라우마를 바라볼 수 있을 것이다.

1) 아버지—죽은 자의 귀환과 생존자의 죽음

유영철과 이승하의 아버지는 폭력적이고 경제적으로 무능력한 인간으로 표상된다. 유영철은 죽은 아버지가 살아 있다고 주장하지만 이승하는 살아 있는 아버지의 임종을 상상한다.[7] 이렇게 상이하게 나타나는 죽음의식은 형이상학적인 것이 아니라 성격발달 과정에서 겪은 사회심리적인 고뇌와 번민의 결과라고 할 수 있다.

유영철의 아버지는 월남전에서 돌아와 유영철을 낳고, 농촌에서 서울로 이사와 술과 여자로 재산을 탕진하고 방탕한 생활을 하다가 전처와 이혼하고 첩과 생활을 한다. 그후 유영철이 중학교 1학년 때 교통사고로 식물인간이 되고 얼마 뒤 사망한다.

그러나 유영철의 중·고등학교 생활기록부, 전과기록, 경찰조서에는 아버지가 '행방불명'이라고 기재되어 있다. "중1 때 아버지가 교통사고 나셔서 병원에 40일간 식물인간으로 계시다가 돌아가셨는데 (중략) 아버지 임종하시던 날 아버지가 내 손을 잡고 우시는 것을 보고, 난 너무나 큰 충격을 받았다."[8] 이렇게 유영철은 아버지의 사망 원인을 잘 알고 있음에도 연쇄살인 사건 이후 수사 과정에서 아버지가 죽은 것이 아니라 '행방불명'이라고 진술하기도 했는데, 아버지라는 존재의 부재가 큰 충격이었을 것이다. 여동생과 함께 아버지와 첩이 살고 있는 미아리를 찾아가면 학용품을 챙겨주기도 했던 아버지의 부재는 상징적 존재의 결핍으로 작용했고, 콤플렉스로 남았기 때문이다. 라캉에 따르면 "죽은 자의 귀환은 상징적 의식, 상징화 과정에 있어서 교란을 나타내는 기호다. 죽은 자의 어떤 미불된 상징적 채무의 수급인으로서 귀환한다."[9] 말하자면 정신적 파국을 막기 위해 분열되는 현상으로 아버지가 죽었음에도 불구하고 자신의 기억 속에 아버지가 계속 살아 있다는 사실을 보장받고자 했던 것으로 파악된다.

이승하는 살아 있는 아버지를 그의 시 안에서 죽이는, 유영철과는 반대적 경향을 띤다. "초등학교 2학년 때인가, 부임지 경북 김천에서 경찰복을 벗은 아버지는 어머니가 꾸려가는 가게를 도우며 반실업자 상태로 살아가게 됩니다. 그 당시 경찰은 참으로 박봉이어서 어머니가 보다 못해 초등학교 내 매점에서 시작, 학교 앞에다 문방구점을 내면서 김천에 정착하게 됩니다. 아버지는 포항으로 전근을 가 가족과 1년 동안 헤어져 살게 되었는데 또다시 오지인 영양으로 발령을 받자 경찰직을 그만두게 된 것입니다."[10] 이렇게 조직생활에 적응하지 못했던 아버지를 그의 시편에서 자주 발견할 수 있는데, 그는 "시를 쓰면서 아버님을 부엌칼을 들고 자기 식솔들을 협박하는 인물로 그렸고, 자발적으로 배설하지 못하는 몸으로 그렸고, 뇌사상태에 빠뜨렸다가 결국 임종의 순간"을 맞이하게 한다. 그는 아버지에게 "제 애비가 뇌졸중으로 식물인간이 되기를 바라서, 또는 어서 빨리 죽기를 바라서 이런 시를 썼다고 생각하시겠지요?"[11]라고 묻는다. 사실 그의 아버지는 젊은 시절, 소월의 시를 줄줄 외우고 다닐 정도로 문학에 관심이 많았지만 직업 경관이 되면서 문학의 꿈을 포기했다. 이승하는 "아버지가 누런 원고지에 쓰신 습작소설의 줄거리를 성인이 되어서도 생생하게 기억한다"고 했다. 이것은 아버지에 대한 짙은 애증의 그림자가 그의 시에 투사된 것으로 보인다. 이승하에게 아버지의 폭력과 무능력은 깊은 상처이자 치유하기 힘든 고통이었다. 특히 "아버지의 폭력으로 희생된 누이의 정신병"은 그에게 극복하지 못하는 충격으로 각인되었다. "아버지의 지속적인 폭력의 결과 누이동생이 중증의 정신분열증 환자가 되어 병원에서 생을 보내게 되고, 제 자신도 신경정신과병원에서 약을 타먹으며 불면증과 싸우면서 시를 쓰게 되었다"고 했듯이 "그의 시쓰기는 역설적이지만 가족사적 환경에서 힘을 얻고 있다. 역설이라는 의미는 아버지의 폭력으로 인해 시를 쓰고, 시인이 됐다는 모순성을 의미한다."[12] 아버지의 죽음에 대한 선험적인 인식은 인간 존재와 삶의 조건에 대해 탐구하게 했다. 이렇게 이승하의 시와 글에 죽음에 관한 기록이 많은 것은 좌절과 불안에 기인한 것이지만 죽음에 의해 존재론적 가치와 의미가 구체화된 것으로 보인다. 이것은 존재 탐구와 세계와의 소통을 위한 창작동기와 삶의 매개항이 된 것으로 분석된다.

유영철과 이승하는 아버지를 자신들의 '억압'에서 '상징화'하고 있다. 아이러니컬하게도 아버지의 죽음을 죽음이 아닌 실종으로 기억하려고 했던 것도, 생존자를 죽음으로 몰고 간 것도 모두 방어기제다. 이것은 아버지가 준 외상의 '부정의식'이며, 이 부정의식은 '반동형성'으로서 겉으로 드러나는 태도나 언행이 마음속의 욕구와 반대로 나타난 경우다. 수용할 수 없는 현실에 대한 억압이 아버지를 상징화하여 상반된 구조로 나타난 것이다. "의식의 밑바닥에 흐르는 생각·소원·충동이 너무나 부도덕하고 받아들이기 두려운 것일 때, 이와 정반대의 것을 선택함으로써 의식적으로 떠오르는 것을 막는 과정"[13]으로 일종의 오이디푸스 콤플렉스다. 유영철이 "부모가 다른 사람이었으면 좋겠다고 생각하는 공상적 '가족 로맨스'를 가지고 이상적인 부모의 상을 회복하기 위한 시도"[14]였다고 한다면, 이승하는 고통스러운 현실을 만든 아버지의 임종을 미리 생각해보는 것처럼 언어의 공상적 '존속 살해'로 가해하면서 동시에 피학적인 고통을 받았던 것으로 추측된다.

2) 어머니—인내의 아니무스, 타자를 위한 삶

유영철의 어머니는 남편과 이혼 후, 장남은 행방불명되었고, 둘째는 간질환을 앓다가 자살을 했고, 셋째는 연쇄살인범이 되어 구속되는 등 불우한 인생을 맞이한다. 유영철은 홀로 생계를 책임지던 어머니에 대해 "맨몸으로 가난을 헤쳐나가신 불쌍한 어머니, 밑바닥 생활이 지겨울 대로 지겨우셨을 텐데……", "사고만 치는 자식 그렇게도 감싸주기만 하시더니 결국 이런 꼴을 보시려고 슬퍼도 눈물 감추시던 어머니. 불쌍한 내 어머니"[15]하고 회상한다. 이 평범한 어조에서는 어머니에 대한 연민과 사랑이 느껴진다. 그러나 유영철은 청소년 시절에 절도로 "처음 징역을 살고 나왔는데 어머니가 '사내 녀석이 실수를 할 수 있다. 괜찮다'고 하셨어요. 처음에 저에게 모질고 독하게 하셔야 했는데 호되게 야단치지 않으셨어요. 자식을 정말 위하는 마음이라면 냉정하게 혼내셔야 했어요. 돌이켜보면 그때 저는 청소년이었잖아요. 어머니는 제가 잘하든 못하든 뭘 해도 내버려두셨어요"[16]라면서 자신의 잘못을 어머니에게로 전이시킨다. 당시 그의 어머니는 이혼과 생활고를 겪으면서 현실에 대한 "갈등에 질린 상태로서 역기능적인 구조 속에서 문제를 해결해나가는 데 경직되어 있었고, 불확실성이라는 불안을 경험하며 일상에 매달리면서 정서적으로 피폐한 분위기 속에서 단순한 습관이나 의무"로 가족들의 생계를 책임지고 있었다. 이러한 상황 속에서 유영철과 어머니의 관계는 "행동 교환 모델로서 주고받음의 균형잡힌 좋은 관계"[17]를 유지할 수 없었다. 이것은 유영철이 올바른 가치관을 심어줄 역할 모델이 없는 상황에서 법과 원칙을 무시하며 자신의 세계에 안주하게 된 것이다.

이승하의 어머니는 30년 동안 문방구점을 운영하며 초등학생들에게 연필과 공책을 팔면서 남편을 대신해 3남매를 키웠다. 그녀의 장남은 서울대 법학과 재학 중 사법고시 1차 시험에 두 번 합격했지만 2차 시험에 응시하지도 않고 부모님의 만류에도 법학과 졸업 후 국문과에 편입하여 문학도의 길을 갔고, 차남인 이승하는 고등학교를 두 달 다니고 집을 뛰쳐나가 4년 동안 방황하면서 대학교에 입학하고서도 불면증, 신경쇠약증 등으로 휴학을 했다. 막내딸은 1985년 정신병원에 입원한 후 지금까지 병원에서 살고 있다. 시인이 된 후 이승하는 "서정주 시인을 키운 것은 8할이 바람이었겠지만 저를 키운 것은 10할이 어머니였습니다. 50년 결혼생활 동안 남편을 대신해 바람막이와 방파제의 역할을 하신 어머니의 얼굴에 파인 주름살을 저는 사랑합니다. 김천 시청 앞 문방구점 '희망사'의 주인, 상주 제2대 국회의원 박성우의 장녀 박두연"[18]으로 어머니를 회고한다. 어머니에 대한 존경과 사랑이 유독 그의 시에 많이 등장하는데, 그것은 시를 통해 어머니의 희생정신과 자식사랑을 독자에게 전해주기 위해서였을 것이다. "화장장 화구 앞에 식구들이 둘러섰다/ 쇠침대가 나온다/ 관도 염포도 수의도 사라지고/ 얼굴도 가슴도 손도 발도/ 사라지고 없다/ 아, 몸이 없다"(「뼈」 부분)는 어머니의 화장 장면을 옮긴 시이다. 이승하는 어머니에 대한 죄스러움과 연민을 시로 표현하는데, 그에게 어머니는 아버지와 반대로 올바른 가치관을 심어주고, 희망을 주는 존재였다. 이승하에게 어머니라는 존재는 삶을 증식할 수 있었던 통로이자 현실을 직면할 수 있는 에너지가 된 것으로 보인다.

3) 여동생―비극의 동행, 아픔의 멜로디

유영철의 친모는 마포에 올라와서 친정 엄마와 함께 살았고, 유영철과 여동생은 아버지와 함께 계모 집에 살고 있었다. "어느 날 실수로 만화 가게에 있는 하드통을 깬 미옥은 그날 계모에게 거의 죽도록 맞았고, 그날 밤 반항으로 미옥을 데리고 옥수수 장사를 하는 엄마를 찾겠다고 용산 청과물시장을 거지꼴이 되어 돌아다녔던 기억도 생생하다."[19] 유영철이 유년기에 아버지와 계모의 폭행과 폭력 등 부당한 대우를 견딜 수 있었던 것은 동생의 영향이 컸다. 배가 고픈 동생을 위해 "튀김집을 죄다 찾아다니며 미옥에게 튀김 찌꺼기를 얻어다 먹이는 게 제일 기분좋았다"고 할 정도로 가족을 대신해 동생을 책임지려는 보호 본능이 강했다. 이렇게 동생한테 "남매로서 유난히 아껴주었던 건 그때 내가 미옥을 달래주는 그 행동이 미옥에게 많은 위안이 되어서였을 것이다."[20] 그에게 여동생의 존재는 자신의 삶으로 전치되었으며 자신과 동화된 유일한 은신처였다. 유영철은 동생을 세계와 타자로부터 보호할 때 자신도 하나의 존재로 살아 있다는 사실을 보장받을 수 있었다. 따라서 유영철의 여동생은 단순한 동생이 아니라 존재를 승인받을 수 있는 유일한 의지의 대상이자 즐거움 자체였다.

　이승하의 여동생은 정신질환의 합병증으로 찾아온 거식증과 실어증에 시달리며 고투의 나날을 보낸다. 이승하의 아버지는 언어폭력과 물리적 폭력을 수시로 행사하는 등 가장으로서 자포자기한 언행을 일삼았다. 이때 이승하는 "아버님의 고함 소리보다 더 듣기 괴로웠던 어머님의 오랜 통곡과 선영이의 숨죽인 울음을 피해 저는 지하실 우리집을 빠져나와 밤의 골목길에서 하늘을 우러러보곤 했습니다. (중략) 밤하늘에 흩뿌려져 있는 별은 제게 베토벤 9번 교향곡에 나오는 '환희의 송가'처럼 가슴 벅찬 감동을 안겨주곤 했습니다. (중략) 별은 저에게 큰 힘이 되어주었습니다. 별을 보면서 저는 밀항을 해서라도 이 지옥 같은 집을 떠나리라"[21] 결심하기도 하는데, 이승하가 그토록 사랑했던 여동생이 정신병원에 입원하게 되자, "선영이의 영혼이 돌아올 수 없는 세계로 가버린 뒤, 저는 의지처가 없어 1년 넘게 성당에 가서 죽어라 하고 기도를 드렸던 적이 있습니다. 제 기도의 내용은 단 한 가지였습니다. 선영이가 정상으로 돌아오게 해달라는 것이 아니라 아버님을 용서할 수 있는 마음을 갖게 해달라고 저는 빌고 또 빌었습니다. (중략) 저는 기도하는 마음으로 그런 시를 써야만 했던 것입니다."[22] 이승하는 아버지와 여동생 사이에서 무의식적으로 아버지에 대한 분노와 원망이 교차하는 고통과 좌절의 나날을 보낸다. 한편 이승하의 반항의식은 몇 차례의 가출 시도로 삶의 돌파구를 찾으려고 했다. 그리고 아버지와 동생 사이에서 겪은 트라우마를 억제하며 아버지를 용서하겠다고 기도하는 마음으로 시를 썼던 것이다.

4) 배우자와 연인—사랑과 이별, 히스토리 후

　이 땅에 살아 움직이는 것들은 모두 사랑하며 사랑받기를 원한다. 그러나 사랑을 잘하고, 사랑을 잘 받기 위해서는 기술이 필요하다. 에리히 프롬의 『사랑의 기술』에서 사랑도 삶의 기술(技術)처럼 문학, 음악, 그림, 건축, 의학, 공학 등의 기술을 배우려고 할 때 거쳐야 하는 것과 같은 과정을 거쳐야 한다. 인간은 누구나 분리(separateness)의 경험이 있다. 분리는 불안을 낳는다. 불안은 인간적인 능력을 상실한 채 고립되어 있으므로 분리상태의 인간의 가장 절실한 소망은 외로운 감옥을 탈피하는 것이 아닐까? 따라서 분리상태를 어떻게 극복하느냐, 어떻게 자신의 개인적인 생각을 초월해서 세계와의 합일에 이를 수 있을까 하는 문제, 즉 분리를 극복하는 것, 사랑의 기술이 문제다. 인간은 갈등의 해소를 위해서 심리적으로 인간 정신에 기초하여 각자가 사랑으로 결합해야 한다.

그렇다. 유영철과 이승하의 가족사를 보면 공통적으로 사랑의 결핍과 부재가 낳은 분리의 경험이 있다. 이 분리의 한계를 극복하기 위해 나름대로 사랑을 하게 된다. 유영철은 교도소에서 복역하던 중 배우자가 이혼소송을 하여 결국 이혼을 하게 된다. 그후 다시 만난 김○영과 동거를 시작하게 되고 다시 이별을 통보받게 되자, 그의 분노는 출장 살인에서 토막살인으로 바뀐다. 그리고 전처나 동거녀처럼 비교적 접근이 쉬운 출장 마사지사, 보도방 도우미 등을 살해 대상으로 삼았다. 전처와 동거녀로부터 일방적으로 결별당한 후 받은 충격으로 직업여성들을 보면 살인충동을 느꼈기 때문에 살인을 멈출 수 없었다. 그는 지난 2003년 9월부터 2004년 7월까지 일주일에서 한 달 단위로 서울지역 부유층, 보도방, 출장 마사지사 등 20명을 살해하면서 시신을 토막내고 인근 야산에 묻었다. 유영철의 도착 증세는 도착의 대상을 여성으로 삼고 있으며, 반사회적 성격장애로 여성을 사랑과 인격이 아닌 살인 대상 또는 해부의 도구로 생각하면서 욕망을 충족시켰다. 그가 이혼 후 만난 김○영은 전처와 같은 출장마사지 직업녀였다. "내가 원했던 건 사람과 사람의 정(情)이었고 그 여자가 원한 건 돈이었다. (중략) 조루 콤플렉스가 있는 나를 조롱했고 정관수술까지 한 내게 정(情)이 아닌 돈만 요구했다."[23] "저의 살인들을 결과로만 보지 않고 원인을 본다면 그 여자도 책임이 있기 때문이죠. 그 여자는 벼랑 끝에 선 나에게 시퍼런 비수를 들이댄 사람이에요. (중략) 내 손에 유인된 여성들과의 슬픈 대화를 통해 참 인생무상을 느끼게 되더라. 그럼에도 불구하고 살인을 멈추지 못하고 사체를 매장하고 와서야 깊은 숙면에 빠질 수 있었던 것은 날 괴롭히는 악마와 귀신들과 싸워 이겼다는 안도감 때문이었던 것 같다."[24] 유영철은 토막연쇄살인이라는 가학적이면서도 피학적인, 고통스런 쾌락을 즐기는 공격적 욕동성을 보여준다.

이승하는 중학교 1학년 때부터 대학 시절까지 10년 넘게 서울에 사는 한 소녀에게 편지를 썼다. 편지가 너무 두툼하여 우표를 두 장 붙여야 했던 그 세월의 편지가 자신을 습작생에서 작가의 길로 가게 했다고 믿고 있다. 이승하가 시와 수필, 독후감 등을 정성껏 써 보내면 그 소녀는 겨우 한 장 내지 두 장의 답장을 보내주었다. 그리고 소녀의 편지를 수십 번 되풀이해 읽으면서 가슴을 졸였다. 그런데 "얼굴도 모른 채 10년 동안 펜팔로 사귄 웬 서울 여학생과 첫 만남을 가진 날이 바로 이별의 날이었습니다. 엄청난 충격과 좌절, 절망……. 저는 그해 겨울방학 때 제 마음을 전할 수 있는 상대를 찾아보기로, 다시 말해 대타를 구해보기"로 했는데 그이가 지금의 아내인 동급생이었다. 대학 3학년 때의 이별 후 분노와 좌절을 경험하면서 대타로 대체된 것이 지금의 배우자다. 이승하는 아내에게 "미안한 말이지만, 그때 저는 그대를 사랑하고 있지는 않았던 듯합니다"라고 솔직한 심경을 드러내기도 하지만, "그대의 사랑으로 나는 결혼한 그날 이후 지금까지 행복하였소"라고 고백하며 아버지, 동생, 펜팔 친구 등으로 분리된 세계와의 좌절과 불안을 치료한 것이 아내라고 확신한다. "결혼 후, 이 약 저 약 진통제를 숨겨놓고 먹다 그대에게 들켜 싸우기도 참 많이 싸웠지요. 아마도 제가 약물에서 해방이 된 것은 결혼 후에도 불면증을 치료하고자 병원에도 한참을 다니고 한증요법, 전기장판요법 등 온갖 방법을 다 써보고…… . 좀처럼 낫지 않더니 아이의 성장과 함께 조금씩 나아갔으니, 이 모든 것 당신 덕분이라오. 그대에게 '고맙다'는 말을 전하오."[25]라고 전언한다.

위 텍스트들에서 유영철과 이승하의 대상 전이는 이성과의 이별에 따른 기제에서 비롯된다. 인간관계는 분노를 만들어내지만 인간관계를 통해 분노를 해소하는 것은 자연스러운 삶의 '정서적 학습'이라고 할 수 있다. 인간관계에 있어서 분노는 자연스러운 인간 정서다. "인간은 누구나 분노하며 분노를 느끼고 표현할 권리가 있다. 그러나 지속적인 분노는 원한, 분개, 적의, 격노, 격정적인 울화를 일으킬 수 있고, 심할 경우에는 폭력과 유해를 일으킬 수 있다."[26] 따라서 분노를 줄이거나 화해시키려던 인간관계가 좌절되면 다시 전이가 일어나는 것이다. 말하자면 사랑은 움직인다는 말과 상통한다. 이들의 전이는 "대체형성된 것으로 목적하던 것을 갖지 못하게 되면서 생기는 좌절감을 줄이기 위해 원래의 것과 비슷한 것을 취해 만족을 얻는 것을 말한다."[27]

유영철의 사랑은 이혼 후 김○영으로 대체되었고, 김○영의 배신으로 인해 그의 분노는 전처와 동거녀의 직업이었던 출장마사지사, 보도방, 노래방 도우미 등의 여성에게로 대체형성이 되면서 살인을 강행하게 된다. "김○영만 죽였으면 많은 여성들이 죽지 않았다"고 변명하는 유영철은 가장으로서 한 여성과의 사랑을 이루기 위해 직장을 다니거나, 돈을 벌거나, 집을 마련해서 여성을 행복하게 해주어야겠다는 현실적이고 장기적인 목표와 계획이 없었다. 이것은 유영철이 성장발달과정에서 정서적으로 사랑을 학습할 수 있는 기회가 없었기 때문이다. 그러므로 여성들을 자신과 동일한 인격체로서 동일시하지 못한 결과로 사랑에 실패하게 되었고, 이

를 극복하려는 의지 또한 상실했거나 부재했던 것으로 보인다. 이승하의
경우에도 유영철과 비슷한 정서적 체험을 하게 되는데, 대학 3학년 때
10년 동안 펜팔로 교제하던 이성에게서 이별을 통보받고 좌절과 절망을
경험한다. 그리고 대체된 것이 지금의 배우자이며, 가난하고 각종 신병이
있던 이승하로서는 전혀 예상치 못했던 배우자의 적극적인 구애와 이해
로 결혼하게 되고, 신경질환을 이겨내야겠다는 능동적 의지를 보이게 된
다. 그러나 이들의 공통점은 가족사에서 얻은 불안과 좌절, 갈등 등을 해
소하기 위한 욕구가 이성이라는 다른 모델로 치환되고 있다.

4. 고통과 좌절의 삶, 치유적 언어

지금까지 살펴본 유영철과 이승하의 유년기는 넉넉지 못한 가정형편과
불행한 가족사, 그리고 아버지의 폭력으로 점철되어 있다. 고등학교 때 중
퇴한 것과 신경질환을 앓았던 것을 보더라도 이들의 무의식에는 비극적
삶이 지불한 강한 콤플렉스가 자리한다. 여기에서는 그들 스스로 자신들
이 겪은 삶을 어떻게 바라보는지 작품을 통해 탐구하기로 한다.

1) 고통과 좌절의 삶
유영철과 이승하의 말을 차례로 인용한다.

내 어린 시절부터 지금까지 전부 파헤쳐 봐도 그것은 허무뿐이더라. 내
가 내 능력으로는 풀 수 없는 모순과 상처와 결핍과 죽음만이 가득하다는
걸 알았을 때 이 세상이 바로 지옥이더라. 그래도 가끔 매혹에 홀리듯 미래
의 환상에 빠졌지만 그것은 모두 텅 빈 것들이었다. 그게 전부다. 내 지난날

과 내 죄악의 씨는 한마디로 절망이었단 말이다.[28] (중략) 10대 때는 가난 에, 20대 때는 방황에, 마무리 못 지은 30대에는 악(惡)의 올무에 걸려 헤어나지 못한 35년간의 인생이 참 치욕스럽구나. 옛날 초범(初犯) 징역 시절에 혼거(混居) 방에서 잠깐씩 생활할 때 인원이 많아 밤마다 칼잠을 자다 야뇨증 때문에 자주 화장실에 다녀오다보면 누울 자리가 없어져서 밤새 앉아 있었다.[29]

불면증으로 여러 해 고생한 적이 있습니다. 고등학교를 딱 두 달 다니고 그만둔 뒤 여러 도시를 떠돌면서 불규칙적으로 생활하다보니 그런 병이 찾아온 것이었습니다. 지금 와서 생각해보니 미래에 대한 불안감도 잠을 못 이루게 한 원인이었던 것 같습니다. 잠만 못 이룬 것이 아니라 대인공포증, 신경성 위궤양, 심계항진, 빈뇨증 등 신경과 관계가 있는 온갖 병이 찾아왔고, 말까지 심하게 더듬게 되었습니다. 10대 후반부터 20대 중반까지 저는 신경안정제와 각종 진통제에 절어 있었다고 해도 과언이 아닐 것입니다. 병원 의사와의 상담이며 약 처방이 도무지 소용이 없는 10년 가까운 세월이었지요. 대입검정고시에 합격한 뒤에는 대학입시를 준비하긴 했지만 공부는 뒷전이었고 깊은 잠을 갈망하여 여러 병원을 찾아다닌 세월이었다고 해야 보다 정확한 표현일 것입니다.[30]

이들이 겪은 10대와 20대의 좌절과 불안은 어디에서 오는 것일까? 좌절은 동기 또는 목표추구활동이 인간, 사물, 제도 등으로 방해를 받았을 때 느끼는 피해의식이다. 지연, 결핍, 상실, 실패 등이 주요 원인이며, 증상은 허무, 권태, 불만감, 무의미감, 무흥미 또는 대체된 다른 욕망인 쾌락 추구, 약물, 폭력 등이 그것이다. 반면 불안은 예감이 뒤따르는 애매하고 불쾌한 감정이다. 지나친 경계심, 자율신경계의 과잉활동, 지나친 근심 걱정이 원인이며, 증상은 항상 불안하고, 피로하고, 절박한 죽음에 대한 막연한 걱정, 불면증 등의 증후로 나타난다.

유영철은 자신의 일대기를 '허무'라는 단어로 축약하는데, 그의 글에서 허무를 있게 한 절망의 근본적인 추론이 가능해진다. 그가 성장기에 겪었던 두 가지의 사건을 들 수 있다. 중학교 다닐 때 유영철은 "아끼던 선생님으로부터 무시험(無試驗)으로 갈 수 있었던 체육고교의 추천서를 받았지만 예술고를 지원했고 필기성적이 좋았음에도 신체검사 면접에서 색맹 텍스트 글자를 하나도 맞히지 못해 1차 실패를 경험했고, 또다른 예술고를 지원해 '아그리파' 데생을 자신 있게 그려 제출했는데도 역시 생각지도 못했던 색맹 면접에서 굴욕을 경험한 후 화려한 물감이 아닌 데생연필만 만지작거리는 시간들을 보내며 스스로 외곬적인 성격을 만들게 되었다."[31] 고등학교 시절 그는 "첫 징역을 받을 때 저는 경미하다고 생각되어 곧 풀려나올 줄 알았습니다. 기타 살 돈이 없어 옆집 누나의 기타를 훔쳤지만 나중에 돌려주고 용서도 받았습니다. 법정에 섰을 때 손에 조그마한 목(木)십자가를 하나 쥐고 있었습니다. 그러나 전 나오지 못했습니다. 목십자가를 부러뜨리며 하나님을 등지게 되었던" 좌절을 겪으면서 자신만의 세계에 매몰되어 세계와의 소통이 단절되었다. 이러한 절망은 억압되었다가 성인이 된 후 "2000년 10월 강제이혼을 당하면서 '신은 죽었다'고 했던 니체의 말처럼 저도 죽었다고 마음먹었고 만물을 창조했다는 유일신을 부정하며 평화로워야 할 교회 주변 사람들에게 그랬던 것입니다. 그 이후로 전 하나님에게 저의 희망을 구걸하지 않았고 진리를 찾아달라고도 하지 않았습니다. (중략) 이런 아픔을 겪으며 점점 분노로 가득차면서 저는 부자들에게 도전"[32]하게 되었다고 했다. 이는 반사회적 성격장애인(사이코패스)임을 보여준다.

유영철에게 좌절과 불안을 안겨준 세상은 '모순과 상처'로 자신의 삶에 맞닿아 있다. 미래가 없는 '결핍과 죽음'만이 가득하다는 걸 알았을 때 이 세상은 죽음에 대한 불안과 공포인 '지옥'이라고 말한다. 삶에 대한 권태는 가끔 매혹되듯 미래의 환상에 빠지는 대체욕망이 되기도 했지만 '모두 텅 빈 것'이라는 허무성을 드러내며 결국 '절망'에 이른다. 유영철의 경우처럼 "한계에 이르는 증오심과 분노가 폭발하면 인간이라는 존재로서도 그렇게 악마의 본성"[33]으로 연쇄살인을 하는데 "외로움이 무서워 살인을 멈출 수 없다고 그랬던 것처럼 그 고독과 절망감을 당사자들은 겪어보지 못했다"[34]며 살인의 추동이야말로 자신의 불행한 삶이라고 합리화시킨다. 또한 자신의 처지를 타인들은 이해하지 못한다고 하소연하기도 한다.

이승하 역시 삶의 좌절에 따른 불안으로 결혼 전까지 불면증에 시달려야 했다. 뿐만 아니라 대인공포증, 신경성 위궤양, 심계항진, 빈뇨증, 말더듬증 등 신경계통의 질병으로 인해 쥐약과 다량의 알약을 먹고 몇 차례 자살을 시도하지만 실패로 끝났고, 10대 중반부터 불면증에 시달리며 여러 병원을 찾아다니면서 오랜 세월 방황과 고통의 나날을 보내게 된다. 가출과 계속된 방황 중에도 검정고시에 합격하여 대학에 진학을 하지만 불면증과 신경성 위궤양, 관절염까지 겹쳐 대학 시절도 투병의 나날이었다. 이승하는 "대학생이 되었을 때 저는 심한 말더듬이로 고통을 받고 있었습니다. 잘 아는 사람 앞에서는 간단한 의사 표시를 하는데 낯선 사람 앞에서는 말을 마구 더듬는 것이었습니다. 그랬기 때문에 대학 시절, 발표는 늘 제 몫이었습니다. 이놈의 말더듬증을 고쳐보자고 필사의 노력을 했던 것입니다. 저는 시와 소설을 쓰는 법을 배웠고, 친구도 사귀었습니다"[35]라고 대학 시절을 회고하고 있다. 이승하가 겪은 좌절과 공포는 유영철보다 혹독하였고 비관한 나머지 자살까지 기도할 정도였지만 불행한 상황을 이겨내기 위한 치열한 몸부림이 있었다. 그에게 문학은 자신의 약점을 보충하기 위한 각오와 노력의 대체물이었다. 또한 그것은 현실을 피하지 않고 마주할 수 있는 유일한 시공간이었다.

2) 치유적 언어로 말하다

시는 소통을 지향한다. 시적 소통은 자아의 통찰이고, 자아와 세계 간의 통합이다. 시인은 시작품을 창작하는 과정에서 자신을 돌아보며 현존재를 개명한다. 존재와 맞닿아 있는 시창작을 통해 '나'라는 존재를 관철시킨다. 시는 세계라는 존재를 잊지 않기 위해 끊임없이 '나'를 '화자'로 등장시켜 나와 세계를 돌아보려는 욕망이 아닐까? 하이데거에 따르면 "시는 존재의 개명"이라고 했다. 그러나 통찰과 통합을 이루지 못하는 시는 보편성에서 멀어지며 암흑세계로 미끄러진다. 이 암흑세계는 자신만의 공간에 함몰된 소통불능의 감옥이 되고 만다. 그렇지만 자아와 세계 간의 소통을 이루는 시와 소통 불능의 시, 이 둘은 자신의 절박한 삶을 기록하는 행위임이 분명하다. 시인의 확실한 코기토(cogito)인 시는 원래 솔직한 것에서 출발해야 한다. 시는 생명을 가진 영혼이 자신을 보호하기 위해 시어로써 감정과 경험을 표출하는 방출, 외침, 울부짖음, 몸짓 등의 진솔한 자연발생적 반응이다. 시는 시인이 경험한 고통스러운 감정들에 대해 말을 건네는 행위다. 과거와 현재, 현재와 미래에 대한 자기감정을 자아와 세계에 전하는 일종의 언어다. 다양한 삶의 편린들이 흘린 질곡의 분비물인 것이다. 그렇다면 이들이 인식하는 세계에 대한 언어의 정점이라고 할 수 있는 유영철과 이승하의 등단작을 보자. 아래는 유영철의 당선작이다.

온 가족이 모였었던 순간이었습니다.
모처럼 많은 대화 나누며
웃을 수 있었던 자리였습니다.
너무나 행복해

그 순간을 사진 속에 담았습니다.

오랜 시간 흘러

그때의 사진을 다시 꺼냈습니다.

사진 속의 어머니는

가족 모두를 껴안고 계셨습니다.

어머니 품에 자식 모두를 안고 싶어

정말 힘들게도

겨우 모두를 안고 계셨습니다.

─「사진 속의 사랑」 전문

이 시는 제목이 시사하듯이 시공간이 사진 속 과거다. 화자는 흘러간 흑백사진 속에서 과거를 읽는 중이다. 종결부 모두가 과거형으로 첫 행부터 '모였던'으로 하지 않고 '모였었던'으로 과거 완료형으로 한 것이 인상적이다. 남루하게 살아가는 가족의 '대화'와 '웃음'은 '모처럼' 이루어졌고, 화자의 '너무나 행복했던 그 순간'이 사진 속에 있다. 화자가 이 사진을 꺼내기까지 오랜 시간이 흘렀고, 어머니 나이가 되어 다시 꺼낸 사진 속에서 어머니는 여전히 자식 모두를 힘겹게 안고 있다. 화자의 어머니는 남편과 이혼하고 척박한 삶 속에서 자식 모두를 감당하고 있다. 그런데 화자의 행복이 사진 속에만 있다는 사실이다. 이 시의 화자와 어머니는 불행히도 사진 밖으로 나오지 않고 끝나고 만다. 말하자면 화자의 진술(사건)만 있고, 회화(감성)는 없다. 어머니를 관찰하면서 자아를 성찰하는 화자의 정서 이입을 통해 과거의 문을 열고 현실로 나오지 못한다. 이 시에서 보여주듯 행복은 철저히 과거였고, 연민은 사진 속에 갇혀 있으므로 불행히도 행복을 과거 또는 먼 곳에 있는 것으로 인식한다. 그의 삶이 시에 동일시되고 전이되어 어머니와 가족에 대한 연민과 번뇌가 드러나지만 끝내 확대되지 못하는 데 문제의식이 있다. 유영철 삶의 성찰과 반성의 메시지가 생략된 것이다.

이승하는 등단작 「화가 뭉크와 함께」에서 "어디서 우 울음 소리가 드 들려/ 겨 겨 견딜 수가 없어 나 난 말야/ 토 토하고 싶어 울음소리가/ 끄 끊어질 듯 끄 끊이지 않고/ 드 들려 와// 야 양팔을 벌리고 과 과녁에 서 있는/ 그런 부 불안의 생김새들/ 우우 그런 치욕적인/ 과 광경을 보면 소 소름 끼쳐/ 다 다 달아나고 싶어"라고 하며 현실에 가해지는 폭력에 절규하는 한편 말더듬이 화법을 통해 인간 존재의 불안함을 보여준다. 김준오는 이 시에 대해 "현실에 가해지는 폭력 시, 말더듬이 시는 언어의 위기(빈곤) 의식의 산물로 보이고, 이러한 비정상적인 언어행위가 비정상적인 상황에 효과적으로 저항한다"[36]고 하였다. 이 시는 실제로 이승하가 말더듬증을 앓아왔기 때문에 동일화된 절박한 상황을 말더듬이 시어로 표출할 수 있었다. 이처럼 시 「화가 뭉크와 함께」는 이승하의 처절했던 절반의 삶을 보여준다. 뭉크의 「절규」를 보면 화면의 전체를 차지하고 있는 불타는 듯한 붉은 구름, 일몰과 검푸른 굵은 곡선이 중첩되어 있다. 등장인물 왼쪽의 바다, 어두운 톤의 직선으로 그려진 길도 절규하는 상황을 암시한다. 그림 속의 화자는 양손으로 귀를 막고 매우 놀란 상태로 눈을 치켜뜬 채 입을 크게 벌리고 있다. 이승하의 시에서 느껴지는 상징성처럼 머리카락이 한 올도 없이 해골 같기도 한 얼굴은 정신질환을 앓으며 공포에 질린 듯한 분위기를 고조시킨다. 이승하의 시는 현실적 상황이 '절망과 불안'이라는 것을 '말더듬이' 언어로 동일시한 것이다. 그러나 공포와 전율에 압도당해서 자신의 존재를 절망하거나 저주한 것이 아니라 공포에 질려 있는 현실을 인식하게 한다. 끊어질 듯하면서도 들리는 견딜 수 없는 울음소리, 토하고 싶을 정도로 견딜 수 없는 시인의 외부에서 들리는 환청 같은 소리에 대해 "치욕적인 과 광경을 보면 소 소름 끼쳐 다 다 달아나고 싶어"라고 말한다. 이러한 인식은 뭉크의 절규처럼 위험에 처한 자아를 극복하며 존재 안에서 세계로 나아가는 과정이다.

이들이 성장발달과정에서 유사하게 체험한 고통과 좌절, 그리고 방황의 날들이 시로 전이되고 동일시될 때 부정적인 의식에 대한 전환이 어떻게 일어나는가에 주목할 수 있다. 위 텍스트들에 나타난 유영철과 이승하의 시적 동일시와 전이가 경험에서 비롯된다는 것은 일치한다. 그러나 시인의 의식 전환은 시를 통해 암울한 과거 체험을 현실 영역으로 이동시켜 자아를 회화적으로 성찰하고 탐구하면서 삶에 대한 긍정적인 모티프를 제공해야 한다. 이 지점에서 유영철과 이승하의 글쓰기에 상이함이 나타난다. 진정한 글쓰기는 "자아가 건강한 사회적 환경을 갖게 되면 과거의 부정적인 경험들을 털어내고 현재의 긍정적인 인지와 정서로 대체"[37] 할 수 있는 리비도를 가지게 되는 데 있다. 즉 전달하고자 하는 의사 표현을 통해 억압된 자의식의 주체를 동일화하며 진술하게 드러낼 때, 자신에 대한 연민과 공포의 카타르시스를 느끼고 자아를 성찰하면서 타자를 수용하게 된다. 그리고 현실적 자각을 얻게 되면서 세계와의 소통과 통합이 가능해지는 것이다.

5. 세계 부정과 세계 긍정의 차이

우리는 유영철과 이승하의 '편지 모음집'을 중심으로 글쓰기에 나타난 노이로제의 원인인 트라우마를 관찰하였다. 비기성 작가인 유영철과 기성 작가인 이승하의 글쓰기 양상을 비교·분석하여 누구나 글쓰기를 통해 억압을 분출시키는 기제를 발휘한다는 것을 밝혔다. 글쓰기에 자주 언급된 가족과 주변인물을 성찰하면서 이들이 겪은 트라우마의 전개 양상과 극복으로서의 치유적 글쓰기에 논점을 두었다. 유사한 삶의 체험을 한 이들의 글쓰기가 트라우마를 어떠한 방식으로 담고 있는지, 콤플렉스에 어떻게 반응하는지, 자기방어기제가 어떻게 작용하는지, 그 공통점과 차이점을 탐구하면서 정신분석학적으로 글쓰기에 나타난 사회적·심리적 성격 양상이 감정의 해소와 정서의 순화로 작용하는지를 살펴보았다.

유영철과 이승하의 글쓰기에 나타난 주된 관심사는 자신들이 겪은 트라우마로 인한 노이로제로서의 불안과 공포의 정서다. 불안과 공포는 "조건 형성을 통해 학습된 정서반응이다."[38] 하지만 그 방식이 전혀 다르게 나타났다. 이를테면 유영철은 언어(자아)가 정리되지 않았고 자기현시적인 반면, 이승하는 언어(자아)가 정리되어 있으면서 자기성찰적이다. 둘 다 자기현시성에서 글쓰기가 출발하는데, 이들의 차이는 '세계 부정'(유영철), '세계 수용'(이승하)이라는 차원에서 동기화한다. 이들이 공통적으로 겪은 불안과 공포, 고통과 좌절 후 쓴 글을 정신분석의 억압으로 분석했을 때, 본능적으로 '좌절과 우울'을 경험한 후 '증오와 분노'로 나타난다. 유영철의 경우 과거에 머물러 자신의 억압을 극복하지 못하고 있지만, 이승하는 현실과 마주하면서 승화되고 있다.

그러나 이승하와 달리 유영철은 글쓰기에 자기반성과 성찰 없이 허위와 위선을 드러내며 트라우마를 과도한 자존감으로 과장하거나 합리화하는 수단으로 이용한다. 억압된 감정이 언어를 통과할 때 동일시와 전이, 카타르시스로서 외부에 표출되는데, 이로써 억압된 자신의 분노와 불안을 발산하며 정서의 안정을 도모한다. 이것은 개인적 감정의 순화인 카타르시스에는 성공할 수 있지만, 세계와의 회복인 통찰과 통합에는 실패하고 있다. 그 원인은 글쓰기에 진정성이 결여된 반면, 자만심만 드러내고 있기 때문이다. 따라서 유영철의 글쓰기는 타자와 세계 안에서 객관성을 확보하지 못한 것으로 파악된다. 이렇게 타자와 세계 간의 소통에 한계를 지니게 됨으로써 세계에 직면하지 못한 채 치유적이지 않은 글쓰기를 하게 된다.

이승하의 글쓰기는 동일화와 카타르시스를 경험하면서 자신이 지닌 문제와 자기의 정체성 등에 대한 객관적 인식을 체득하며 미래지향적인 대안을 얻고 있다. 자신의 상황과 문제를 성찰하고 객관화하여 자신이 모방하고 따를 수 있는 대상을 동기화하며 세계의 문제와 갈등에 대한 정서를 환기시키고 있는 것이다. 이렇듯 글쓰기의 궁극적인 목표는 '타자 이해'와 '세계 직면'이다. 치유적 글쓰기는 세계로부터 경험한 트라우마를 문자로 불러내어 백지 위에 형상화하는 작업이 되는 것이다.

여기서 이들의 트라우마 경험과 노이로제 경향이 유사하면서도 차이가 나타나는 것을 볼 때, 생물학적 영향, 심리학적 영향, 사회문화적 영향으로 형성된 성격을 통해 그 요인을 규명해야 하는 과제가 남는다. "행동은 외적 영향과 내적 영향의 상호작용에서 출현한다. 끓는 물은 계란을 단단하게 만들며 감자를 부드럽게 만든다. 위협적인 환경이 어떤 사람은 영웅으로, 또 어떤 사람은 무뢰배로 만들어버린다"[39]는 점에서 사회과학과 생물심리사회적 접근이 필요하다.

제7장

불교시, 그 치유의 미학

1. 언어 너머 바라보기

인간은 현실세계 '너머'에 무엇이 있다고 믿어왔다. 이 믿음은 언어와 기원을 같이해왔다. 우리는 언어를 통해 그 너머를 상상하며 신비스럽고 성스러운 것을 지속적으로 말하며 창작해왔다. 어쩌면 신비스럽고 속된 것 사이에서 종교가 태어나는 것인지도 모른다. 그렇지만 인류는 종교를 통한 치유의 대상이 되어왔다. 그것은 종교가 할 수 있는 영성의 영역이다. 이때 발휘되는 언어는 속된 것으로 접근할 수 없는 성스러움이 되고, 깨달음이 된다. 우리는 그것을 진리라고 믿는다.

종교 언어는 종교를 믿는 시인들에게 어떻게 작용하며 현현하는가? 시인은 자신이 믿는 종교시를 창작할 때 성정이 고조되거나 확대되어 심리적 변화를 거치는가? 불교라는 종교를 가진 종교인은 시라는 기표를 통하여 억압을 분출시키는가? 여기에서 고민이 시작된다. 시를 창작하는 과정에서 창작자의 무의식에 억압된 감정이 회복되거나, 정서가 순화된다. 불자는 불교적 사상 또는 상상으로 시를 창작할 때, 다른 형식의 시보다 종교적 진료를 통해 정서를 효과적으로 분출시킬 수 있다. 그것은 수행자의 길이 고난의 길이지만, 그러한 고행의 과정 속에서 종교시는 숭고미가 생긴다는 것을 보여준다. 이러한 역경 속에서 오히려 시적 에너지가 충만해지는 것처럼, 시를 창작하는 것은 언어의 도를 닦는 수행으로서 이른바 '언어의 사원'(詩=言+寺)이라고 할 수 있다. 즉 불교시는 수행의 경로를 통해 깨달음을 얻는, 불교적 사상과도 상통되는 부분이다. 그렇다면 시인이 불교시를 창작할 때 '감정의 회복'과 '정서의 순화'가 배가될 수 있을까?

한국 현대종교시는 크게 기독교시와 불교시로 대별할 수 있다. 불교시에 대해 논자들은 종교적인 관점에서 불자와 불교적 사유에 대한 의미나 창작방법에 관심을 두었다. 이 연구자들은 시인과 세계 간에 벌어지는 존재의 문제에 대하여 불교의식이 시에 반영된 것을 조명하거나, 그것의 형성과 창작 과정, 불교시와 경전의 비교문학적 관계 등을 연구했는데, 불교시의 심리적 관계에 대한 해석은 아직까지 미흡하다. 왜냐면 불교는 궁극적으로 인간이 "이 세상에 태어난 것을 고통으로 이해하고, 고통은 피할 수 없는 삶의 현실이다"[1]라는 점에서 '전생의 업보'와 전치되어 있다는 것을 전제하기 때문이다. 우리는 고통이라는 것이 인간의 피해갈 수 없는 업보이기 때문에 '연기설' 또는 '순환설'로 이해할 수 있는바, 불교시와 관련한 심리적 치유성 탐구는 사상적·교리적 차원에서도 당위성과 실효성을 거두지 못하고 있는 실정이다. 불교시에 관한 전통적 고찰은 불교 사상의 전파와 포교에 주력해왔지만, 현대에 이르러 불교시의 치유적 성격을 심층적으로 고민할 때가 된 것 같다.

따라서 이 글은 종교와 문학의 상보적 관계를 통해서 정신분석학의 관점에서 종교시에 치료적 효과가 있다는 것을 보여주려는 시도다. "인연설과 윤회사상을 통하여 대상을 해석하고 묘사함으로써 불교시에 나타난 이미지나 비유들은 매우 독특한 형식미를 구축하고 있다. 인연설과 윤회사상을 바탕에 둔 불교적 상상력은 기존의 자연의 원리에 의한 이미지 생산이나 이미지 연결과는 또다른 시적 효과를 나타내고 있다. 특히 긴장(energy-tension)을 극대화시킨 비유들을 보여주고 있는 것이 그것이다."[2] 예컨대 불교시는 '인연설'과 '윤회사상'과 같은 '연기설'을 '은유적 상상력'으로 묘파하며 '자연' 친화적 '순환과 재생'의 원리를 표방한 은유로 조우할 때 '또다른 시적 효과'를 일으킨다는 것인데, 여기서 주목할 것은 '또다른 시적 효과'로서 불교시에는 사상적·언어적 미학뿐 아니라 치유적 성격이 작동되고 있다는 것이다.

여기 세 시인이 있다. 한용운(1879~1944), 김달진(1907~1989), 조오현(1932~)은 승려 출신의 시인으로서 근·현대사의 불교시를 쓰면서 왕성한 작품 활동을 한, 현대 불교시의 표상적 인물이라고 할 수 있다.

2. 출가, 그 경계를 너머

우리는 시인의 생애로 시인의 세계관을 들여다볼 수 있다. 시인의 삶과 종교 체험은 개인적이고 특수한 것이기 때문에 그것을 통과하지 않고 종교적 세계관을 확인한다는 것은 무리가 있다. 특히 왜, 혹은 어떻게 성직자가 되었는지에 대한 물음에는 종교시의 발현지이자 원흔적이 담겨 있다.

한용운*은 독립 사상가, 불교 사상가, 시인으로서 많은 업적을 남겼다. 그는 승려이자 시인으로서 조국과 민족에 대한 열망이 민족애의 이념으로서 일관되게 시로 구상화되어 나타났다. 그는 넉넉한 집안에서 태어나 어릴 때부터 한학을 배웠고, 아버지와 형이 일찍 돌아가신 후에 가세가 기울었다. 14세인 1892년 천안 전씨와 결혼하고, 18세인 1896년

경 고향을 떠나 백담사 등을 전전하며 수년간 불교서적을 탐독했다. 그 후 1904년에 아들 보국을 낳았지만 가족을 떠나 1905년 백담사에서 승려가 되었다. 당시 고향 홍성에서 갑오농민전쟁과 의병운동이 전개되자, 격변기 상황에 영향을 받은 한용운이 백담사에서 허드렛일을 하며 머물 때, 그가 대필한 편지를 본 불교 강원 강사가 승려 되기를 권유하여 출가했다고 회자되고 있지만 『삼천리』(1933년 9월호)에 게재된 「시베리아를 거쳐 서울로」에서 출가의 이유를 구체적으로 적고 있다. "인생이란 덧없는 것이 아닌가, 밤낮 근근자자(勤勤孜孜)하다가 생명이 가면 무엇이 남는가, 명예인가, 부귀인가, 모두가 아쉬운 것이 아닌가, 결국 모든 것이 공(空)이 되고 무색하고 무형(無形)한 것이 되어버리지 않는가, 나의 회의는 점점 커져갔다. 나는 이 회의 때문에 머리가 끝없이 혼란하여짐을 깨달았다. 애라 인생이란 무엇인지 그것부터 알고 일하자."[3] 한용운이 출가를 결심하게 된 것을 추론해보면, 결국 인간은 죽을 수밖에 없는 근원적 존재이기 때문에 모든 것이 '공(空)'이 되고 '무색'하고 '무형(無形)'하다는 식의 팽배한 허

---

* 한용운(韓龍雲)은 충남 홍성에서 출생하여 아버지는 응준(應俊)이다. 본관은 청주(淸州). 속명은 유천(裕天). 자는 정옥(貞玉). 용운은 법명이다. 계명은 봉완(奉玩), 법호는 만해(萬海 또는 卍海). 1905년 백담사에서 김연곡에게 득도한 다음 전영제에게 계(戒)를 받아 승려가 되었다. 근대시사의 불후의 업적인 『님의 침묵』을 펴냈다. 한국 근대 불교계에서 혁신적인 사상가로 활동하면서 3·1독립선언에 민족대표로 참가하는 등 일제강점기의 혁명적인 독립운동에도 앞장섰다. 수년 간 불교활동에 전념하여 불교 관련 서적뿐만 아니라 양계초의 『음빙실문집』 등을 접하면서 근대사상을 다양하게 수용했으며, 1908년 일본 각지를 돌아다니며 견문을 넓혔다. 이와 같은 다양한 경험이 그의 사상 형성에 큰 영향을 끼친 것으로 보인다. 1911년 송광사에서 박한영·진진응·김종래 등과 승려궐기대회를 개최하여, 일본의 조동종과 한국불교의 통합을 꾀한 이회광 등의 친일적인 불교행위를 규탄·저지했다. 1913년 박한영 등과 불교종무원을 창설했고 1917년 8월 조선불교회 회장에 취임했다. 1918년 불교잡지 『유심』을 창간했으며 이 잡지를 통해 불교 논설만이 아니라 계몽적 성격을 띤 글을 발표했다. 신체시를 탈피한 신시 「심」을 발표하여 문학에 대한 관심을 보였다. 1919년 3·1운동 때 민족대표 33인의 한 사람으로 참여했다.

무의식이 관찰된다. 따라서 한용운이 출가를 결심하게 된 근본에는 존재론적 '유한성'에 대한 '회의'에서 출발하고 있는 것으로 보인다.

한용운의 시는 '시대성'과 '종교성'을 결합한 '구원의 세계'를 동경한다는 점이다. 즉, 불교적 깨달음을 조국의 구원과 광복의 열망으로 결합하여 "식민지 상황에서 주권 잃은 조국을 '님'으로 암유하여 시로 승화시킨 저항의 한 양상이라고 할 수 있다. 식민지 현실이 야기한 소외와 고독, 단절과 불안의 정서가 그의 시에 '님'이라는 대상으로 반영된다. 화자의 내부적 분열은 의식과 행동, 이성과 감정, 반성적 자아와 현실적 자아 사이에서 조화로운 통일이 이루어지기를 갈구하였는데, 이는 절망했던 민족적 저항의식을 표출"[4]하면서 억압된 내면이 환기된다.

김달진[**]은 시인이자 승려이고 한학자이며 교육자였다. "문학사적으로는 한용운에서 조지훈으로 이어지는 동양적 정신세계를 통해 불교적·노장적 시세계를 독자적으로 계승하였다는 의의를 가진다. 또한 말년에 간행한 『한국선시』와 『한국한시』는 그의 오랜 역경 사업이 한데 집약된 기념비적인 작업이었다"[5]는 평이다.

[**] 김달진(金達鎭)의 본관은 김해(金海). 경상남도 창원 출생. 규석(圭奭)의 2남 2녀 중 차남이다. 1939년 불교전문학교를 졸업하였고, 광복 후『동아일보』 기자, 동국대학교 역경원 역경위원을 역임하였다. 금강산 유점사(楡岾寺), 경상남도 백운산(白雲山) 등에 입산하여 수도 생활을 하였으며, 광복 후에는 유점사에서 하산하여 동아일보사에 잠시 근무하다 대구·진해 등지에서 교편을 잡았다. 1960년대 이후부터는 동양고전과 불경번역사업에 진력하여 『고문진보古文眞寶』『장자莊子』『법구경法句經』『한산시寒山詩』등의 역서를 남겼다. 생애의 대부분을 산간이나 향리에서 칩거하였으며, 사회 활동을 거의 하지 않고 은둔 생활을 계속하면서 일관된 시세계를 견지하였다. 1929년『문예공론文藝公論』에 시 「잡영수곡雜詠數曲」을 첫 작품으로 발표하였다. 1930년대에는『시원詩苑』『시인부락詩人部落』, 그리고 광복 후에는『죽순竹筍』등의 시 전문지에 동인으로 참여하기도 하였다. 시집『청시靑詩』(1940)를 비롯하여 시전집『올빼미의 노래』(1983), 장편 서사시『큰 연꽃 한 송이 피기까지』(1984), 선시집(禪詩集)『한 벌 옷에 바리때 하나』(1990), 수상집『산거일기山居日記』(1990) 등의 저서를 남겼다.

그는 1920년 향리에서 계량보통학교를 졸업하고, 1923년 중앙고보를 다녔으나, 신병으로 학업을 중단한 후 경신고보 4학년 재학 중 일본인 영어교사 추방운동으로 퇴학을 당했다. 그후 향리에서 교편생활을 하다가 1934년 금강산 유점사에 입산하여 출가했다고 전해지지만 그의 글에서 출가의 원인을 점묘할 수 있다. 그는 원래 기독교인으로서 기독교 계통인 계광학교에서 7년간 교편생활을 하던 중 "어느 날 밤, 찢어진 벽지 사이의 초벌 신문지에서 뚜렷이 보이는 '佛'자를 발견하는 순간 나는 섬광처럼 마음속의 무엇인가에 강렬한 자극을 받았다. 이것은 막연하나마 어떤 새로운 세계에 대한 무조건적인 절대(絶對)에의 귀의(歸依) 같은 황홀경이 아니었던가 하고 생각된다. 그후부터 우리 배달민족에 대한 하느님의 가호만을 기원하던 예배당을 멀리하게 되었고, 드디어 1933년 늦가을 선친의 심부름 가서 받은 소작료를 여비로 삼아 부모 처자를 버리고 고향, 김해를 떠났다."[6] 그리고 동해안에서 겨울을 보내다가 그 다음해 금강산 유점사 김운악 주지스님을 은사로 승려가 되었다. 김달진은 자신의 간접적인 출가 동기가 '산을 좋아했고, 구렁이같이 흉스러운 자신의 집착성에 대한 반발'이었다고 회고하고 있다. 김달진이 기독교에서 불교로 개종한 이유는 정확하게 나타나 있지 않지만 기독교 교리에 불신이 있는 상황에서 섬광 같은 에피파니(epiphany)의 출현을 통해 누미너스(numinous) 되었고, 기독교의 '맹목적 신앙'에서 불교의 '절대적 귀의'로 나아가는 과정이었다고 추측할 수 있다.

그의 시는 종교적 관념이 아니라 현실적 좌절이나 번민을 뛰어넘는 초월적 시상을 획득하면서 정서적 순화를 일으킨다. 이것은 "사물을 그 자체의 뜻과 속성을 지닌 소박한 존재로 보았기 때문이며 그와 같은 본질적 직관에 의존했기에 동양적 정밀과 달관을 시화할 수 있었다. 시어의 측면에서도 그의 시는 매우 구체적이며 섬세하다. 이는 동시대 한국시와 변별적 특징을 갖는 것으로 현상적 외물에 구애되지 않는 시적 직관과 그에 기초한 탁월한 언어적 묘사는 그의 시가 지니는 개성적 면모다. 김달진의 시세계는 불교 사상의 터전 위에 노장적 동양철학의 진수를 그대로 간직한 것으로 시단의 서구취향이나 유행과는 무관한 정신주의의 면모를 드러낸 것이며, 한국시의 전통의 계승과 창조"[7]라는 정신성으로서 심미적인 국면과 맞닿아 있다.

조오현[***]은 일곱 살 때 절간의 '소 머슴'으로 들어가 1959년 고암스님으로부터 수계, 승려가 되었다. 그는 한용운이나 김달진처럼 혼인을 한 후에 세계관의 변화가 생겨 자유 의지로 불교를 선택하지 않은 경우다. 해방 3년 전 태어난 그는 고아였고, "철이 조금 들어 절간의 소 머슴이 되었으나 소가 남의 밭에 들어가 일 년 농사를 다 망쳐놓건 말건 숲속의 너럭바위에 벌렁 누워 콧구멍이 누긋 누긋하게 잠자는 것이 일이었다. 그랬으니 한 절에 오래 붙어 있지를 못했다. 이 절에서 쫓겨나면 저 절로 갔고, 거기서 쫓겨나면 또다른 절을 찾아 나섰는데, (중략) 결국 소 머슴살이를 할 절도 없게 되었다"[8]고 술회하고 있다. 이렇게 조오현은 가족과 세계로부터 유기된 자로서 생계를 위해 절간에서 머슴 생활을 한 인연으로 승려가 되었다. 그의 출가는 자발적인 것이 아니라 '버려짐'과 '고립'이라는 상황 속에서 선택의 여지가 없는 타의적 성격이 강했다고 할 것이다.

[***] 조오현(曺五鉉 1932~). 경남 밀양(密陽). 1958년 입산(入山). 불명: 무산(霧山), 법호: 만악(萬嶽), 자호: 설악(雪嶽). 1968년 『시조문학時調文學』에 「봄」·「관음기觀音記」로 추천되어 나왔다. 주요 작품에 「설산雪山에 와서」(70), 「할미꽃」(72), 「석엽십우도石葉十牛圖」(73), 「석굴암대불石窟庵大佛」(73), 「비슬산琵瑟山 가는 길」(73) 등이 있다. 2011년 대한불교조계종 신흥사 조실, 춘천불교방송 사장, 불교신문 편집국장, 만해사상실천선양회 이사장, 1998년 대한불교조계종 백담사 회주, 1992년 대한불교조계종 신흥사 회주, 1991년 대한불교조계종 낙산사 회주, 1977년 대한불교조계종 신흥사 주지 역임. 현재 신흥사 조실 큰스님.

그는 시조와의 인연으로 불가의 '선시'를 주로 써왔는데, 시를 처음 쓴 동기는 우연한 기회에 지인의 시조를 보고 자신도 한번 써보고자 했던 것에서 비롯되었다. 1960년대에 이태극, 조종현, 정완영 등 당대의 대표적인 시조 시인들과 교류했으며, 시조 시인으로 등단한 것도 그 즈음인 1968년이다. 강원도 신흥사 주지로 있을 때 첫 시조집 「심우도」를 출간했고, 「심우도」 연작은 1970년대의 '경허와의 만남'을 통해 완성되었다. 이후 오랜 침묵 끝에 1994년 『선문선답』, 1999년 『벽암록』 등을 출간했다.

불교적 관점으로 시작(詩作)을 해온 그의 시는 선방 생활과 불교 철학에 근원지를 두고 있다. 주로 찰나처럼 지나가는 일상에서 마음 한 자락을 선의 바탕 위에서 은근한 시어로써 드러내 보이는 '언어로 된 흔적'[9] 같은 식의 평이 있다.

조오현은 벽암록에서 "인간의 불행은 자기 중심의 아집에 빠지는 데서 생긴다"고 하면서 "선은 바로 구속으로부터 해방되고자 하는 데모와 다르지 않다"고 갈파했듯이 '선가의 무소유의 삶'은 소유 자체의 부정이 아니라 소유에 대한 집착의 부정이라고 할 수 있다. 그는 불교를 말할 때 출가의 세 가지 뜻을 통해 설명한다. 첫째는 육친 출가(부모, 형제, 처자로부터 떠나는 출가), 둘째 오온 출가(색色·수受·상想·행行·식識을 뜻하는 불교용어로 인간의 정신과 육체를 포괄하는 말), 셋째 법계 출가(이데올로기에서 자유로워져야 함)를 들고 있다. 마지막 법계 출가에 대하여 "출가자는 그가 진리라고 믿는 세계로부터도 떠나야 한다. 세상에는 참으로 많은 진리가 있다. 법계 출가란 말은 요즘 말로 바꾸면 이데올로기에서 자유로워져야 한다는 뜻이다." 불교는 무소유와 상통하며 내부로 고정된 논리가 아니라 본질이라고 믿어왔던 세계를 떠난 자유로운 운동이라는 것이다.

조오현의 시는 "사물의 속성으로부터 자연으로 동화된 인간 존재의 본질을 파악하고 현실의 무능한 존재를 자각하게 만들고 진정한 자유를 얻기 위해 선시적 도구로써 선의 경지에 돌입하게 한다. 여기서 진정한 자유를 얻기 위하여 선행되어야 할 것은 자기부정을 통한 수행과정이라는 점이다."[10] 이를테면 조오현의 시는 존재에 대한 실상을 파악하고 자기부정으로 선의 경지에서 자아를 성찰할 때 진정한 자유로 나아갈 수 있다는 역설이다. 이것은 선시를 통해 초월적 세계에 가닿을 수 있다는 언어의 극치를 보여준다.

3. 불교시의 치유적 가능성

불교는 전통적인 인간 존재론적 사유로서 시문학의 소재로 활용되었다. 대표적인 불교시라고 할 수 있는 선시의 창작은 세간과 분리된 사찰에서 이루어져 신성시되어오기도 했다. "선시는 참선을 통한 종교적 문제와 문자를 통한 사람과 사람 사이에 감동을 전달하는 두 가지 중요한 형이상학적"[11] 장르라고 해석할 수 있다. 사찰이 세간과 상반된 경계 지점이면서 불교적 교리의 정신을 수양하는 공간으로서 의미를 가지는 것처럼 선시도 그 의미를 교통하는 사람에게만 소통 가능하다. 특히 불교시는 삶 속에서 불교와 연관된 인간의 경험, 즉 종교 체험을 통해 자신의 존재를 인정하는데, 초자연적이고 초월적 공간으로서 세간을 들여다보는 구도자적 입장에서 선시가 쓰이는 배경이 되었다고 할 수 있다. 속가 시인들의 작품도 선의 세계를 지향하거나 불교의 교리를 형상화한 것이라면 불교시에 포함시키는 것이 관례다. 대체로 이러한 유형의 시는 "첫째, 선가의 개오시(開悟詩)와 같이 선적 깨달음을 읊은 것. 둘째, 불교적인 세계를 형상화하거나 그 교리를 탐색한 것. 셋째, 선의 세계를 동경하거나 선적 취향을 내비치는 것"[12] 이라고 할 때, 어디까지나 불교라는 종교적 주제로 창작된 것이 불교시라고 하겠다.

불교시는 신라시대의 향가로부터 시작하여 조선시대 불교가사의 모티프가 되어 오늘날에 이르고 있으며 한국문학의 전개에 중요한 흐름과 특성을 형성해왔다. 근현대에 들어서도 불교시 창작은 지속되는바, 일제강점기를 기점으로 1960년대까지 이광수, 한용운, 조지훈, 서정주, 김달진, 조오현 등이 대표적인 불교시를 쓴 작가군이라고 할 수 있다. 이들의 시세계는 불교적 아우라와 불교적 상상력으로 한국시단의 한 주류를 형성하고 있다.

현대 불교시는 서구에서 유입된 기독교시와 다르게 한국의 전통 및 역사와 더불어 그 정신을 함께해왔기에 종교를 떠나 전통의식·역사의식 등 민속성과 민족성을 아우르는 미학을 보여준다. 60년대 이후에 "불교시로 초점을 맞추어볼 때 주목의 대상으로 떠오르는 시인은 고은, 김지하, 최승호, 정현종, 오세영이다. 물론 그 밖에 조정권, 이성선, 박제천, 홍신선, 최동호, 이문재, 조오현, 고재종, 송수권 등도 불교적 상상력이 드러나는 시인으로 평가할 수 있다."[13]

근현대사에 불교시를 창작한 시인들 중에서 세 시인을 선별한 것은 공통적으로 이들 모두 승려 출신으로서 불교에 입문하여 많은 업적을 남겼기 때문이다. 또한 시편에 나타난 불교적 사상과 상상력이 두드러진다. 불교시는 종교 언어로써 사유했을 때 공감대를 확보할 수 있다. 이러한 종교 언어는 불교적 이미지를 비롯하여 비유와 상징을 내장하고 있는데, 시적 운율을 통하여 의미를 강화한다. 이를테면 불교라는 사상이 운율이라는 문자 언어로 융해되면서 의미가 발생한다. 이것은 종교 언어가 의미를 전달해주고자 하는 주체와, 의미를 전달받으려는 객체 사이에서 그 의미를 사유하게 된다. 하지만 혹자들에게는 그것이 의미로 전달되지 않고 주술적인 막연한 주문으로 들릴 수도 있기 때문에 그 의미 또한 받아들이는 사람에게만 소통 가능한 언어로 열려 있다." 여기서 주목해야 할 것은 종교 언어가 세계 간의 소통과 내적 변화를 꾀하기 위해서는 '언어의 공감화' 즉 종교적인 체제로서 '언어의 구조화'가 필요하다는 점이다. "인간의 삶은 언어를 통해 구조화되어 있다고 할 수 있다. 그것은 인간이 언어를 통해서 세계를 이해하고 언어가 매개해주는 대로 사물을 지각하기 때문이다. 인간이 언어를 만들었지만, 그 언어는 역으로 인간을 구성하고 현실을 변화시키며 새로운 현실을 창조하는 것이다."[14] 이렇게 불교시는 신앙과 사상이 문자로 결합한 감정의 소산물로서 유기적 구조화 작업을 거치면서 창작자는 물론 독자에게도 상호 텍스트로서 자아와 세계 간의 통합을 이룰 때, 자아와 세계 간 갈등의 변화, 즉 치유적 성격을 드러낸다.

우리는 여기서 자아와 세계 간의 갈등을 있게 한 억압과 단절이 어디에서 오는가에 대한 고민을 해야 할 것이다. 억압은 외부의 자극이나 충격으로 생기는 정신적 상처다. 자아는 외부 세계로부터 경험한 충격적인 사건이 트라우마로 남아 일정한 잠복기를 거쳐 증세로 발전한다. 따라서 시인에게 억압은 무의식적으로 언어라는 증세로 기표화된다고 할 수 있다. 이때 시는 시인의 '억압'을 '애도하기' 위한 '언어적 구조물'로 억압을 드러내는 '감정의 구성물'이다. 시에서 보이는 언어적 구조물로 '애도하기' 는 '정서의 호출'이고 '말하기'는 '기표'로, '불교시'라는 하나의 '종교 언어'로 통합된다고 할 수 있다. "'애도하기'는 자신에게 일어난 수많은 상실을 받아들이고 그동안 억압되었던 감정을 방출하는 카타르시스 역할을 하는 반면 '말하기'는 자신의 트라우마를 언어로 표현함으로써 외로움과 우울, 고립에서 벗어나 타인과 의사소통을 하고 싶은 소망을 반영할 수 있다."[15] 애도는 억압으로 인하여 타자가 없는 것에 대한 "세계의 빈곤인데, 슬픔은 세계의 부재에 대한 반응이고, 우울은 대상의 상실에 대한 반응이며 자아의 빈곤을 체험한다."[16] 이때 애도하기 과정을 넘어 말하기는 시인의 억압된 감정들을 시를 쓰는 동안 탐색한다. 이러한 과정에서 자연스럽게 '동일화'와 '전이' 등의 자아방어적 수사법을 통하여 억압받았던 내면을 들여다보며 치유를 경험한다. 프로이트는 "'동일시'와 '전이'를 인간이 겪은 좌절, 갈등, 불안감을 해결하는 학습방법"이면서 동시에 "욕구분출과 더불어 자기방어기제가 된다"고 했다. 시치료에서 동일시와 전이는 "창작자의 무의식적 핵심감정과 세계에 대한 문제의식을 인식시키고 일깨워주며, 자신의 감정을 글쓰기로 드러낼 때 정서적 순화와 회복"[17]을 가져다준다고 했다. 이렇게 시는 자기방어기제로서 자아를 방어하고 보호하는 데 효과적이라고 믿는다. 그러나 "시인이 시를 쓸 때, 이미 정확히 알고 있는 사물과 사태 또는 개념을 갖고 있지 않다. 그는 막연히 느끼고 있으나 정확히 표현할 수 없는 사물과 사태 또는 개념을 잘 알기 위해서, 보다 정확히 진실되게 인식하고 파악하며 보기 위해서 이미 있는 언어를 매개로 해서 그것을 재조직함으로써 새로운 언어를 만들고자 하는 것이다."[18] 이 행위는 "외부적 자극의 범람으로부터 정신계를 지키기 위해 이미 들어온 자극물을 그것이 정신적인 의미에서 처분 가능하도록 다스리고(mastering) 묶는(binding) 문제로서 과도하게 다량으로 유입되어 정신계의 질서를 크게 교란시킨 외부의 자극을 묶고 다스려 내부의 질서와 통제력을 회복하려는 노력"[19]이 바로 문자로 된 언어, 즉 치유적 글쓰기이다. 따라서 치유적 글쓰기는 무의식에 자리한 억압의 "언어로 자신을 표현하고 여러 가지 충격을 살펴봄으로써, 글쓰기를 통해 혼란을 극복하고 즐거움을 얻을 수 있다."[20]

좀더 내밀한 관찰을 위해서 아래에 제시한 시들은 시적 '동일화', '카타르시스', '통찰과 통합'이라는 심리적 과정이 선행되면서 변화를 경험하는 구조를 가진 작품이다. '동일화'는 '동일시'와 '투사'의 과정으로, 시인이 감정에 몰입하여 시를 쓰면서 그 대상에서 자신과 유사한 어떤 특징을 찾아 시적 자아와 대상이 합일을 이루며 자기 정체성의 현주소를 찾게 된다. '카타르시스'는 억압된 감정을 언어를 통하여 외부에 표출함으로써 정신의 안정을 찾는 심리요법이다. 억압된 자신의 불안을 외부로 발산하고 자아와 세계의 통찰력과 시야를 넓히고, 건전하고 교훈적인 영향을 미치게 된다. 이것은 감정의 정화작용으로 자기 내면에 쌓여 있던 욕구불만이나 심리적 갈등을 언어적 행위로 표출하고 충동적 정서나 소극적인 감정을 발산하여 내면의 불만과 갈등을 경감하거나 해소시킨다. '통찰과 통합'은 자신이 지닌 문제와 자기의 정체성 등에 대한 객관적 인식을 체득하여 미래지향적 대안의 가능성을 얻게 된다.

이러한 동일화, 카타르시스, 통찰과 통합이 드러나는 텍스트 작품은 창작자의 무의식적 핵심감정과 세계에 대한 우리의 문제의식을 인식하고 일깨워주며, 자신의 감정을 시로 드러낼 때 정서적 순화와 회복이 된다. 이때 시창작 기법인 주제의식, 상상력, 리듬, 이미지, 비유와 상징, 시적 형식과 같은 시적 도구를 활용한다.

4. 시적 도구에서 치유적 기구로

1) 한용운, 리듬으로 초탈하기

한용운은 식민지 상황에서 주권 잃은 조국을 '님'으로 암유하여 시로 승화시킨 '저항과 정화'의 시인이다. 그가 겪은 식민지 현실의 소외와 고독, 단절과 불안의 정서가 '님'이라는 다의적이고 모호한 형태로 반영되고 있다. 이렇게 한용운의 시편들은 공통적으로 민족적 상처와 절망의식을 연인이라는 정서적 문제의식으로 결부시켜 '사랑', '추억', '운명', '이별', '슬픔', '죽음' 등의 감정으로 표출하고 있다. 이때 시에서 음악적 요소인 성조, 억양, 강세, 리듬, 음장 등 음절의 효과로 주로 반복적인 리듬을 지닌 '압운'* 형식인 '두운, 각운, 요운'이 쓰인다.

리듬이란 흔히 율동, 운율 혹은 가락으로 번역된다. "시에서 운율은 음성적 형식 곧 성조, 억양, 강세, 리듬, 음장을 포괄하는 수사적·미학적 효과를 일컫는 용어"로, 악센트가 있는 음절의 일정한 배열로 음악적인 효과를 유발한다. 운율은 높이, 크기, 길이의 세 가지 운율 자질에 의해서 결정된다. 높이는 성대의 진동 속도에 의해 결정되고, 성대의 진동 속도가 빠르면 높은 소리가 생성되고 느리면 낮은 소리가 생성된다. 시적 운율은 말소리의 리듬적 자질, 휴지와 의미, 분행, 분절, 구두점의 종류 및 유무와 심지어 한글과 한자의 시각적 효과와도 불가분의 관계를 맺고 있다. 아리스토텔레스는 "시는 율어(律語)에 의한 모방이다"라고 했고, 에드거 앨런 포는 "시는 미의 운율적 창조"라고 했으며, 페이터는 "모든 예술은 음악의 상태를 동경한다"고 하였다. 시에서는 리듬이라는 요소가 매우 중요한 역할을 한다고 지적한 르네 웰렉과 오스틴 워런도 "시를 구성하는 두 개의 주요 원리는 운율과 비유"라고 하면서 리듬과 미터(metre)의 중요성을 말하고 있다. 또한 볼프강 카이저는 "리듬은 모든 시를 개성화한다"[21]고 정의하였다.

이렇게 언어가 리듬을 통해 노래로 만들어지고 대중에게 전파되는 것은 리듬 안에 깃들어 있는 인간 정서의 이해와 사유가 편철되어 있기 때문이다. 따라서 시의 반복과 열거의 리듬은 연속적으로 기호를 사유하고 이미지를 집중시키는 최면효과가 있고, 안정된 정서의 회복을 가져다준

---

* 압운: 두운(頭韻, alliteration)은 다양한 단어의 첫 자리 소리의 반복이거나 혹은 그 단어들 속에 들어 있는 자음의 반복을, 요운(腰韻, internal rhyme)은 중간이라고도 하여 하나 이상의 단어, 압운어의 반복을, 각운(脚韻, end rhyme)은 가장 흔한 압운으로서 시행 끝의 반복되는 것을 말한다.

다. 연과 연 사이, 행과 행 사이의 한 문장 안에 유사한 단어나 어구 등을 여러 번 사용함으로써 그 의미를 연속적으로 강조하고 음악적인 효과를 거둔다. 이것은 자연스럽게 창작자의 정서를 파고들어 타자와 세계와의 저항감을 줄여주면서 심리적 안정감을 되찾게 하는 치유적 성격을 가진다.

　님은 갔습니다 아아 사랑하는 나의 님은 갔습니다

　푸른 산빛을 깨치고 단풍나무 숲을 향하여 난 적은 길을 걸어서 차마 떨치고 갔습니다

　황금의 꽃같이 굳고 빛나던 옛 맹서는 차디찬 티끌이 되어서 한숨의 미풍에 날어갔습니다

　날카로운 첫 키스의 추억은 나의 운명의 지침(指針)을 돌려 놓고 뒷걸음쳐서 사라졌습니다

　나는 향기로운 님의 말소리에 귀먹고 꽃다운 님의 얼굴에 눈멀었습니다

　사랑도 사람의 일이라 만날 때에 미리 떠날 것을 염려하고 경계하지 아니한 것은 아니지만, 이별은 뜻밖의 일이 되고 놀란 가슴은 새로운 슬픔에 터집니다

　그러나 이별을 쓸데없는 눈물의 원천을 만들고 마는 것은 스스로 사랑을 깨치는 것인 줄 아는 까닭에, 걷잡을 수 없는 슬픔의 힘을 옮겨서 새 희망의 정수박이에 들어부었습니다

　우리는 만날 때에 떠날 것을 염려하는 것과 같이 떠날 때에 다시 만날 것을 믿습니다

　아아 님은 갔지마는 나는 님을 보내지 아니하였습니다

　제 곡조를 못 이기는 사랑의 노래는 님의 침묵을 휩싸돕니다.

이 시는 한용운의 대표작으로서 '님'과의 이별을 여성적 어조를 통해 실감나게 보여주는데, 1행부터 3행까지를 전반부로, 4행부터 7행까지를 중반부로, 8행부터 10행까지를 후반부로 나눌 수 있다. 전반부는 "나의 님은 갔습니다"(1행), "차마 떨치고 갔습니다"(2행), "한숨의 미풍에 날어갔습니다"(3행) 등 압운을 통하여 님에 대한 이별 상황을 비슷한 호흡의 시행인 음보의 단위로 율독함으로써 연속해서 절망적이고 안타까운 심리상태의 시각적 이미지로 살아난다. 여기서 반복과 열거로 리듬감을 늘림으로써 음구에 따라 명확한 의미 구조를 형성하게 된다. 이렇게 각 시행의 휴지의 반복과 열거는 리듬을 형성하면서 중반부에서 '첫 키스' '향기로운 말' '꽃다운 님의 얼굴' '눈물의 원천' 등 님과의 추억을 상상한다. 후반부에서 '만날 때와 떠날 때', '떠날 때와 만날 때'는 시작도 끝도 아닌 순환의 관계 속에 놓여 있다는 것을 보여준다. 여기서 시인은 불교의 연기설과 윤회설에 기인한 종교성을 드러낸다. 그래서 '님은 갔지만 보내지 않은 님', 즉 기다림의 '님', 다시 만날 '님'이 산출된다. 특히 1행의 "님은 갔습니다. 아아 사랑하는 나의 님은 갔습니다", 9행의 "아아 님은 갔지마는 나는 님을 보내지 아니하였습니다"에서 1행과 9행의 님을 반복하는 동안 '아아'라는 영탄법을 병치하여 슬픔이 고조에 이르게 하고, 유동적인 리듬이 전체를 압도하면서 님에 대한 애잔함을 지연시킨다. 또한 '님'이라는 명사를 7번 반복, 재생함으로써 님의 상징성과 상기성이 확대된다. 이때 시의 의미와 해석은 부수적으로 밀려나고 기억 속의 페르소나로 평온한 분위기가 살아난다. 한용운의 시에서 반복은 단순 반복이 아니라 이별이라는 상황을 반복 재생하면서 강박을 드러내며 노이로제를 완화시키고 있다. 이것은 이별의 정서를 음악적 효과에 삽입시켜 시행의 가운데에 '님'이라는 시어를 넣어서 종결부에서 여운을 남기며 환기되는 것이 특징이다. 시어의 리듬은 반복에서 시작되고, 반복은 무의식에 남아 있던 노이로제와 연결되며 기호를 통해 배설시키는 효과를 가진다.

「님의 침묵」은 이별의 정조로 시작되었으나 결국 합일을 이루게 될 것이라는 믿음으로 귀결되는데, 이 과정에서 반복과 열거에 의한 외부 세계와의 동일화를 이루면서 자연스럽게 종결부를 반복하는 각운의 호흡으로 일정한 리듬감 속에서 안정성을 보유하게 된다. 각 시행의 종결형을 보면 '갔습니다' '날어갔습니다' '사라졌습니다' '눈멀었습니다' '터집니다' '들어부었습니다' '믿습니다' '아니하였습니다' '돕니다' 등으로 압운은 동일한 어휘의 반복적 각운으로 형성되어 있다. 각운의 동일한 반복은 감정이입의 자기조절이 가능해지면서 시적 의미가 강화되게 된다. 시의 행간에 동일한 음을 반복하여 떠나간 님에 대한 비극적 상황을 극대화하여 비장미를 연출함으로써 카타르시스되며 비극적 현실을 초탈하게 된다. 이렇게 동일한 음이 내포한 의미가 동일화로 강조되면서 연민의 최대치를 느끼게 되고, 카타르시스의 환기효과와 함께 '통찰과 통합'을 이룬다.

시적 화자에 대한 내부적 분열은 의식과 행동, 이성과 감정, 반성적 자아와 현실적 자아 등의 사이에 조화로운 통일이 이루어지기를 갈구하였는데, 이것은 절망했던 시인의 정서에서 출발하고 있지만 시의 이면에서는 민족적 저항의식으로까지 확대되고 있다. 이처럼 한용운 시의 공통된 특성은 정서와 주제의식으로서, 관능적 호소력, 초월적 의미, 형이상학적 사유를 리듬에 용해하여 반복운으로 일관성 있게 드러낸다. 다만 시적 리듬은 감정을 그대로 방출하지 않고 절제되고 조절된 감정으로서 기능하며 '감정'의 '정화와 순화'라는 '치유성'에 기여하면서 자연스럽게 '절망'과 '억압'의 현실세계를 처연하게 초탈하였던 것으로 보인다.

2) 김달진, 비유와 상징으로 초월하기

김달진 시는 자연을 소재로 한 금욕적인 태도를 보여주고 있는데, 자연에서 불성을 찾고자 했다. 자연을 통해 성취하고자 했던 초월적 세계는 자연을 매개로 한 무위의 세계관을 보여준다. 그의 "시에 소재로서 등장하고 있는 '자연'은 단지 고정되어 있는 사물이 아니라 인위적 힘이 가해지지 않은 상태에서 스스로 자연이 되어가는 '무위의 과정'을 보여준다. 그는 자연 현상이 보이는 대로 있는 것이 아니라 그 이면에 놓인 무위의 과정과 함께 있다는 점에서, 자연이란 일개 사물이 아닌 우주적 이법에 해당함을 말한다."[22] 김달진의 시적 자아는 자연을 외부적 대상이 아니라 시인과 같은 시공간에서 운명적으로 살아 있는 생명으로서 육화된다. 그의 시공간 한가운데에 해당하는 시의 자연은 개념과 사상을 결합한 존재로서 유기적 생명성이라고 할 수 있는데, 이것은 그의 시작(詩作)에서 주로 '비유'와 '상징'으로 나타난다.

시에서 비유와 상징은 시의 중심적인 역할을 한다. 비유는 본래의 어떤 사실, 사물, 상황 등을 일반적 어법에서 벗어나 이미 알고 있는 다른 것의 사실, 사물, 상황 등에 견주어냄으로써 특수한 의미나 효과를 나타낼 수 있도록 표현하는 양식이다. 프라이(Northrop Frye, 1912~1991)는 "비유를 인간의 마음과 외부 세계를 결합하여 마침내는 동일화하고 싶어하는 욕구와 전달의 불완전성을 극복하고 의미를 더 효과적으로 표현하고자 하는 욕망"[23]이므로 감정 표현의 전의성을 가지며 감정의 해소가 가능해진다. 비유는 유의(喩義)와 본의(本義)가 문면(文面)에 원관념과 보조관념으로 분리되어 나타나지만 유사 관계로 되어 있으며 비교·유추적 관계로 축소된 은유다. 이렇게 비유는 은유하는 대상에서 시인의 상상을 치환함으로써 변화와 확장, 역동적인 생명력을 창출하는 신선한 효과를 일으킨다.

이와 달리 상징은 확장된 은유로서 인간이 다른 동물과 비교되는 고도의 정신작용이라고 할 수 있다. 카시러는 동물이 수용계통과 운동계통의 해부학적 구조로서만 살아가고 있는 데 반해, 인간은 이 구조 외에 제3의 연결물인 상징체계 속에서 살고 있음을 지적한 바 있다.[24] 상징은 원관념을 드러내는 것이 아니라 보조관념만을 제시함으로써 그 무엇을 암시하는 것이다. 상징은 어떤 구체적 사물이 다른 영역의 의미를 암시하거나 환기시켜주는 방법이다.[25] 상징은 심상과 관념을 결합시키고 물질세계와 언어세계를 상호작용시켜 언어로 표상된 심상이 어떤 다른 새로운 의미를 만들어내고 억압된 정서를 환기시킨다. 상징이 무기력해진 정서적 반응에 활력을 주고 의미의 확장을 가능하게 하는 것은 자아가 사물을 대하는 직관과 다양한 관련을 맺고 있기 때문이다.

시치료 관점에서 비유와 상징을 활용하는 방법은 고통스러운 기억을 표출하는 데 직접적인 방법이 아니기 때문에 용기를 준다. 시창작은 표현하고자 하는 비유와 상징 과정을 거치면서 대상을 타자화하고, 또한 문학적 표현능력을 상승시키는 역할을 하기 때문에 정서적 회복을 가능하게 한다.

나는 어느새 오후를 걸어가고 있었다. 쓸쓸한 오후를 외로이 걸어가고 있었다.
등 뒤에 희미한 그림자 호젓이 따라오고, 화려한 아침 꿈처럼 멀고……

이제 얼마 아니면 눈앞에 다가설 석양, 그러나 나는 슬퍼하지 않으리라, 새가 날아가고, 구름이 돌아가고, 꽃은 시들고, 햇볕이 엷어가고…… 그러나 나는 그 슬픈 석양을 슬퍼하지 않으리라. 먼 산정(山亭)에 떨어지는 불타는 황금 햇빛—바다 저쪽에 장엄히 열리는 바다 훌륭한 아침의 반영(反

映)이리라.

나는 어둠을 두려워하지 않으리라. 어둠 속을 그대로 자라며 걸어가리라. 새로 내리는 이슬발 아래, 새로이 여무는 꽃봉오리처럼 가지가지 향훈(香薰)을 쌓으며 간직하며, 어둠을 가만히 껴안으리라, 어둠에 안기리라.

……모든 것 오직 나아감이 있을 뿐—신과 함께.
……모든 것 오직 뚜렷이 익어갈 뿐—영원과 함께.

—「오후의 사상」 전문

4연 9행으로 된 위의 시는 오후라는 시공간의 이동에 따라서 전개된다. 1연에서 화자는 오후를 걸어가고 있다. 화자의 오후는 쓸쓸하고 외롭지만 오후를 걸어가면서 '그림자'를 발견한다. 그림자는 화자의 등뒤에서 희미하지만 호젓하게 따라온다. 화자는 오후라는 대상에 생명성을 부여하여 자체적인 시공간으로서의 생명체로 전유하게 한다. 그럼으로써 오후는 우주의 시공 흐름 가운데 한 부분을 지금-여기에 놓음으로써 시인/화자 앞에 드러낸다. 여기서 '오후'는 '화자'와 '분리'되어 있지 않은 상태에서 '오후'라는 '시공'을 우주의 흐름으로 받아들이게 되는 것이다. 이때 오후/우주는 전체로서의 부분이며 부분으로서의 전체로 화자를 둘러싼 공간과 시공간의 전체 흐름을 알게 한다. 이것은 저녁이 다가오는 심상으로 왔던 곳으로 돌아가기에는 '화려한 아침 꿈처럼 멀다'라고 깨닫는다. 여기서 중심 시어인 '그림자' '아침' 등은 죽음과 삶을 비유하고 있다. 2연에서 화자는 이제 곧 눈앞에 석양이 다가올 것을 예감하지만 석양을 슬퍼하지 않겠다고 다짐한다. 그것은 "먼 산정(山亭)에 떨어지는 불타는 황금 햇빛—바다 저쪽에 장엄히 열리는 바다"를 태동시킨 것이 "산정에 떨어지는 아침의 반영"이라고 믿고 있기 때문이다. 즉 '순환적 구도'로서 '석양이 있기 때문에 아침이 있고, 아침이 있기 때문에 석양이 있다'라고 사유하는 윤회사상을 보인다. 따라서 화자는 2연에서 '석양을 슬퍼하지 않으리라', 3연에서는 한 걸음 더 나아가 머지않아 다가올 '어둠을 두려워하지 않으리라'고 재차 다짐하게 되는 것이다. 그리고 오히려 초월적 세계를 희구하며 '어둠을 가만히 껴안으리라', '어둠에 안기리라'라고 전언한다. 이 시는 오후라는 시간을 한 폭의 정물화로 묘사하면서 사물의 정지된 구도만이 아닌, 그 이면에 나타난 순환의 흐름을 함께 점묘한다. 또한 자아와 세계에 대한 내밀한 관조로써 오후라는 시간 현상 너머에 있는 세계를 직관적으로 통찰한다.

시인은 '오후' '아침' '석양' '어둠' '이슬밭' 등의 시어로 아침·점심·저녁·밤 등의 순환성을 보이면서도 아침 – 점심 – 저녁 – 밤이 분리되어 있는 것이 아니라 일원화되어 있다는 것을 보여준다. 이것은 오후라는 자연적 존재에 대한 각성을 통해 비유와 상징화를 함으로써 우주를 이해하는 깨달음이 된다. 자연과 자아는 분리되어 있지 않고 자신을 둘러싼 시공간의 흐름 전체라는 사실을 관망하게 한다. 이러한 무위의 세계관은 도가사상에서 "깨달음과 우주적 의식으로서의 확장, 죽음을 초극하는 지혜, 아무런 함(有爲)이 없이 오직 바라봄(無爲)으로써 정신의 자유에 이르는 과정을 구현하고 있다."[26] 따라서 그가 관조한 자연은 인간의 욕망을 지배하거나, 지배당하는 도구로서 존재하는 것이 아니다. 그것은 '모든 것이 불성을 지닌 신과 함께 나아가는 존재'이며 주체로서 모두가 나아갈 때 '인간도 자연처럼 익어갈 수 있다'고 전체로서의 부분, 부분에서의 전체를 통달할 수 있는 환유적인 불성의 경지, 곧 파편화된 존재에 대한 일원성을 성취하게 한다.

이것은 우주의 근본에 가닿는 길이라 할 수 있는데, '자아'는 정적인 마음을 '대상'에게 부여하면서 '동일화'되고, '사물'에 대한 '생명성'을 확대시켜 '자연'을 둘러싼 전체의 '우주적 순환성'을 통해 통찰할 수 있게 되는데, '인간과 자연'이 동일화된 비유와 상징으로서 은유화되고, 그 의미가 확장되면서 카타르시스된다. 시인의 비유와 상징은 물질세계와 언어세계를 자아-자연-우주로 결합하는 순간 시적 아날로지(analogy)가 되며, 자아는 세계에 대한 새로운 의미를 구축하면서 현실세계를 초월한다. 김달진의 초월적 세계관은 존재적 이해와 각성을 통해 팽창되며 자아와 세계와의 통찰 및 통합을 이루면서 억압된 정서를 환기시키고 있다.

3) 조오현, 주제의식으로 초연하기

조오현은 '선'과 '시조'가 만나 일체를 이룬다는 일명 '선시'를 창작해 왔다. 그동안 불가의 선방에서 참선에 대한 경험을 시조 형식으로 창작한 시는 간헐적으로 있어왔으나, 조오현처럼 선 수행을 통하여 선의 진수를 시조로 50여 년간 써온 시인은 아직까지 없는 듯하다. 조오현 시의 지속적인 화두는 '나는 누구인가'라는 물음에서 발현되는데, 그것은 오온 존재로서의 인간을 시적 요체로 삼고 있다. 그는 수도자의 수행 과정에 대해 실체 없는 연기적 순환 관계에 놓인 오온으로 '주제'를 설정하고 그 해답을 선시를 창작하면서 찾기 때문에 화두 자체가 주제의식이 된다. 그러나 그의 선시의 주제는 존재의 수수께끼를 풀 듯이 대상에서 숨은 의미를 찾고 있으며 "그 숨겨진 의미는 여러 갈래로 해석이 가능한데, 불자들이 성불을 위해 평생을 두고 답을 찾으려는 화두"[27]와 같은 것이다. 그의 선시는 존재의 해답을 대상이 지닌 불성에서 찾고 있다. 시적 화두를 통해 주제의식을 탐구하려 할 때는 역설적인 수사법이 쓰인다.

그의 시에 나타난 주제의식은 '색(色)'과 '명(名)'이라고 칭하는 '오온'의 몸과 마음이 공(空)함을 인식하는 단계에서 벌이는 정신적 고투를 사물의 속성에서 찾고 있다. 그것은 "사물에 대한 울림의 진원지는 마음의 길과 세속의 길에서 비롯된다는 것과 삼라만상이 하나로 어우러져 연한다는 것을 오온적 존재로서의 일원상을 시적으로 구현하고 있다." 이렇게 조오현은 고통받는 인간 근원의 물질성에 대해 육체적·정신적 해방을 추구하는 시작(詩作)을 해왔다. 불교적 사상인 "색은 수에, 수는 상에, 상은 행에, 행은 식에 인연하여 생긴다는 공식은 '명색'인 '몸과 마음', '물질과 정신'이 '오온'에서 생긴다는 것을 상징적이고 역설적으로 표현한다. 결국 인간의 본성은 모든 욕망에서 비롯되고 세계와 더불어 공(空)하기 때문에 그 만물의 기본 개념조차도 자아와 다르지 않다고 환기한다. 하지만 마음에 생겨나는 욕망은 집착 속에서 세상을 다 가져도 고민과 걱정이 거듭될 뿐이다. 이는 욕망은 근본적으로 어리석음에 토대를 두고 있다는 무아론적인 물음에 도달"하려는 주제의식을 드러내준다.

시의 주제의식은 시인이 시에서 말하고자 하는 중심생각이다. 시인은 중심 생각으로 시를 창작하면서 파편화되어 있던 생각을 시어로 정리하고 의미화한다. 시의 주제는 "시인이 시 속에 형상화시킨 사상이 주제이며, 상상력, 이미지, 비유와 상징 등에 비해 추상적·관념적이고 구조적인 성격을 지니지만 자아의 중심적인 인식의 검열을 거치면서 현실을 바로보게 한다." 또한 혹자들은 시인이 표현하고자 하는 주제의식을 시의 요소인 상상력, 리듬, 이미지, 비유와 상징 등을 통해 탐색한다. 그렇지만 시적 주제는 시 가운데 표현된 기본적인 개념이나 태도로서 시 속에 직접적으로 드러나지 않는다. 주제의식은 시의 유기적인 총체로서 작품에서 시적 진료와 함께 형상화되면서 적절하게 용해되어 발현한다. 따라서 주제의식은 창작자의 세계에 관한 이해를 증진시키고 자아인식을 돕는다. 이렇게 작가와 독자는 시적 상상을 통해 시를 이해하고 사고하게 되는데, 이때 세계에 대한 자아의 인식을 통합적으로 이끌어낸다는 점에서 통찰

기능을 수행한다. 자아와 세계와의 대결에서 주제의식은 세계와의 갈등을 직시하게 되고, 타자와 공감대를 형성하는 내면화 작업 속에서 치유효과를 보인다. 이처럼 주제의식은 정신사의 구체적인 해명이 되기도 하고 상대적으로 존재 확인을 가능케 하는 직·간접적인 성찰이 된다.

삶의 즐거움을 모르는 놈이
죽음의 즐거움을 알겠느냐

어차피 한 마리
기는 벌레가 아니더냐

이 다음 숲에서 사는
새의 먹이로 가야겠다.

—「적멸을 위하여」 전문

무금선원에 앉아
내가 나를 바라보니
기는 벌레 한 마리가
몸을 폈다 오그렸다가

온갖 것 다 갉아먹으며
배설하고
알을 슬기도 한다.

—「내가 나를 바라보니」 전문

위의 시 「적멸을 위하여」와 「내가 나를 바라보니」는 조오현이 바라본 깨달음의 세계와 심원한 인간 존재에 대한 집약적인 탐색으로 보인다. 시인은 인간 본래 마음자리를 찾아가는 수행정진의 실상과 존재론적인 가치를 불교적 원리로서 고찰한다.

「적멸을 위하여」는 1연에서 "삶의 즐거움을 모르는 놈이/ 죽음의 즐거움을 알겠느냐"고 삶과 죽음, 죽음과 삶 사이에 놓인 인간 자체의 비극성을 역설적으로 희화화하고 있다. 2연에서 인간의 삶이 "어차피 한 마리 기는 벌레"라고 화자와 벌레를 동일시한다. '인간/벌레'는 수사적인 이항적 대결 구도가 아니라 자아와 타자가 한몸이라는 일체감을 보여준다. 3연에서 "이 다음 숲에서 사는/ 새의 먹이로 가야겠다"는 시적 진술을 통해 불교적 세계관의 윤회적 성찰이 된다. 이 시의 인간 존재의 탐구는 '삶과 죽음' – '벌레' – '새의 먹이'로 이어지는데, 1연에서는 삶과 죽음을 "알겠느냐"라는 물음으로, 2연에 와서 그것을 한 마리 벌레가 "아니더냐"라고 설의한다. 3연에서는 새의 먹이로 "가야겠다"라고 귀결되면서 시인이 포착한 존재에 대한 깨달음인 윤회적이고 순환적인 주제의식을 보여준다.

조오현의 초월적 깨달음은 "불가의 일색변(一色邊)으로서 중생과 부처가 일체인 곳으로, 차별상대의 모습을 뛰어넘은 절대평등의 경지를 말한다."[28] 이에 일색변은 벌레의 속성으로부터 동화된 인간 존재의 본질을 발견한다. 여기서 벌레는 벌레가 아니라 성스러운 기표, 즉 히에로파니로 변주된다. 엘리아데가 말했듯이, 사물이 히에로파니되었을 때 이미 그 사물은 사물로서 일반적인 상태가 아닌 다른 성스러운 모습으로 치환된 숭배의 대상이 되는 것이다. 어떤 사물이 성스러운 것이 되는 것은, 그것이 자기와 다른 어떤 것을 구현하거나 계시하고 있는 경우다. 이처럼 그의 시에 나타난 벌레 역시 벌레의 속성으로부터 동화된 성스러운 존재의 본질을 치환해내고 불성을 획득하게 한다.

이를테면 '벌레의 몸'을 통해 '인간의 몸'을 바라보면서 몸과 몸을 대면하는 마음, 불교는 이 둘을 색(色)과 명(名)이라고 칭한다. 색은 물질적인 것이고, 명은 심리적인 것인데, 가시적으로 물질적인 것들은 모두 색이고, 그 색과 연관되어 비가시적인 것은 명이다. 즉 자아에 관한 한, '몸'은 '색'이고, 심리적인 '마음' 작용을 '명'이라고 한다. 그렇지만 사물에 대한 울림의 진원지는 마음의 길에서 비롯되는 것처럼 '색'과 '명'은 삼라만상이 하나로 어우러져 연기한다는 일원상을 구현하고 있다. 이러한 불교적 가르침을 통해 인간 존재에 대한 해명이 되며, 현실세계를 극복할 수 있는 기제가 된다.

시『내가 나를 바라보니』에서도 화자와 벌레가 동일화되면서 인간 존재에 관한 성찰을 보인다. 화자는 "무금선원에 앉아/ 내가 나를 바라보니/ 기는 벌레 한 마리가/ 몸을 폈다 오그렸다가"라고 벌레의 몸을 화자의 몸으로 치환시키며 인간 존재의 실상을 보여준다. 벌레가 '온갖 것 다 갉아 먹으며 배설하고 알을 낳는' 것처럼 인간 역시 '기어 다니는 벌레 한 마리에 지나지 않는다'는 것으로, 인간 본연의 존재를 우의적으로 들여다보고 있다. 이렇게 참다운 '내'가 중생의 '나'를 바라보았을 때, 그것은 한낱 환영처럼 미망 속을 헤매는 존재라는 것이다. 따라서 인간 존재를 하잘것없는 사물로 통달해냄으로써 참다운 나를 확립해가며 깨달음의 경지에 도달하게 되는 것이다.

조오현의 시는 스쳐지나가는 보잘것없는 사물의 움직임으로부터 동일화된 인간 존재의 본질을 파악하고 현실의 무능한 존재를 자각하여 선의 경지에 돌입한다. 인간 존재에 대한 자기부정을 통해 존재의 근원적 실상을 파악했을 때 카타르시스가 되며 선의 경지에 이를 수 있다는 것을 성찰하게 해준다. 조오현의 통찰과 통합은 모든 것은 있는 그대로 '진리'이며, 진리이기 때문에 '부처'이고 자신의 내면에 잠들어 있는 부처를 일깨울 때 만물에 내재해 있는 불성을 만날 수 있다는 초연성과 결합한 치유성을 발휘한다.

5. 불교시, 그 정화의 언어

불교시는 불심을 언어화하는 것이지만 그것의 근본에서는 자아를 강화하는 기능을 수행하고 있다. 그것은 시에 내장된 시창작 원리들을 통해 창작자의 억압된 심리를 해소하면서 감정의 극복과 정서의 회복을 가능하게 해주기 때문이다. 치유성이 내장된 시의 공통점은 동일화, 카타르시스, 통찰과 통합을 통해 창작자의 무의식적 핵심감정과 세계에 대한 문제의식을 일깨워주며, 자신의 감정을 시로 드러낼 때 정서적 순화와 회복이 된다는 것이다.

한용운의 경우에는 '동일화된 의미'에 대해 '동화된 리듬'을 반복함으로써 '감정 이입'의 '자기조절'이 가능해지면서 시의 의미를 강화하는 기능을 갖게 된다. 이때 시적 리듬은 감정을 그대로 방출하지 않고 절망과 억압에 대한 '감정적 조절'을 가능하게 할 때 '감정 정화'와 '정서 순화'라는 치유성을 보인다. 이렇게 시인은 비극적 현실을 비극적으로 극대화하여 비장미를 연출함으로써 카타르시스되고 비극적 현실세계를 초탈하게 된다.

김달진은 '인간 존재'와 '우주의 관계'를 '자연'을 통하여 '비유와 상징화'를 하고 있다. 자연과 인간은 분리되지 않고 자신을 둘러싼 시공간의 흐름 전체를 보여준다. 그가 관조한 자연은 불성을 지닌 존재이며, 자연을 통해 전체와 부분을 통일시키면서 일원성을 보여준다. 시인의 비유와 상징은 물질세계와 언어세계를 자아 – 자연 – 우주로 결합하여 깨달음이라는 초월적 언어를 낳는 시적 아날로지가 된다.

조오현은 '인간 본연의 존재'를 '우의적'으로 들여다보고 있다. 나를 바라보는 나는 환영처럼 미망 속을 헤매는 존재라는 점을 '역설적'으로 드러낸다. 그의 '시'는 보잘것없는 '사물'로부터 '동일화된 인간 존재'의 본질을 파악하고 '현실의 무능한 존재'를 벌레의 몸을 통해 자각하며 '선'의 경지에 돌입한다. 이때 시인은 만물에 내재해 있는 불성을 만날 수 있다는, 존재에 대한 성찰의 치유적 처연성을 보인다.

우리는 불교시가 신비스럽고 경이로운 현실세계에서 생성되는 것이 아니라 속되고 적멸하는 것 사이에서 발현되는 지점을 보았다. 이 지점은 존재에 대한 고투를 언어로 풀어내는 신비스러운 시공간이 된다. 예컨대 존재의 형상은 시시각각 생성하고 소멸되지만 성찰의 기표로 존재를 재해석하고 깨달음의 기표로서 생산하는 것, 이것을 언어의 도를 닦는 수행 과정이라고 할 수 있을까? 그렇다면 불교시는 불교 사상을 시어로써 외면화시킨 '자기성찰의 언어'이자 '깨달음의 소리'라고 할 수 있게 된다. 그것을 이제 우리는 '언어의 사원'이라고 명명함으로써 불교시는 현실세계의 억압과 단절을 '불교적 사상'으로 닦아낸 '불성의 잔여물'이며, '깨달음의 언어'로 극복한 '치유적 도구'라고 볼 수 있을 것이다.

제8장

기독교시, 자기방어의 치유적 시학

1. 문학과 종교의 아날로지

만남, 그것은 둘이 만나 하나가 되는 것보다 더 복합적인 의미를 가진다. 우리는 만남을 통해 무엇인가를 성취하고자 한다. 이 성취는 만남의 합치를 통해 합일을 지향할 수 있지만 그 사이 발생하는 아날로지에 관심을 둘 수도 있다. 특히 문학과 종교가 그렇다. 종교와 문학은 궁극적 체험에 대한 형상화라는 점에서 내용과 형식의 카테고리로 밀접하게 연결된다. 종교와 문학의 합치는 종교를 통해 문학적 의미가 증폭되거나 확대되는 경향을 띤다. 그것은 종교가 가진 신성이 문학을 살아 있는 말씀으로 전환시키는 기능을 수행하기 때문일 것이다. 그러나 이들 양자는 별개의 개념으로 시작하였지만 종교와 문학이 합치되면서 서로의 결함과 모순을 해결해주는 상호보완적인 측면이 있다. 말하자면 보이지도 않는 영성을 문학은 호출해낸다. 그것은 영성을 상상력으로 변환하여 기호로 형상화시킬 수 있는 언어의 힘이다. 이 글에서 다루고자 하는 종교시는 종교의 범주에서 말하지 못하는 자아 내면의 소리를 '시'라는 언어의 옷을 입고 말할 때 현실화되고 실재화된다. 따라서 종교는 시를 통해 현현되고, 시는 종교를 통해 환기됨으로써 이 둘은 상호보완적 관점에서 심리적 요소와 연결된다고 할 수 있다.

그동안에는 종교와 문학이 생산해낸 성과를 종교와 문학으로 분리시켜 개별 학문으로서 현상적이고 학술적인 측면에서 강조하거나 탐구했지만 심층적인 접근은 기피해온 것이 사실이다. 여기서 우리는 종교와 문학이 추구해야 할 학제간 연구 과제가 무엇인가에 대한 고민이 필요할 것 같다. 논자들은 종교시에 나타난 종교의식을 표층적인 형식과 구조로 다룬 것이므로 문학이 종교에 매몰되어 있거나, 종교가 문학에 함몰되어 있는 한계에 머물렀고 , 종교와 문학의 다양성과 다기성에 관한 효용성을 획득하지 못하고 있다는 점을 지적한다.

따라서 종교시가 치료적 효과가 있다는 실용적인 관점에서 종교시를 살펴볼 때라고 판단된다. 신학과 문학, 문학과 신학의 상보적 관계를 넘어 종교 문학이라는 공동의 입장에서 학제간 연구가 필요하다고 하겠다. 기독교시를 정신분석학적으로 분석함으로써 종교 언어로서의 시가 심리학적이고 사회학적인 도구로서 소통부재의 시대를 극복하기 위한 대안의 하나, 즉 치유성을 지니고 있음을 확인할 수 있다는 것이다.

이를 위하여 1930년대에서 1970년대 사이에 기독교시를 쓰면서 왕성한 작품 활동을 한 기독교시의 표상이라고 할 수 있는 윤동주·김현승·박두진의 종교시를 중심으로 치유적 성격을 살피고자 한다. 우리는 시인의 생애와 함께 기독교 수용 양상과 기독교시를 보면서 그중 죽음의식이 드러나는 시를 관찰하게 될 것이다. 삶의 연속선상에 있는 죽음의식은 인간이 끝내는 도달해야 할 시공간이면서 동시에 삶을 위해 극복해야 할 대상이다.

프로이트는 인간의 욕망을 삶의 욕구-에로스와 죽음의 욕구-타나토스로 보았다. 에로스와 타나토스는 욕망의 극치를 이루면서 동시에 주체의 전체성을 약화시키거나 무화시킨다. 자기보존의 성적 충동, 자기애, 대상애 등 삶의 충동을 표현하는 에로스는 자기 파괴, 공격성, 폭력 등 죽음 충동으로 표현되는 타나토스의 욕구를 흡수한다. 이렇게 삶의 욕망인 타나토스를 시로 극복하는 과정과 방법을 통해 종교시의 치유적 성격을 표명할 수 있을 것으로 믿는다.

2. 영성의 구역에서 발화되는 치유적 영역

1) 시인의 생애와 기독교 수용 양상

시인들의 기독교 수용 양상은 문학에 미친 종교적 영향을 가늠할 수 있는 척도다. 윤동주(1917~1945), 김현승(1913~1975), 박두진(1916~1998)의 기독교 의식이 기독교시를 창작하게 되는 바탕이 되었고, 이들의 기독교시는 신에 대한 믿음에서 출발한다.

1948년 『하늘과 바람과 별과 시』로 알려진 윤동주는 할아버지 때부터 기독교를 받아들인 집안이다. 윤동주는 교회 장로이면서 소학교 교사인 아버지의 7남매 중 맏아들로 태어났다. 또한 외삼촌인 김약연 목사가 세운 명동교회와 명동소학교를 다녔으며 연희전문학교를 나왔다. 김현승은 목사인 아버지의 6남매 중 차남으로 태어나 아버지의 목회지를 따라 제주도와 광주에서 유년시절을 보냈으며 숭실전문학교에서 수학했다. 이 둘은 모태신앙으로서 엄격한 기독교 가정에서 성장하였고 개신교 계열 학교를 다녔다. 기독교 사상은 이들의 인생관과 세계관에 막대한 영향을 끼쳤다. 작품의 경향을 보더라도 윤동주는 29세의 나이로 절명하기까지 기독교 사상을 바탕으로 한 경건한 신앙심과 이웃에 대한 희생적 사랑이 담긴 작품을 창작했다.

「고독」의 시인이라고 할 수 있는 김현승은 초기의 서정적 낭만주의와 감상주의의 시풍에서 출발하여 1960년대 중기에 접어들면서 고독과 신앙의 문제가 작품의 내용을 이루며 내적인 갈등을 체험한 후 70년대에 이르러 신앙에 귀의하는 과정을 거친다. 그의 초기 고독은 무조건 받아들이는 기독교 신앙에 대해 회의하면서 시작되었다. 그것의 궁극적인 원인으로서는 목사인 아버지와의 갈등 구조에서 비롯되었다고 추측할 수 있다. 중기 시에서는 인간적 삶에서 오직 고독과 그의 자의식에서 배태되는 신앙적 회의로 신과 정면 대결하면서 신을 부정하기도 했다. 그러나 질병으로 인해 죽음에 직면하면서 참회하며 신을 발견하는 의지를 시에서 보여주었다.

조지훈·박목월과 함께 청록파 시인으로 알려진 박두진은 모태신앙인 윤동주와 김현승과는 달리 스스로 기독교 신앙을 받아들였다. 그의 시는 자연에 대한 감각적인 기쁨을 정신적인 경험으로 전환시킴으로써 자연과 인간을 대비시켜 존재의 의미를 추구하였다. 그의 시에서 '자연'은 인간에게 새 생명을 불어넣는 일종의 '메시아'의 상징이며, 이상을 추구할 수 있는 매개적 존재로 표현된다. 기독교인으로서 '자연'을 소재로 한 시들을 통해 가혹한 시대를 견디려는 의지를 엿보게 해준다.

위 시인들은 타율적·자율적으로 기독교 영향을 받은 후 자기 내면에 내재된 기독교 사상을 문학작품으로 승화시켰다. 기독교를 믿는 시인이 쓴 작품이 모두 기독교 문학이 되는 것이 아니듯이 기독교시는 자신의 신앙을 미적으로 형상화하거나, 기독교 사상의 핵심이 되는 교리를 시적으로 육화하였을 때 비로소 기독교시가 된다. 궁극적으로 기독교시는 "기독교의 목표가 되는 속죄, 구원, 부활, 재림 등의 실현을 위해 일상생활에서 기도하고 간증하며 신과 교감을 하는 것이라고 했다. 이러한 작가의 사상이 내면에 심화됨으로써 작품 속에 기독교 의식이 나타나고 그 문학성이 배어 있는 문학이 바로 기독교 문학이라고 할 수 있다."[1] 시인 자신이 믿는 기독교 사상을 시로 수용하였을 때, 기독교시가 창작됨으로써 시인의 종교적 사상이나 교리 등의 신앙심이 문학작품에 형상화된다는 것은 어쩌면 당연한 일이다.

2) 기독교시, 그 울림의 언어

기독교시는 시적 언어로 절대자에게 감사·간구·예언·찬미·회의·갈등 등을 표출하는 자기 고백적인 작품이다. 시작(詩作) 자체가 시인의 신앙적 체험을 심화시키는 작업이기 때문에, 기독교시는 신앙선상에 있다. "이 것은 체험과 경험으로써 기독교 문학이 전개된다는 뜻이다. 이 문학은 기독교의 궁극적인 목표가 되는 구원과 부활 등의 차원으로 나아가는 단계적인 과정을 보여준다."[2] 이때 시인의 세계관은 시로써 초월적 세계와 조응한다. 시인은 절대자를 표상하는 종교적 상상력을 통하여 창작의 욕구를 불러오며 세계의 유한성을 초월하게 된다. 시적 언어는 기독교적인 규범에서 상상하고 기독교적인 이미지로 형상화시킨다. 시로써 삶의 양식을 구할 때, 그것은 기독교 문화의 패턴 속에서 이루어진다. 시적 이상은 기독교적 이상을 구현하는 데 필요하며, 시는 그것의 구체적인 형태로서의 문학 양식이다.

기독교시는 문학작품의 범주에 있지만 기독교 신앙으로 창작되기 때문에 기독교적 카테고리를 넘지 못한다. 기독교 시인에게 기독교시는 종교적 신념에서 발화된 종교적 성찰이며 자기반성이다. 이것은 절대자에 대한 절대적 믿음에서 기인할 뿐이다. 믿음은 공유하는 자들의 세계이며, 이들의 언어는 일상 언어와는 다르며 공동체라는 특수한 공간에서 교환 가능하다. 따라서 이들은 믿음(언어)으로써 기독교 신앙의 절대적인 배타성을 드러냄과 동시에 신과 인간, 신을 믿는 자와 믿지 않는 자를 본질적으로 분리한다. 이러한 인간적 근거의 배제는 기독교 신앙의 핵심이며, 이는 성서의 저자들에게서 공통적으로 나타나는 관점이다. 따라서 기독교시는 종교적 신념을 의미하는 것이다. 기독교시에 나타난 종교적 신념은 "현실을 초월하는 세계에 대한 신념으로 현실을 새롭게 이해함으로써 현실을 변화시키는 힘이 될 수 있다."[3] 이러한 맥락에서 기독교시는 근본적으로 기독교 윤리관과 신앙적 체험이 밑바탕되어야 하며, 부차적으로 절대자를 통하여 세계를 새롭게 이해하는 방식으로서 '현실을 초월하고, 현실을 변화시키는 힘' 즉 치유적 성격을 갖는다.

창세기에 나타난 태초의 기록을 '하느님의 말씀'이라고 명명할 수 있다. 그 언어는 발아되는 순간 말씀이 되고 우주와 세계를 태동시킨 태초의 동력이다. 이렇게 언어로써 기독교 세계의 발아가 가능했던 것처럼 시적인 힘도 언어에서 나온다. 언어는 하나의 에너지라고 할 수 있다. 언어에서 생성되는 다양한 의미가 개인의 감정을 움직이며 치유적 효과를 낳는다. 언어는 고대부터 주술적인 기능을 행사해왔다. 어떤 공동체에 속한 구성원이든지 말에서 축복과 저주를 받지 않은 경우가 없다. 그런데 그 말에 효과를 불러일으키기 위해서는 시와 노래와 같이 형식과 구조를 갖추어야 한다는 것이다. "성직자나 의사, 마술사가 갖고 있는 모든 힘은 문학의 힘과 결부되어 있다"[4]는 점에서 언어는 인류에게 환기와 감동을 불러일으키며 삶을 변화시키는 작용을 했다. 시인이 자신의 체험을 통해 시를 창작하거나 유사한 경험의 시를 읽으면서 비밀스러운 경험을 활성화하고, 정서를 언어로 형상화할 수 있도록 하여 억눌린 감정을 치료하게 된다는 것이다.

기독교시를 치유적 관점에서 볼 때, 기독교적 언어는 종교의식을 가진 자아와 세계 간의 의사소통 수단이 된다. 그래서 창조적 언어(글쓰기)의 기능은 심리치료에서 치료적 효과를 잘 드러낸다고 볼 수 있다. 특히 특정 종교와 시인이 체험한 언어가 종교언어로 전환되는 순간 치유적 효과는 극대화될 수 있다. 기독교시는 시인의 기독교적 신념이 기독교 세계관으로 언어에 용해되어 있다는 점에서 인간과 신, 신과 인간을 소통 가능하게 하는 매체이기 때문에 더욱 그러하다. 인간과 신의 소통은 건강한 자아를 회복하게 하고 현실적 세계와 초월적 세계를 인식하게 한다. "자아는 한 사람이 그의 환경에 적응하게 해주며, 자아의식은 행동의 주체가 사물을 인식하게 해준다. 그리고 인격발달의 주체로 중요한 기능을 수행하면서 콤플렉스나 원형 등 인간의 정신을 구성하고 있는 요소들이 의인화되어 나타날 수 있는 무대의 역할을 한다."[5] 이렇게 기독교시는 초월적 존재에서 발화된 언어를 통해 사적인 것은 공적인 증언이 된다. 이때 언어는 상실했던 자아를 되찾고 단절된 타자와 세계에 대한 관계 회복의 가능성을 열어준다. 이것은 인간이 언어로써 생각하는 존재(sein)라는 명제가 된다. 인간은 언어를 떠나서는 생각할 수 없으며 타자와 세계를 향한 소통의 존재자(seiende)도 될 수 없다는 것이다.

기독교 사상이 구원론에 천착하듯이, 기독교시 역시 구원, 부활, 재림, 영원, 영생 등 죽음에 대한 극복으로서의 사후 문제에 집중되어 있다. "모든 종교들은 구체적인 방법을 통해서 삶의 주기를 넘기는 데 필요한 체계들을 마련해놓고 있다."[6] 우리는 구원론이 사후의 믿음을 믿는 죽음의식과 직결된다는 것을 알고 있다. 따라서 성경의 핵심을 이루는 하나의 사상이 죽음의식과 구원론이라고 할 수 있다.

우리는 종교시가 현실적 문제를 객관화하여 대상에 대한 욕구를 동기화할 때 정서를 환기시킬 수 있게 된다는 것을 간과해서는 안 된다. 그것은 기독교시가 기독교의 신념으로서 창작자의 체험을 통해 시로 통과할 때 전일성을 회복할 수 있다는 뜻이다.

3. 기독교시로 죽음을 극복하는 시인들

기독교에서는 죽음을 세 가지로 구분한다. "첫째로 인간 신체의 생물학적 죽음이고, 둘째로 기독교 신앙 밖에서의 죽음이고, 마지막으로 그리스도에 의해 주어지는 신성한 생명으로 결합된 신비로운 죽음이다."[7] 이렇게 기독교적인 죽음은 부활사상과 직결된다. 시인이 처한 일제 강점기의 암울한 현실에 굴복하지 않고 희망을 노래할 수 있었던 것은, 개인적인 부활이라는 사후 믿음이 있었기 때문이다. 이 믿음은 죽어도 다시 살아날 수 있다는 기독교 핵심 사상이다. 이 부활사상은 앞으로 전개될 시에서 공통적으로 드러나는데, 현실의 육체적 죽음을 극복하기 위한 영적 믿음으로 나타나기도 하며, 죽음을 통해 죽음을 극복하려는 현실 저항의식으로 나타나기도 한다. 이처럼 부활사상은 기독교의 핵심교리이며, 이 '믿음'을 통하여 기독교가 생명을 테마로 하는 종교로 거듭날 수 있었던 것이다. 기독교시의 창작과정은 시적 어휘, 비유와 상징, 이미지 등이 성경을 모티프로 하거나, 성경의 이미지를 시적으로 투사하거나 간접화하는 방법으로 나타난다. 기독교 세계관을 동일시하는 방식 중 대표적인 것이 성경을 모티프로 한, 인유(引喩)에 의한 창작과정이라고 할 수 있다. 창작에서의 인유는 "잘 알려진 삶이나 문학에 있는 어떤 인물이나 사건을 가리키며, 보통 고대의 신화나 전설이라든지 고전, 역사, 성서, 고사 등에서 널리 알려진 인물, 스토리, 시구 등을 인용하여 쓰는 경우가 많다."[8] 이러한 인유는 정신분석학의 거울이론에서도 찾아볼 수 있다. 거울은 상징계에서 내적인 것이 외적으로 반영된 것이다. 인유나 패러디 등의 우의는 경제적이며 문치를 풍부하게 해줄 뿐 아니라 시인이 자아 성찰을 하고 세계를 인식하는 데 유용하다. 이렇게 기독교시에서 성경의 인유적인 모티프는 시인이 죽음을 인식하고 직시하는 은유적 수단이 된다.

1) 윤동주의 경우

윤동주의 「새벽이 올 때까지」와 「십자가」는 그의 시편 중에서 원죄의식의 인식과 구원사상을 통하여 죽음을 극복하는 방법을 모색할 수 있는 좋은 예다.

다들 죽어가는 사람들에게
검은 옷을 입히시오.

다들 살아가는 사람들에게
흰옷을 입히지 마시오.

그리고 한 침대에
가지런히 잠을 재우시오.

다들 울거들랑
젖을 먹이시오.

이제 새벽이 오면
나팔소리 들려올 게외다.

　　　　　　　　　　　　　　　　　—「새벽이 올 때까지」 전문

이 시의 사람은 죽어도 신앙 안에서 다시 살아날 수 있다는 구원의지와 전망을 보인다. 텍스트에 나타난 유형의 청자는 두 가지로 대비된다. 1연에서 2연까지의 청자는 "다들 죽어가는 사람들"과 "다들 살아가는 사람들"이다. 화자는 죽어가는 사람들에게는 검은 옷을 입히고, 살아가는 사람들에게는 흰옷을 입히지 말라고 전언한다. 검은 옷과 흰옷은 죽음과 삶의 표상이 된다. 3연에서는 이들을 "한 침대에/ 가지런히 잠을 재우고" 4연에서는 "울거들랑/ 젖을 먹이"라고 한다. 1연에서 4연까지 공통적으로 나타나는 것은 '입히시오', '마시오', '재우시오' '먹이시오' 등 청유형을 사용하고 있다는 점이다. 이렇게 화자는 사람들에게 옷을 입히고, 잠을 재우고, 젖을 먹이라고 청유하면서 죽어가는 사람들을 영접하고 휴식을 취하게 한 후 기다리는 것, 엄숙한 시간 다음에 오는 실체, 그것은 도래하는 새벽이다. 이 새벽은 '나팔소리'와 함께 온다는 것이다. 나팔소리가 들려올 때의 새벽은 죽어가는 사람들에게 죽음 뒤에 오는 '부활'이라는 사실을 보여준다.

이 시는 '데살로니가 전서 4:16~17'의 설화를 모티프로 삼아 기독교 의식을 투사한 것이다. 시인은 새벽이 오면 '천사장의 소리와 하느님의 나팔로 친히 하늘로 좇아 강림한 후에 그리스도 안에서 죽은 자들이 먼저 일어나고 그후에 살아남은 자도 함께 구름 속으로 끌어 올려 공중에서 주를 영접'하게 된다는 것이다. 이렇게 죽음에 직면하는 인간은 기독교적 구원관으로써 죽음을 극복할 수 있다는 것을 보여준다. 시인은 구원에 이르기 위해서 선행적으로 이 땅의 사람들을 영접하고, 새벽을 기다리듯 나팔소리와 함께 실체를 드러낸 하느님을 영접할 수 있다. 이러한 시적 상상력은 성경에서 동일성을 찾고 있으며, 신에게 의지함으로써 얻을 수 있는, 죽음에 대한 심리적 안정과 정서의 회복을 보여준다.

　　좇아오던 햇빛인데
　　지금 교회당 꼭대기
　　십자가에 걸리었습니다.

첨탑이 저렇게도 높은데
어떻게 올라갈 수 있을까요.

종소리도 들려오지 않는데
휘파람이나 불며 서성이다가,

괴로왔던 사나이,
행복한 예수 그리스도에게
처럼
십자가가 허락된다면

모가지를 드리우고
꽃처럼 피어나는 피를
어두워가는 하늘 밑에

조용히 흘리겠나이다.

　　　　　　　　　　　　　　　　―「십자가」 전문

　성서에서 '빛'과 '십자가'는 기독교를 상징하는 기표다. 「창세기」 1:1~5 '천지창조'의 주최자인 신은 "하느님이 가라사대 빛이 있으라 하시매 빛이 있었고"(창세기 1:3), 빛을 통하여 "혼돈"을 "질서"로 바꾸었다. 우주와 인류를 창조하는 데 있어 빛의 출현은 천지창조의 시작을 의미한다.*
　이 시의 발화는 '햇빛'이며, 시인의 시선은 '교회 첨탑'에서 포착된다. 그것은 '쫓아오던 햇빛이 교회당 꼭대기 십자가에 걸렸다'는 언표다. 이 행간에서는 암울했던 시대상을 비추어 보았을 때 뒤처진 채 쫓아오던 희망이 교회의 종탑에서 빛나고 있다는 뜻으로 읽을 수 있다. 말하자면 '햇빛'은 '이상'이고, 십자가는 '기독교'의 상징이다. 이 햇빛이 도달하는 지점이 십자가라는 것은 화자의 종교관이나 역사관 또는 인생관과 관련된 목표를 내포하고 있다. 텍스트는 햇빛의 종착지인 십자가에 도달하는 여정을 묘사하고 있다.

제2연의 "어떻게 올라갈 수 있을까요"라는 의문형은 단절의식을 통해 시적 화자와 거리감을 주면서 시인의 고뇌와 갈등을 담고 있다. 제3연에서 화자는 첨탑에 올라갈 수 없어 서성거리고 방황하는 고독한 모습을 통해 시인의 좌절된 신념을 보여주며 불안정한 현실의 비애를 낳고 있다. 하지만 제4연에 와서부터는 이러한 현실적인 문제들이 해소된다. 그것은 예수 그리스도의 십자가 사건이다. 예수는 인류의 모든 짐을 지고 괴로워했으나 십자가에 못박혀 희생되었기 때문에 화자는 행복하였다고 여긴다. 시인은 예수처럼 자기희생을 위한 각오로 십자가가 허락되기를 바란다.

우리는 윤동주의 「십자가」가 햇빛이 십자가에 걸려 있는 현상처럼 시인의 이상은 예수를 통해 진리의 길에 도달하겠다는 의지를 보았다. 이 시는 예수의 괴로움을 시인의 괴로움과 동일화하고 전이될 때 불행한 현실을 헤쳐나갈 수 있는 에너지로 바뀐다. 5연에서는 "모가지를 드리우고/꽃처럼 피어가는 피를" 흘리겠다고 자기희생을 십자가 사건을 통해 드러낸다. 이것은 시인이 처한 암울했던 현실세계를 넘어 미래 지향적인 메시지를 담고 있다. 구원의 상징인 십자가는 죽음을 통해 현실을 초월할 수

---

* 최초의 인간 '아담'이 신과의 약속을 저버리고 죄를 범하여 하느님의 빛을 가리게 되었고, 그 죄는 원죄가 되었다. 인간의 영원한 삶은 죽음을 맞이하게 되지만 신약시대에 예수가 멍에를 지고 죽었고, 사흘 만에 부활하여 인류를 구원하게 된다. 신약시대의 예수의 죽음과 부활은 필연적인 구약시대의 완성으로서 빛은 예수로, 예수의 죽음과 부활은 인류 구원의 단계에 이르게 된다는 것이 성경의 주요한 맥락이다.

있다는 순절정신이 된다.

윤동주는 죽음을 극복하고, 현실을 초월하기 위해 기독교 구원관을 택하고 있다. 이 구원관은 성경에 나타난 설화에서 인유한다. "신화가 상상의 소산이라면 설화는 역사적인 인물이나 사건을 중심으로 시작된 이야기다. 신을 소재로 하는 것이 신화라고 한다면 설화는 인간을 소재로 한다고 볼 수 있다."[9] 설화적 이미지에서 영감을 얻은 시적 구원관을 통해 시인은 기독교 신념을 강화하고 삶을 변화시키며 죽음을 이겨낼 수 있었던 것이 아닐까. 분명한 것은 시인의 내면이 정서의 안정과 회복뿐만 아니라 세계와의 통찰과 통합을 이루고 있다. 시인의 죽음은 기독교 의식이라고 할 수 있는 '새벽'과 '십자가', '빛'으로 전이되며 기독교 정신과 동일화를 이루어낸다.

2) 김현승의 경우

김현승의 시는 윤동주와 달리 성경적 설화적 비유로서 직접적인 인유를 드러내지 않는다. 그는 기독교적 이미지가 내포하고 있는 비유와 상징, 잠언, 경구 등을 포함한 모티프를 사용하고 있다. 말하자면 성경의 서사를 그대로 가져와 사용하기보다는 기독교적 담론을 함축적으로 살린 철학적 사유와 시어의 절제를 통한 미적 완성도를 보여준다. 김현승 시편에서 기독교시는 시의 중심 이미지 속에 내포되어 있는 성서의 담론이 시적 모티프라고 할 수 있다.

나는 이제야 내가 생각하던
영원의 먼 끝을 만지게 되었다.
그 끝에서 나는 하품을 하고
비로소 나의 오랜 잠을 깬다.

내가 만지는 손 끝에서
아름다운 별들은 흩어져 빛을 잃지만
내가 만지는 손 끝에서
나는 무엇인가 내게로 더 가까이 다가오는
따스한 체온을 느낀다.

그 체온으로 내게서 끝나는 영원의 먼 끝을
나는 혼자서 내 가슴에 품어준다.
나는 내 눈으로 이제 그것들을 바라본다.

그 끝에서 나의 언어들을 바람에 날려 보내며,
꿈으로 고이 안을 받친 내 언어의 날개들을
이제는 티끌처럼 날려 보낸다.

나는 내게서 끝나는
무한의 눈물겨운 끝을
내 주름 잡힌 손으로 어루만지며 어루만지며,
더 나아갈 수 없는 그 끝에서
드디어 입을 다문다—나의 시는.

—「절대고독」 전문

　김현승 시에 자주 나타나는 별, 빛, 태양, 해, 여명, 광명, 처녀광, 금빛 등은 그의 시가 창조론과 운명론에 기반하고 있음을 말해준다. 이 시의 두드러지는 시어는 '끝'이다. '먼 끝' '그 끝' '손 끝' '눈물겨운 끝' 등 10회에 걸쳐 종결자인 끝의 이미지가 반복해서 나온다. 이 끝은 죽음에 대한 상징성을 확보하면서 다시 삶의 발화지점으로 전이된다.

이 시는 죽음이라는 끝에서 시인이 상상하는 '영원의 먼 끝을 만지게' 되면서 발현한다. "영원의 별들은 흩어져 빛을 잃지만" 시인의 시공간은, 빛을 발하는 별들은 빛을 잃고 죽음에 이를 수밖에 없는 절망의 세계다. 그런데 다시 어둠이 빛을 만나면 어둠은 사라지고 빛만 남듯이 죽음은 빛에 의해 "무엇인가 내게로 더 가까이 다가오는/ 따스한 체온을 느낀다.// 그 체온으로 내게서 끝나는 영원의 먼 끝을/ 나는 혼자서 내 가슴에 품어준다"고 표현하고 있다. 죽음에 이를 수밖에 없는 시인의 '절대 고독'은 '손끝'만 대고 있어도 구원을 얻는다는 기독교적 신념을 보여주고 있다.

우리는 이 시의 반복되는 어휘를 기독교적 이미지로 파악할 때 '마가복음 5:24~34'에서 모티프를 찾을 수 있다. 그것은 혈우병을 앓고 있던 여인이 믿음으로 병 고침을 받은 설화를 바탕으로 하고 있다. 이 복음서의 핵심은 '여인의 손끝'이 예수의 옷을 만졌다는 것이다. 즉 여인의 믿음이 행위로 나타났을 때 구원에 이를 수 있다는 의미를 담고 있다. 이어서 시인은 여인 손끝의 "그 끝에서 나의 언어들을 바람에 날려 보내며,/ 꿈으로 고이 안을 받친 내 언어의 날개들을/ 이제는 티끌처럼 날려 보낸다." 이렇게 시인의 '언어'는 '언어의 날개'를 달고 있지만 그것마저도 '티끌처럼' 보잘것없다는 존재성을 성찰하게 한다. 그것은 '손끝' 하나로 죽음을 극복한 '여인의 손끝'을 통해 '영원의 먼 끝'을 볼 때 "더 나아갈 수 없는 그 끝에서/ 드디어 입을 다문다―나의 시는"이라고 하면서 인간의 나약함과 실존적 고독을 보여준다. 아이러니컬하게도 시인은 여인의 손끝을 통해 티끌 같은 믿음을 통해 죽음을 극복할 수 있다는 인식이 가능해진다. 이때 '고독의 끝에서 입을 다문다.' 이것은 뜻이 통한 후에야 비로소 언어가 의미 없어진다는 것인데, 화자는 철저히 버려진 고독의 끝에 놓인 존재를 인식하고 깨달음의 경지로 나아간다. 이렇게 시인의 절대 고독이야말로 죽음, 고독, 단절과 소통할 수 있다는 반어적 성격을 낳고 있다.

> 더러는
> 옥토에 떨어지는 작은 생명이고저……
>
> 흠도 티도,
> 금가지 않은
> 나의 전체는 오직 이뿐!
>
> 더욱 값진 것으로 드리라 하올 제,
>
> 나의 가장 나중 지니인 것도 오직 이뿐!
> 아름다운 나무의 꽃이 시듦을 보시고
> 열매를 맺게 하신 당신은,
> 나의 웃음을 만드신 후에
>
> 새로이 나의 눈물을 지어 주시다.

―「눈물」 전문

눈물의 일반적 의미는 삶과 죽음에 대한 슬픔과 비애 등 인간의 부정적 감정의 표출이다. 그러나 김현승은 냉정한 절제 속에서 삶의 슬픔과 신앙적 고뇌를 '눈물'로 승화시키고 있다. "눈물을 흘리며 씨를 뿌리는 자는 기쁨으로 거두리로다"(시편 126:5)처럼 '눈물'과 씨앗을 '생명'에 대입시켜 신앙의 정점을 표현하고 있다. 이 시의 눈물의 비유는 객관적 상관물로서 '자연'을 바라보는 관점의 변화다. '자연'은 '인간'과 동일한 신의 창조

176

물로, 시인의 입장에서는 신의 질서를 깨우치게 하는 기능을 한다. 이러한 인식을 바탕으로 신과 관계 회복을 위한 노력이 참회의 눈물을 흘리는 행위로 나타난다. 시인은 자연의 '꽃의 시듦'과 인간의 '죽음'을 비유하여 신의 구원으로서 존재의 근원에 도달하고자 한다. "인간이 신 앞에 드릴 것이 있다면 그 무엇이겠는가, 그것은 변하기 쉬운 웃음이 아니다. 이 지상에 오직 썩지 않는 것이 있다면 그것은 신 앞에서 흘리는 '눈물'뿐일 것이다."[10] 신에게 흘리는 눈물은 죽지만 죽지 않는 것, 썩지만 썩지 않는 것의 표상이며, 역설의 미학이다. 따라서 김현승의 눈물은 변하지 않는 시인의 순결을 지향하는 참회적 눈물이라고 할 수 있으며, 참회를 통한 신의 구원을 통하여 생의 순결함을 가질 수 있다는 것이 그의 믿음의 실체라고 할 수 있다. 신 앞에서 지상적인 일체를 포기하고 정직하게 흘리는 참회의 눈물이야말로 슬픔이 아니라 새로운 구원의 약속이며 부활이며 가장 순수하고 고귀한 생명이 된다는 것이 김현승의 「눈물」에 나타난 비밀이기도 하다.[11]

이 시는 '더러는/ 옥토에 떨어진 작은 생명이고저'라고 시작하는데, 성경 '마태복음 13:3~9'의 '씨뿌리는 자의 비유'를 떠올리게 한다. 그런데 김현승의 「눈물」에서 맺을 열매는 다름 아닌 '눈물'이다. 이는 "눈물을 흘리며 씨를 뿌리는 자는 기쁨으로 거두리로다"라는 시편 구절과도 상반되어 보인다. 나무의 시듦 뒤에 열매가 있듯 '웃음' 뒤에 흘리는 '눈물'이 진정한 열매임을 역설적으로 상기시킨다. "화려하고 아름다운 '꽃'보다 풍요로운 '열매'를 더 소중히 여기고 일시적이고 가변적인 '웃음'보다는 참된 불변의 가치를 주는 '눈물'만이 인생의 값진 것이다."[12] 이처럼 김현승은 성경의 비유가 보여주는 의미를 역설적 화법을 통하여 자신의 세계를 인식하며 자아와 세계를 보는 방법으로써 비의식적으로 죽음을 극복하려는 치유성을 드러낸다. 또한 논리적인 언어가 담아낼 수 없는 이러한 깨달음의 어법을 통해 세계의 모순을 넘어서 진실을 지향한다. 김현승의 경우 이것은 사상적 치열성을 통해 새로운 의미와 가치를 만들어내며 현실을 극복할 수 있는 수단이 된다.

3) 박두진의 경우

우리가 살펴본 윤동주와 김현승의 시와 달리 박두진 시에는 성경적 설화 모티프가 보다 직접적이고도 구체적으로 드러낸다. 박두진은 누구의 전도 없이 스스로 기독교 신앙을 받아들였으므로 하느님의 사랑을 깨달은 순간을 감사하고 찬양하는 등의 시편을 많이 남겼다. 모태신앙에서 찾을 수 없는, 비기독교인에서 기독교인으로 거듭나는 기독교 의식을 그의 시에서 관찰할 수 있다. 그러므로 기독교시에 나타난 성경의 설화나 경구, 이미지 등을 직접적으로 차용하거나 인용하면서 시적으로 형상화하고 있다. 그는 성경을 그대로 믿고 따르며 기독교 본령에 충실하고자 했던 것은 아닐까. 기독교는 박두진의 삶을 전체적으로 변화시킨 하나의 사건일 수밖에 없었다. 기독교 신념을 자신의 시에서 수사적 기교 없이, 여과 없이 노출시킴으로써 기독교 사상이나 교리에 충만한 자신의 존재를 승인받으려 했던 것으로 추측된다.

사립문 밖에서 쩔렁쩔렁 종소리 흔들며
낯선 사람 하나 와서, 내가 나가자 건네주던
분홍색 한글 책,
손바닥만 한 복음책,
마태, 마가, 누가, 요한 중 그중의 한 가지이던
그 분홍색 겉장의 얇다란 복음책을
얼결에 받아들고 방으로 뛰어 들어왔을 때

처음 나는 예수,

처음 나는 하느님이란 말을 듣고 보았습니다.

아무도 없는 침침한 윗방에서

나 혼자 받아들고 나 혼자 몰래 읽던

연분홍 겉장의 복음서의 내용,

이상스러웠습니다.

호기심과 증오감, 까닭도 모르는 배타심과

까닭도 모르는 두려움, 죄의식,

(중략)

그렇습니다, 그렇습니다.

천지 우주 영원 절대 사랑이신 신,

성부이시며 성자이시며

성신이신 당신,

지져스 크라이스트,

그 꼭대기의 십자가의

당신이신 사랑을 사랑인 줄 알게,

당신이신 눈물을 눈물인 줄 알게,

당신이신 아픔을 아픔인 줄 알게,

당신이신 분노를 분노인 줄 알게,

당신이신 용서, 당신이신 믿음,

당신이신 피흘림을 피흘림인 줄 알게,

당신이신 죽음과 당신이신 부활,

당신이신 자유와 당신이신 평화,

당신이신 승리와 당신이신 완성,

당신이신 자비, 당신이신 은총을

　　—「머나먼 갈보리 그 뜨겁고 진하고 아름다운 말씀의 핏방울」 부분

　서사시로 된 이 시는 박두진의 신앙심이 심상과 연결되어 기독교 의식을 드러내고 있다. 이 시는 장시(長詩)의 형식을 취하고 있지만 묘사를 중심으로 4가지의 서술로 요약할 수 있다. 기독교를 만나기 전과 후, 그리고 기독교 의식을 수용하기 전과 후다. 시인은 기독교를 접하고 10년 후인 18세가 되던 해(1939년) 스스로 교회당의 문을 두드리며 기독 신앙을 가지게 되는 여정을 보여준다. 그는 8살 무렵 사립문 밖에서 쩔렁쩔렁 종소리 흔들며 낯선 사람이 건네주던 손바닥만한 성경책을 받게 된다. 그때 처음 예수나 하느님이란 말을 들었다고 언술한다. 이렇게 시인은 기독 신앙을 받아들이기 전에는 비신앙적 자아로 살아갔던 한 개인에 불과했으나, 어느 날 전도사가 전해주고 간 성경책을 보고서 예수라는 존재를 처음 접하였고 유교적 전통사상과 기독교 사상에 대한 고민과 갈등이 시작된다. "여덟 살 때 처음 복음을 접해본 이 소년이 앞으로 걷게 될 종교인으로서의 길, 시인으로서의 기독교시에 큰 영향을 끼치게 되리라는 것은 그 자신도 미처 알지 못했을 것이다."[13] 그리고 10년 후 기독교인이 되면서 기독교에 대해 느꼈던 죄의식이나 두려움 같은 원초적 감정을 환기시키게 되고, 죽음에 대한 두려움과 공포는 종교적 경험을 통해 구원사상을 공고하게 했다.

　자전적인 이 시가 보여주듯이 기독교를 자발적으로 수용한 박두진은 '십자가' '부활' '자유' '평화' '은총' '신비'를 체험하게 되면서 독실한 기독교적 세계관을 가지게 되었고, 삶과 죽음 역시 신의 '섭리'라고 고백한다. 박두진에게 기독교라는 종교적 믿음은 하나의 사건이 아닐 수 없다. 그는 이 사건을 통하여 인간이 알 수 없는 신의 섭리나 계시로써 세계를 자연

스럽게 신비로운 시공간으로 인식하게 된다. 그것이 그의 시에서 '호기심' '증오감' '배타심' '두려움' '죄의식' 등 원초적인 존재의 문제를 이해하고 해결할 수 있게 했다. 나아가 죽음 또한 극복할 수 있는 초월적 세계관은 기독교 의식을 강화시키며 분열된 세계를 완성시킬 수 있다는 확신을 낳게 된다.

몽치와 환도와 밧줄의 군열 앞을
종용히 내려오신 당신의 모습을,
어느 나무 뒤에 숨어 바라보았었지요.
베드로와 요한과 야고보와 함께
삼년을 하루같이 따랐었다는
나도 그때 당신의 제자였다면

닭 울기 전
거듭 세 번 몰랐담을 뉘우쳐 통곡하던,
당신의 늙은 제자 베드로는 그래도
가야바의 뜰에까지 따라라도 갔지만

오오,
중얼거리며 나는
잡히시는 그 자릴 피해 달아 숨은 채
감람산,
어느 나무 뒤 그늘에 혼자서 쭈그리고
당신과 또 스스로의 배반을
몇 줄기의 눈물론들 뉘우쳐나 봤을지요.

이 시는 예수가 제자들을 데리고 감람산에 올라 기도하는 장면을 묘사하고 있다. "작품 구조는 예수, 베드로, 화자 등의 행위와 신에 대한 믿음에 대해 순서적으로 열거하고 있고, 연과 행을 각각 도치시켜 의미를 강조"[14]하면서 극적인 장면을 생동감 있게 보여준다. 시에서 '감람산'은 예루살렘 동부 구릉에 있는 산이며, 예수가 예루살렘 입성을 앞두고 군중으로부터 환영을 받은 곳이면서 '수난의 시작'인 곳이다. 예수가 자신의 운명을 예견하고 자신을 배신한 가롯 유다가 이끌고 온 병사들에게 체포됨으로써 수난이 시작되는 과정을 배경으로 한 이 시는 시인 자신을 화자로 설정하여 자신의 믿음과 베드로와 제자들의 믿음을 비교하고 있다.

시인이 시적 이미지의 형상화 과정 없이 성서를 차용한 것은, 자신을 성서의 인물과 동일시하여 행간에 삼투시킴으로써 자아를 성찰하기 위한 생동감 있는 시작법이다. 베드로는 병사에게 체포되는 예수를 보려고 가야바의 뜰에까지 따라갔지만, 같은 상황을 설정해놓고 화자 자신은 죽지 않으려고 몸을 숨겼을 것이라고 언술한다. 시인은 인간 자체의 실존적 나약함을 사실적으로 보여준다. 이렇게 박두진의 시작(詩作)은 죽음을 인식하는 인간 존재의 비극성과 실존적 비극성을 담아내기 위해 성경을 모티프로 삼고 있다. 성경을 재현하면서 자신의 삶을 시적 모티프로 전이시키고 시인 자신을 화자로 동일화해 출현시킴으로써 참회의 깊이를 배가하게 된다. 박두진의 경우 선과 악, 속죄와 구원, 기도와 눈물 등의 신앙적 소재들이 그의 시에서 주를 이루고 있는데, 그는 인간의 실존적 고통의 문제, 죽음과 구원의 문제 등 절대자를 통해 통찰과 통합을 이루며 현실을 극복하고 초월적 존재에게 도달하고자 했다.

4. 종교시, 그 죽음을 넘나드는 치유적 언어

우리는 시인들이 죽음을 극복하는 일련의 과정들을 보았다. 그것은 외면화된 기표가 내면의 기의를 조절하면서 정화를 낳고 있다. 이를테면 타나토스의 욕구가 에로스의 자기애의 시로서 종교의식으로 침투하여 발화된다. 따라서 기독교시에 나타난 총체적인 시의식은, 시인이 초월적인 존재를 인정하고 그 초월적인 존재를 추구해가는 행위와 관련된다. 시인은 그것을 통해 초월적인 존재를 구체적으로 형상화하거나, 심상을 기독교 세계관으로 육화시켜 죽음을 넘어 진리를 찾고 있다. 이렇게 기독교시는 종교를 통해 절대자라는 존재를 체험하고, 의식이 변화된 상태, 또는 변화된 의식에서 나오는 어떤 특별한 정신성이 된다. 시인은 기독교적 삶을 통해 신이라는 초월적 절대자를 만나고, 그 존재를 통해 현실의 삶과 죽음을 초월하고자 한다. 바로 이런 마음이 시에 반영됨으로써 그동안 생각하지 못했던 자신의 변화된 삶을 고백적 언어로 드러내고, 그것이 확고한 신념이 되면서 치유적 성격이 부차적으로 수반되는 것이다.

이것을 구원론에 입각하여 볼 때 각 시인이 현실적 죽음을 극복하고 초월적 존재에게 도달하기 위한 방법으로서 드러낸 '절대자를 향한', '절대자를 통한', '절대자에 의한' 언어를 '기독교시'라고 부를 수 있을 것이다. 종교시 창작은 "신과 인간의 관계를 확인하는 의례이며 확고한 신앙을 표현하는" 것으로, 이로써 "인간이 하느님으로부터 죄를 사함받는 속죄의 수단으로서 갈등 해소가 가능해진다."[15] 따라서 기독교시는 종교인의 '자기방어의 치유적 시학'이라고 명명할 수 있다.

제9장

고정희의 폭력적 현실과 폭력적 세계관

1. 폭력성과 페미니즘

이 글은 고정희*의 종교시에 나타난 폭력의 이미지가 현실에서 펼쳐지는 폭력성에서 발현되었다고 판단하고, 고정희가 폭력적인 현실을 시적 언어로 재현하는 과정에서 신과의 문제를 어떻게 형상화하는지 알아보고자 하였다. 1970, 80년대 여성들은 산업화와 민주화라는 근현대사의 격동기 속에서 여성이라는 기표에 주입된 성적 차별과 사회적 억압에 의하여

---

* 본명 고성애(1948~1991). 전남 해남 출생. 5남 3녀 가운데 장녀. 한국신학대학을 졸업하였으며 1975년 『현대시학』으로 등단 후 1983년 대한민국문학상을 수상했다. 『여성신문』 초대 편집주간을 역임했다. 민족문학작가회의 이사, 여성문학인위원회 위원장, 기독교신문사, 크리스찬아카데미 출판간사, 가정법률상담소 출판부장 등 여성 사회운동가로 활약하던 중 1991년 6월 9일 지리산 등반 도중 실족사했다. 시집 『누가 홀로 술틀을 밟고 있는가』(배재서관, 1979), 『실락원 기행』(인문당, 1982), 『초혼제』(창작과비평사, 1983), 『이 시대의 아벨』(문학과지성사, 1983), 『눈물꽃』(실천문학사, 1985), 『지리산의 봄』(문학과지성사, 1987), 『저 무덤 위에 푸른 잔디』(창작과비평사, 1989), 『광주의 눈물비』(동아, 1990), 『여성해방출사표』(동광, 1990), 『아름다운 사람 하나』(들꽃세상, 1990) 등을 출간, 1992년 유고시집 『모든 사라지는 것들은 뒤에 여백을 남긴다』(창작과비평사) 등 10권의 시집과 1권의 유고시집을 남겼다.

주체적인 삶을 상실당하며 희생적인 삶을 강요받았다. 그러나 고정희는 억압과 차별이라는 사회적·정치적 모순에 대항한 선두적인 여성운동가로 자유와 평등을 주장하며 민주주의에 대한 열망을 시로 승화시켰던 시인이다. 그녀의 시세계는 기독교 사상을 배경으로 민중시 또는 여성해방시를 창작하면서 현실참여적인 경향을 띠고 있다. 정효구가 그녀를 "지금까지 우리 시사 속에서 여성 문제를 가장 앞자리에서 폭넓게 탐구한 시인이며, 기독교적 세계관 및 상상력을 한국의 구체적인 역사현장과 결합시킨 현실참여적 기독교 시인이며, 피지배자의 주체적인 입장에서 역사와 현실을 재해석하고 그것을 토대로 세계의 변혁을 꿈꾼 시인"[1]이라고 할 만큼 고정희는 역사적 혼란과 시대적 혼돈 속에서 부조리한 사회를 비판하고 폭로해온, 근·현대사를 통틀어 대표적인 페미니즘 시인, 기독교 시인, 저항 시인으로 볼 수 있다.

고정희는 민주화라는 시대적 담론으로 여성해방, '현실 고발'과 '현실 비판' 등에 관심 깊은 문학인으로 간주된다. 그것은 그녀가 당대의 남성 권력 중심적인 정치적 현실과 폭압적이고 편향된 제도에 대한 저항과 반항의식에 초점을 맞추고, 전투적인 여성 전사로서의 미학에 관심을 두었기 때문일 것이다.

현대 여성해방문학의 선구자이고, 여성으로서 현실 개혁운동에 적극적으로 참여한 민중해방운동가라는 점에서 고정희가 "페미니즘, 민중, 기독교의 관점에서 논의되어 왔는데, 이 세 요소는 상이한 관심사를 반영하는 이질적 단층이라기보다 맞물려 운동·발전하는 핵심 형질이라고 할 수 있다."[2] 이는 고정희 시가 자신이 겪은 삶의 문제들과 더불어 시대적·역사적인 사건들을 시적 자양과 핵심 형질로 삼았기 때문일 것이다. 사망 전까지 그녀는 '여성'과 '민중'을 모티프로 삼아 '민주와 평화'를 지향하는 시를 창작하면서 사회의 비합리적인 문제와 모순된 제도를 강렬하게 비판하였다. 여기서 고정희가 격동의 시대에 여성운동가로서 현실참여적 시를 창작할 수 있었던 궁극적인 원천을 살핀다면 종교적인 동력으로 환원할 수 있다. 즉 기독교 정신을 통하여 고통과 좌절의 폭력적인 현실을 처연하게 돌파하려고 한 것으로 보인다. 당시 독재와 권력이 파생시킨 삶과 죽음, 고난과 억압, 수난과 소외 등 폭력에 맞서기 위한 대응 방식으로 가능성을 열어둔 것이 기독교 세계관이라고 할 수 있다. 이를테면 인간으로 고통받았던 예수의 생애와 민중의 삶을 동일화함으로써 하느님의 구원관에 이르게 된다는 신앙에서 출발했던 것이다. 이렇게 기독교 신앙은 고정희의 정서를 자극하고 신념과 정의로 작동되어 여성시인에서 여성운동가로서의 영역으로 확대되었던 것이다.

고정희의 종교시는 폭력적인 "현실을 종교라는 맥락 안에서 상징적인 메시지로 표현하는바, 시적 언어의 상징성과 그것이 커뮤니케이션 되는 과정에서 나타나는 발화 효과력"[3]이라는 점에 주목할 필요가 있다. 기독교에 대한 강한 신념은 그녀를 현실참여 시를 창작하게 했을 뿐만 아니라 실천으로 이어질 수 있게 했다. 이렇게 그녀의 시적 발현은 기독교 세계관에서 출발하여 근본적으로 여성해방, 민중, 현실참여로 이어진다. 고정희의 시세계는 기독교에서 출발한 것이 사실이지만, 참혹한 현실세계에서 벌어지는 폭력성의 영향권 안에서 종교적인 성격을 매개로 시적 역동성을 보인다는 것은 간과되고 있다.

이제부터 그녀의 작품을 묶은 11권의 시집 전체에서 폭력적인 이미지가 드러나는 시를 분류하고, 타자와 세계 간에 벌어지는 폭력의 이미지를 탐구하면서 그 의미와 양상을 가려보고자 한다. 무엇보다 고정희 시에 나타난 신은 시종일관 기독교 세계관의 절대적이고 초월적인 존재가 아니다. 그녀의 시에서 발현된 신은 폭력적인 현실 앞에서 변모한다는 점에서 고정된 것이 아니라 변증적으로 작용한다. 이러한 관점에서 그녀의 시 전편에 나타난 기독교시에 반영된 폭력을 소재로, 고통받는 신과 세계, 인간과 신, 인간과 세계 등의 관계를 살펴보고자 한다.

2. 민주화 시대의 폭력성과 종교시

폭력의 문제는 우리 삶의 모든 영역에서 다양하게 논의될 수 있지만, 이 글의 범주는 민주화 시대에 나타난 국가 권력의 폭력 문제로 국한시킬 수 있다. 국가는 체제 유지 및 개혁이라는 명분으로 피지배층에 대한 폭력의 사용을 정당화하는데, 이는 국민을 보호한다는 명목으로 권력을 유지하려고 하는 것으로 이를테면 이데올로기적 폭력이라고 할 수 있다. 국가의 폭력은 체제 유지를 위해 사용되며, 폭력의 대상은 피지배층들로 이루어져왔다. 이렇듯 인간의 역사는 권력에 의한 폭력의 역사라고 규정할 만큼 늘 폭력은 존재해왔고, 국가는 인간 사회망의 법과 질서를 유지하기 위한 통치수단으로 폭력을 동원해왔다. 류성민은 "폭력의 문제는 어느 시대든 어느 사회든 피할 수 없는 현실적인 문제로 나타난다. 폭력이 없는 사회는 상상 속에서만 가능하고, 인간사회의 폭력은 항상 발생하기 마련"[4]이라고 하였다. 예컨대 고대사회뿐 아니라 한국근현대사에서도 다양한 형태로 폭력이 드러나지만 영역을 현대로 세분할 때 70, 80년대 군사독재의 공권력에 의한 학살, 고문, 폭행, 유기 등이 대표적이라고 할 수 있다. 이데올로기적 폭력은 "주어진 사회 체계 내에서 정당화된 폭력으로서 특정 체제 내부의 질서를 유지시키거나 권력을 정당화하는 데 사용되는 폭력으로, 물리적인 폭력이나 조직적이고 상징적인 폭력들을 모두 포함하며 부도덕의 이미지가 제거된 정당화된 폭력인 경우가 많다"[5]고 할 것이다. 왜냐하면 "법이라는 이름으로 폭력을 사용하고, 다시 폭력은 질서를 유지하기 위해 법을 만들고 그것을 작동시키는 강제적인 힘 역시 폭력"[6]이기 때문이다.

고정희의 종교시는 1970~80년대 금기와 해방이라는 시대 상황을 시적 오브제로 하고 있다. 70년대는 해방 직후부터 이어지는 분단시대의 연속 선상에 있었다. 한국전쟁의 상흔이 있는 상태에서 4·19와 5·16의 충격적인 정치적 변혁을 경험했다. 그후 산업화 시대의 성장과 갈등 속에서 유신체제라는 초법적 억압에서 오는 민주화에 대한 갈망이 외적으로 작용하고 있었다. 또한 70년대는 급속한 산업화 과정에서 빚어지는 부정적 현실과 역사에 대한 비판적 관심이 고조되던 시대였는데, 반공·반북 이데올로기로 정권을 유지해왔던 군사정권은 1971년 10월 유신헌법을 공포했다. 유신독재는 재벌 위주의 경제성장을 추진하면서 노동자, 농민 등 민중의 희생을 강요했다. 이로 인해 독점자본과 민중의 대립이 심화되면서 유신체제와 독점자본에 대한 민중진영과 민주세력의 조직적 저항이 본격화되었다. 70년대를 거치면서 경제의 불균형과 분배 구조의 갈등은 빈부의 격차를 심화시켰고, 반공 이데올로기는 억압과 통제로 인권을 유린하는 등 민주주의의 기본 이념인 자유와 평등을 말살하기도 했다. 이러한 사회적 분위기 속에서 소외 계층을 대변하여 애환과 분노를 드러내거나, 인권 유린의 실상을 폭로하고 사회 정의를 부르짖는 민중문학은 사회운동과 결합하여 이른바 참여문학으로서 80년대 민주화의 한 노선을 감당했다. 이것은 당면한 현실세계의 "역사, 계급, 민족, 인류의 문제를 자신의 절박한 문제로 받아들이고, 객관적 세계에 대한 인식의 문제"[7]와 결부된 것으로 현실을 반영한 세계관 속에서 순수문학과 민족문학이 아닌 새로운 패러다임의 문학군이 형성된 것이다.

당시 1980년대는 그간의 상대적으로 침체되었던 정치적 관심과 열망이 사회 전면으로 강하게 부각되던 시기였다. 그러한 사회적 분위기는

5·18 광주민중항쟁으로 촉발되었는데, 신군부는 광주시민을 학살하고 이를 토대로 정권을 수립하였다. 이것은 이후 80년대 민주화를 견인하는 하나의 기폭제와도 같은 사건이었다. 이때 부당하고 억압적인 정권에 대한 비판은 사회 각 분야에서 일어나고, 문학계에서도 예외는 아니었다. 따라서 문학 부문에서도 당시의 흐름과 열기가 고스란히 창작에 반영되는 것은 당연한 과정이었다. 이 시기에 민주화를 열망하는 시들이 대거 창작되었다. 당시 인간의 자유와 생존권을 유린하는 지배세력에 맞서 투쟁했던 80년대의 민중문학은 새로운 문학계의 유형으로 자리잡았다. 여기서 시인의 창작 행위 자체는 계층과 사회의 갈등에서 빚어지는 현상에 대항하는 중요한 의미를 띤다. 왜냐하면 시인은 수동적으로 주어진 현실 상황을 그대로 받아들이지도 않고 그 현실 상황 속에서 끊임없이 인간의 문제와 더불어 정치적, 경제적, 사회적인 여러 문제를 제기하고 삶의 의미를 추구하고 있기 때문이다. 거리를 두고 현실을 바라보는 최초의 소외의식이 서민의 소외감으로 구체화되면서 동시에 미학적 개념인 심리적 거리와 결합되어 한국 현대시에서 민중시가 참여문학으로서 시의 주류로 나타난 것이다.[8]

1975년에 등단한 고정희는 폭력적인 문제들을 냉철한 역사의식을 바탕으로 시세계를 펼쳐나갔던 김남주, 백무산, 박노해와 함께 현실인식에 대한 사상적 궤를 같이하면서 등장했다. 그녀는 여성으로서 민주화운동과 여성해방운동을 하다가 1979년, 한 권 분량의 민중시를 창작하여 첫 시집『누가 홀로 술틀을 밟고 있는가』를 상재하게 된다. 그후 현실 문제를 시적으로 조명한『실락원 기행』(1982),『초혼제』(1983),『이 시대의 아벨』(1983),『눈물꽃』(1985),『지리산의 봄』(1987),『저 무덤 위에 푸른 잔디』(1989),『광주의 눈물비』(1990) 등을 창작하게 되는데, 이들 시집 대부분은 핍박받고, 버림받고, 소외된 시대적 사건과 현실적 비극성을 온몸으로 재현하며 보여준다. 이 가운데 종교적 관점에서 창작된 것으로 『실락원 기행』, 『초혼제』, 『이 시대의 아벨』 등이 있지만, 11편 시집 전편에서도 기독교 정신 또는 신의 영성을 상상하여 쓴 시들이 기저에 있다.

고정희는 암흑기를 극복하기 위한 첨예한 정신으로 민중시를 창작하게 되었고, 이것이 현실참여문학으로 발전하게 되는데, 기독교 정신이 시대정신과 일치함으로써 촉매작용을 했던 것으로 파악된다. 그녀의 시는 현실을 반영하며 민중에게 쉽게 다가서기 위해 거친 호흡을 토대로 창작한 것이어서 즉각적으로 이해되며, 이는 쉬운 언어로 소통을 지향한다. 또한 "문학적으로 미화한 것이 아니라 정치적 감수성과 민중 연대의 감정에 호소하는 시작품"[9]이기도 하다. 현실참여 시인 고정희의 종교시는 신을 숭배하거나 미화하지 않고 민중 안에서 자유와 평등을 구현하며 현실을 극복해나가는 투사적인 존재로 맞서고 있다.

3. 신과 폭력, 폭력에 대한 대응과 응대

1) 폭력의 원인으로서 신의 부재

하느님이 졸으시는 사이에
매혹된 영혼으로 손 잡은 우리
떨며, 애타며, 조바심하며
간간이 멍에도 된 우리
사랑이 날개임을 믿는 우리는
그러나 어쩌랴
내가 네 멍에가 되고

네가 내 말뚝이 되는 게 두려워
네 날개 동서남북에 놓아 주고
가서 꽃 피거라 하늘과 만나거라
한강물에 날려 보내고
어둡고 암울하게 돌아섰나니

붉은 눈물 게워내는 황혼 속으로
한강물에 떠서 날아간 사람아
흘러서 흘러서 아득한 사람아
사지에 콸콸 북받치는 사람아
너 흘러 세상의 꼭대기에 닿거든
구만리 폭포수로 희게 돌아오거라
깊고 어두운 계곡에
카바이트 불빛 한 점
내 넋으로 흔들리며 우나니
세상 끝날을 예감하여 빛나리니

　　　　　　　　　　　　—「사랑을 위한 향두가」 전문

　　인용시에서 '향두가'는 장례식 때 상여를 메고 가는 상여꾼들이 부르는
소리를 말한다. 이 향두가는 "하느님이 졸으시는 사이에" 벌어진 것으로,
여기서 하느님은 비극적 현실을 있게 한 상황적 풍자가 된다. 이 시에서
시인은 직접 화자로서 출현하여 마치 사건을 자신의 체험처럼 언술하고
있다. 죽은 영혼과의 이별은 서로의 '멍에'가 되어 사랑의 날개를 "남북에
놓아 주고/ 가서 꽃 피거라 하늘과 만나거라/ 한강물에 날려 보내고/ 어
둡고 암울하게 돌아섰나니"라고 애절하고 처연한 분위기를 연출한다. 이

러한 이미지를 통해 시인 자신이 시행 안에 침투하여 사건을 통해 지표를 생성해내고 구체적인 공간 속 인접성으로 환유시키는 역할을 한다. 그러므로 이 시는 화자의 절실한 감정 이입을 통해 정서적이고 심리적인 공감을 확보하고 있다. 즉 '눈물'은 타자의 것이 아니라 화자의 것이 되며 "날아간 사람" "아득한 사람" "북받치는 사람" 등 실감나게 '넋'을 애도하게 된다. 이렇게 화자는 "내 넋으로 흔들리며 우나니/ 세상 끝날을 예감하여 빛나리니"라고 타자의 슬픔을 끝까지 함께할 것을 다짐한다.

우리는 이 시의 죽음을 작동시킨 것은 현실이지만 이 현실을 있게 한 것은 하느님의 졸음—신의 유기라고 할 수 있는바, 민중에 대한 하느님의 유기성을 볼 수 있다. 이렇게 '유기된다'는 것은 타자에 의해 '버려진다'는 것이다. 타자로부터 유기된다는 것은 '존재론적 수난'이다. 수난은 가학적인 것이며 감당하기 어려운 고통스러운 현실이다. 이 시는 '버려짐'에 대응하는 과정으로 죽음의식에 참여하여 존재에 대한 비장미를 불러온다.

　　너는 벌판에서 무엇을 보았느냐?
　　길의 끝은 아무도 몰라라 수 갈래
　　얼크러진 길, 그러나 모든 것은
　　두 갈래 길로 흐르고 있다
　　땅 버린 지주 땅 없는 저승길 가고
　　인정 버린 그대 이미 인정 없는 삶에
　　떤다 하느님 버린 목숨
　　하느님 밖에 산다 버린 것들 속에
　　이미 버림받음이 있다
　　살지만 실상은 죽어 있는 나 곁에

죽었지만 실상은 살아 있는 자,

형벌의 수액은 이미

우리 뿌리 곁에 있다

우리는 날마다 쓴 잔을 마시며

한 줄씩 한 줄씩 늙어간다

너는 광야에서 무엇을 보느냐?

      —「아우슈비츠 2—심판의 날을 거두소서」 전문

 위의 시는 세계에 벌어지는 존재의 비극을 폭력적 이미지를 통해 말하고 있다. 시인은 "하느님 버린 목숨/ 하느님 밖에 산다 버린 것들 속에/ 이미 버림받음이 있다"고 절대자로부터 유기된 폭력성을 폭로하고 있다. 여기서 시인은 1인칭 화자로서 행간과 행간 사이에 주체로서 작동하고 있다. "살지만 실상은 죽어 있는 나 곁에/ 죽었지만 실상은 살아 있는 자"라는 폭력적인 현실의 존재적 비극성을 보인다. 고정희의 경우 "그것은 내 내면의 무의식이든 의식이든 '희망'과 '죽음인식'이라는 대립관계 속에서 나는 '죽어 있는 삶'과 '살아 있는 죽음'에 대해 많은 콤플렉스를 숨기고 있었는지도 모른다."[10] 그녀의 콤플렉스는 한국 근·현대사의 참혹한 폭력성에서 기인했음을 유추할 수 있다. 그래서 "우리는 양심을 믿지 않는다", "우리는 부활을 믿지 않는다"(「천둥벌거숭이 노래 8」)라고 하면서 기독교 구원관을 정면으로 부정하는 시적 발언을 감행하게 된다. 이를 통해 폭력적 현실에 직간접적으로 관여하지 않는 신을 통렬하게 비판하기도 한다.

 고정희가 신에 대해서 당당해질 수 있는 것은 "나의 시는 그러한 삶의 현장에서의 고뇌와 궤적 외에 다른 것이 아니다. 나는 정치가도 사회학자도 경제학자도 아니지만 개개인의 삶이 어떠한 경우에도 그것들의 규제 아래 놓여 있다는 것을 고통스럽게 생각해왔다. 그러한 제도적 억압의 굴레를 극복하는 힘, 그것이 자유 의지라고 말할 수 있다면 나의 시는 항상 자유 의지에 속해 있는 하나의 에너지였다"[11]라고 한 데서 그 근거를 찾을 수 있는데, 결국 고정희에게 시는 자유 의지로서 제도적 억압의 굴레를 극복할 수 있는 원동력이라고 볼 수 있고, 자신이 믿는 기독교의 신 역시 규제와 통제가 된다면 경우에 따라서 취사선택될 수 있다는 여지를 남긴다.

어두워 오는 저녁 일곱시
우리는 수유리 기도원으로 갔다
팔십년대 두 해를 보내는 심사가
너나없이 답답하고 속수무책이라는 듯
철야 기도회나 가자고 누군가 제의했을 때
아무도 라고 막아서지 못 했으므로
여덟 시간 근무를 마친 동료들은
사일구탑 부근을 지나고 있었다

숲속은 추웠고 적요했다
12월의 보름달이 푸르게 걸린 그곳에는
몇 명의 수도승이 불빛에 엎드려
이 시대의 패배를 독송하고 있었고
우리가 한 발짝씩 다가설 때마다
무한정의 어둠이 바스락거렸다
우리는 되도록 많은 전등을 켜고
어둠을 떨치려 애쓰면서
나란히 나란히 무릎 꿇었다

사회와 위정자와 자유 민주 정의를 위하여
철야 기도회를 시작하겠습니다 (땡-땡)

친구여
우리는 입을 모아 야훼를 불렀다
나라 사랑 앞세워 야훼를 부르고
국가 사랑 앞세워 야훼를 부르고
정치 사랑 앞세워 야훼를 부르고
자유 사랑 앞세워 야훼를 부르고
홍익 인간 앞세워 야훼를 부르고
경천 애민 앞세워 야훼를 불렀다
인류 사랑 이웃 사랑 자기 사랑 앞세워
한밤 다 가도록 야훼를 불렀다
보청기를 낀 노인에게 말하듯
있는 목청 다높여 야훼를 불렀다
있는 말 다 모아 야훼를 불렀다
한반도 5천년 내 죄로 아뢰면서
국토 분단 경제 불황 빈부 격차 앞세워
우리는 모두 평화주의자가 되었어
우리는 모두 도덕주의자가 되었어
우리는 모두 완전주의자가 되었어
그러나 친구여
기도회가 끝난 수유리의 새벽 네시,
우리의 얼굴엔
어제보다 더 짙은 피곤이 서리고

반짝이던 두 눈엔 고드름이 열린 채

어제와 다름없는 타인으로 악수했어

전구에 플러그를 끼웠다 빼듯

기도원은 다시 빈집으로 남았고

우리의 말들도 빈그릇 소리가 났어

참으로 아무 일도 없었다는 듯

삼삼오오 숲길을 내려오면서

단지 밀린 잠에 대해 떠들었댔지

아아 그때 나는 깨닫게 되었지

우리는 한무데기 로보트라는 것을,

왜?냐고 강하게 질문해 다오

〈말〉과 〈우리〉는 분리되어 있었던 거야

버튼을 누르면 작동하는 말

버튼을 누르면 편리하게 작동하는 몸

말과 몸은 하나라고 믿어 왔는데, 이제

몸은 말의 힘을 믿지 않았고

말은 몸의 집에 거하지 못했어

그것은 각각의 작동일 뿐이야

말이요 몸이신 하느님께서

우리를 버리신 이유를 알았지

그리하여 친구여

로보트와 분별이 안 가는 나는

로보트와 구별 없는 말을 건네며

새로운 행복에 길드는 중이니

이제는 내 말을 조심하게

이제는 내 詩를 조심하게

─「서울 사랑─말에 대하여」 전문

인용시는 수유리에서 있었던 구국을 위한 철야기도회를 소재로 창작하였다. 화자는 집단 기도를 할 때 마치 버튼을 누르는 것처럼 신앙인들이 맹목적인 반응을 한다는 것이다. 집단 기도는 무의식적으로 신성을 의식화하고 신앙을 강화하지만 이는 진정성이 결여된 것이라고 믿었다. 그후 화자는 인간이 신을 진실로 믿지 않게 되자, 신이 인간을 떠났다는 것을 통찰한다. 신앙인조차도 말과 행동이 다르고, 그것은 진정성이 사라진 현대 인류의 모습이며 신의 상실을 초래한 원인이라고 단정짓는다.

이렇게 철야기도회를 통해 시인은 신앙인들의 이중성에 대한 탐구와 자기반성의 시간을 가지게 된다. 예컨대 인간의 말과 행동의 불일치는 결국 말은 있으나 실천이 없음을 인식한다. 이러한 경우 "버튼을 누르면 작동하는 말/ 버튼을 누르면 편리하게 작동하는 몸"처럼 심성 없는 로봇과 다르지 않다는 것이다. 인간의 허위의식은 신을 외면하게 되고, 이것으로 인하여 "몸은 말의 힘을 믿지 않았고/ 말은 몸의 집에 거하지 못했어/ 그것은 각각 작동일 뿐이야/ 말이요 몸이신 하느님께서/ 우리를 버리신 이유를 알았지"라고 말한다. 화자는 언행이 다른 존재자를 각성하고, 초월자에 대한 인식에 다가간다. 초월자는 말과 몸이 하나인데, 인간의 욕망으로 이를 분리함으로써 인간은 신을 떠났고, 이는 신으로부터 유기되었다고 오해하여 온 그동안의 의식을 전복시킨다. 그후 시인은 "이제는 내 말을 조심하게/ 이제는 내 詩를 조심하게" 하면서 객관화된 인식의 변화를 거치면서 성숙한 비판 의식을 가지게 된다.

2) 폭력적 현실의 신에 대한 풍자

        그대들

        긴긴 겨울밤 무사했다면

        아이들도 남편도 무사했다면

        꿈에선들 그대들은 보았으리라

        칼끝 같은 어둠 멀리 들판 끝에서

        온갖 살붙이 모닥불에 바치며

        야경의 모닥불에 넋을 사루며

        그대들 안녕을 근심하는 예수

        그대들 후손들을 염려하는 예수

        생시엔들 그대들은 알았을까 몰라

        아직 그대들 남은 삶 넉넉해서

        울창한 미래 헤아리는 아침이면

        흔들리는 한반도 기둥 뿌리 부여잡고

        줄을 서서 제물로 사라지는 자,

        오호라 통재라

        그의 두 발은 차꼬를 매고

        그의 두 손은 철사줄에 묶인 채

        그대들 버린 말(言)로 재갈 물려

        그대들 팔매질에 피 흘려

                            —「아우슈비츠3—神의 어린양」 전문

    고정희는 그의 시에서 인간의 야만적인 폭력에 대한 역사를 거슬러올
라간다. 인용시 「아우슈비츠」*는 나치가 저지른 유대인 학살의 상징인 강

제수용소를 소재로 한 시다. 고정희가 세계 밖에서 자행한 광기적인 폭력 이미지로 시를 창작한 것은, 한국의 4·19와 5·18 광주민주화운동을 겪으면서 내부에서 외부로 인식이 확대된 것으로 추측된다.

이 시는 살아남은 인류에게 던지는 메시지로부터 출발한다. "그대들/ 긴긴 겨울밤 무사했다면/ 아이들도 남편도 무사했다면/ 꿈에선들 그대들은 보았으리라"고, 대량 학살의 참혹한 현실을 전언한다. '칼끝' '어둠' '모닥불' '넋' 등의 시어는 아우슈비츠에서의 살생 현장을 각인시키고 있다. 그런데 여기서 주목할 것은 폭력에 대한 신의 현실적 반응이다. 이러한 가운데 예수는 "안녕을 근심하는", "후손들을 염려하는" 무기력한 존재일 뿐이다. 폭력적인 인간 세계에 관여하지 못하는 비폭력적이고 무저항적인 신으로 등장할 뿐이다. 이러한 시의식은 예수의 고난과 인간의 수난을 동일화시켜 "고정희에게 민중으로서 사는 삶의 길이었으며 고난당하는 이들과 자신을 일치시켰던 예수의 삶을 되사는 통로이며 민중과 기독교적 영성을 관통하는 테마"[12]가 되었던 것이다. 아이러니컬하게도 예수가 십자가 처형으로 고난을 당할 때, 이를 지켜보던 백성들은 폭력에 저항하지 않고 근심만 하고 염려만 하였던 것처럼 예수는 현실세계의 백성과 치환되어 나타난다. 그럼으로써 '제물' '철사줄' '재갈' '팔매질' 등 억압의 이미지로 비극적 현실을 자극시키고 있다.

> 하느님이 눈물의 밸브를 푸셨나

이상하도다

우리 가을 이상하도다

너는 너의 동굴 속에서 우는 소리 들리고

아버지는 아버지의 동굴 속에서 우는 소리 들리고

할머니는 할머니의 동굴 속에서 우는 소리 들리고

서울은 서울의 동굴 속에서 우는 소리 들리고

우리 가을 이상하도다

한강에 범람하는 저 큰 울음 소리

하느님이 역사의 축대를 뽑으셨나

파키스탄 사람들은 파키스탄에서

아르헨티나 사람들은 아르헨티나에서

바르샤바 사람들은 바르샤바에서

터키와 리비아와 팔레스타인에서

자유를 매장하는 피의 축제

아세아를 수놓는 재앙의 만국기

— 「천둥벌거숭이 노래 7」 전문

이 시는 하느님을 정면에 내세워 비극적인 상황을 절망적으로 인식하게 한다. 비극적인 이미지를 통해 하느님은 구원과 희망으로 등장하는 것이 아니라 무기력한 주체로 나타난다. 이때 하느님은 더이상 숭고한 존재자가 아니며 세상을 주관하는 초월적 지위를 상실한다. 이 시의 하느님의 행위는 "눈물의 밸브를 풀고", "역사의 축대를 뽑고" 등 두 가지로 정리할 수 있다. 그렇지만 이러한 현실 풍자적 진술을 통하여 통렬한 계몽주의적 성격을 가지게 된다. "이 시의 방법이자 양식인 풍자 역시 근본적으로 계몽적 인식의 기제라고 할 수 있다. 고정희는 신이 지배하던 세계의 질서는 깨어지고 서정적 주체는 더이상 세계와 조화를 유지하지 못하는 것을 보여준다."[13] 이것은 풍자적으로 폭력을 묵인하거나 방조하는 신을 통하여 비극적인 현실을 공격하며 비극적으로 만든다. "풍자는 공격의 문학이다. 그 공격은 정면 공격이 아니라 측면공격이며 간접화된 공격이다."[14] 그래서 풍자는 우리가 살고 있지만 갇혀 있는 세계의 동굴 속 '아버지' '할머니' '서울' '한강'에서 간접적으로 외연을 확장하여 '파키스탄' '아르헨티나' '바르샤바' '터키' '리비아' '팔레스타인' 등에서 벌어지는 폭력의 진상을 "자유를 매장하는 피의 축제"라고 규정짓고, 국가의 상징으로서 "재앙의 만국기"라고 통칭한다.

> 동서남북에서
> 하느님 우시는구나
> 허리 휘어지는 빚잔치
> 기둥뿌리 무너지는 꽃 잔치
> 만조백성 허수아비 잔치에
> 입 없는 하느님 우시는구나
> 적막강산 줄줄 우시는구나
> 추풍낙엽 뒷세우고
> 태풍 애비 오시는 날
>
> —「천둥벌거숭이 노래 9」 전문

인용시 역시 「천둥벌거숭이 노래 7」와 같이 시대성과 풍자성이 결합된 시다. 위의 시와 마찬가지로 고통당하는 민족에게 신은 자신의 음성을 통해 희망의 메시지를 들려주기보다는 절망한 나머지 눈물을 흘리고 슬퍼하는 이미지만 나타날 뿐이다. 그렇지만 기독교는 "계시의 종교이다. 믿음은 인간의 노력을 통해 성취된 것이 아니라 신의 전적인 자유에 근거함을 뜻한다. 그러므로 이스라엘은 하느님을 계시의 하느님이 아니라 숨어 계신 하느님으로 경험하였다. 루터는 하느님의 행위를 하느님의 관용이라고 불렀다. 왜냐하면 하느님은 인간들이 자신을 거부하고 피하여도 참고 견디시는 분이기 때문이다." [15] 이러한 사실은 성경에서 쉽게 찾아볼 수 있다. "신이 지으신 피조물을 홍수를 내려 죽게 하였으나, 노아와 새 계약을 맺었고"(창 6~9), "아브라함에게 그의 외아들을 죽음으로 바치라고 명령했으나, 마지막 순간 아브라함이 그의 아들을 죽이지 못하게 막았고"(창 22:1~22), "예수를 십자가에서 죽게 하였으나, 예수를 죽은 자 가운데에서 부활시켰다."(막 15장) 이렇게 기독교의 신은 질투의 신이자, 정의의 신으로 형상화되면서 진노와 사랑이라는 상반된 페르소나를 보이고 있다.

이러한 점에서 폭력에 반응하는 신의 이미지는 '근심' '염려' '눈물'을 보이며 소극적이고, 비폭력적이고, 무저항적인 형태로 나타나는데, 이러한 시의식은 예수의 고난과 인간의 수난을 동일화하여 이미지화함으로써 비극을 더욱 비극적으로 의식하게 된다. 그러나 분명한 것은 기독교의 신은 질투의 신이자, 정의의 신으로서 이중성을 가지고 있다는 점이다.

3) 신을 통한 현실극복의지

상한 갈대라도 하늘 아래선
한 계절 넉넉히 흔들리거니
뿌리 깊으면야
밑동 잘리어도 새 순은 돋거니
충분히 흔들리자 상한 영혼이여
충분히 흔들리며 고통에게로 가자

뿌리 없이 흔들리는 부평초 잎이라도

물 고이면 꽃은 피거니

이 세상 어디서나 개울은 흐르고

이 세상 어디서나 등불은 켜지듯

가자 고통이여 살 맞대고 가자

외롭기로 작정하면 어딘들 못 가랴

가기로 목숨 걸면 지는 해가 문제랴

고통과 설움의 땅 훨훨 지나서

뿌리 깊은 벌판에 서자

두 팔로 막아도 바람은 불 듯

영원한 눈물이란 없느니라

영원한 비탄이란 없느니라

캄캄한 밤이라도 하늘 아래선

마주잡을 손 하나 오고 있거니

—「상한 영혼을 위하여」 전문

이 시는 "상한 갈대도 꺾지 않으시고 꺼져가는 등불도 끄지 아니하시는 하느님"[16]을 시적 모티프로 삼고 있다.

신의 관용은 아무리 약하고 병든 존재일지라도 생명을 함부로 해치지 않는 존재로 인식된다. 여기서 상한 '갈대/인간'은 '하늘'과 '땅' 사이에 뿌리를 내리고 사는 연약한 이미지로 나타난다. 이를테면 버림받고, 핍박받고, 소외되고, 상처 입은 영혼 등은 폭력에 의해 피해받은 존재를 일컫는다. 그러나 시적 주체를 지탱하고 있는 뿌리는 '하늘 아래' 속해 있으므로 '신'에 대한 '믿음/뿌리'는 현실을 극복할 수 있는 원천적인 힘이 된다.

이 힘은 구원에 대한 확신으로 충만해질 때 "충분히 흔들리자 상한 영혼이여/ 충분히 흔들리며 고통에게로 가자"라고 청유한다. 시인의 구원관은 고통을 부정하거나 회피하는 것이 아니라 고통과 직접 대면하고 돌파하고자 하는 의지를 강화시킨다. 이것은 "가자 고통이여 살 맞대고 가자"라는 식의 고통을 고통으로 극복하려는 동종요법 또는 고통을 즐거움으로 치환하여 극복하려는 마조히즘적인 방식을 취하기도 한다. 시인은 '고통' '외로움' '설움' '바람' '눈물' '비탄' 등의 이미지로 얼룩져 있지만 빛, 환희, 기쁨 등과 같은 대조적인 방식으로 폭력을 극복하지 않는다. 결국 '폭력적 현실'에 대한 '시대적 자화상'으로서 시인이 선택한 것은 현실을 회피하거나 우회하지 않고 적극적으로 대처한다. 즉 "가자 고통이여 살 맞대고 가자" "뿌리 깊은 벌판에 서자"라고 하면서 고통을 직시하고 극복할 수 있는 확신을 가질 수 있게 된다.

이러한 가운데 시인은 "캄캄한 밤이라도 하늘 아래선/ 마주잡을 손 하나 오고 있거니"라고 현실에 도래하고 있는 재림 예수를 상상하게 된다. 이렇게 이 시는 기독교 세계관에서 비롯되며, 캄캄한 현실의 수난 속에서 고통을 함께할 "마주잡을 손 하나"로서의 예수를 상정함으로써 메시아니즘을 통한 연대의식이 생기게 한다. 예수의 삶이 무력하고 연약했지만 이러한 약함과 고난은 오히려 소외 계층의 위로가 됨으로써 정서적 연대를 바탕으로 한, 역사적 주체로 일어설 수 있다는 신념으로 작용한다.

애비는 돌아와
아내의 무덤에 비문을 새긴다
얼기설기 다정한 나무 십자가
그 아래 절은 한을 적셔
절제된 침묵을 무덤에 새긴다

〈여보, 당신은 천사였소

천국에서 만납시다〉

서툴지만 두 줄에 아내를 못박고

징그러운 짐승으로 우는 애비여

입으로는 다 못 전할

무서운 불씨 죄다 대지에 묻으며

하늘로 하늘로 열린 애비여

상징으로 무릎꿇는 애비여

머리 들어 사방을 둘러보아라

너의 아들들이 먼 데서 오고

너의 딸들도 품으로 돌아오리니

시온을 구하시러

강물처럼 그가 달려오리니

슬픔은 슬픔으로 구원받으리

오늘은 슬픔이라 이름받는 애비여

―「망월리 풍경」 전문

　　이 시는 고정희의 「망월리(碑銘 – 황일봉에게)」와 함께 1980년 5월 18일 민주화운동을 하다가 희생된 325명의 영령이 잠들어 있는 5·18 국립묘지를 소재로 한다. 이 시가 실린 『이 시대의 아벨』(1983년)이 출판된 연도로 보아 시인이 광주 망월동에서 체험한 사실을 형상화시킨 작품으로 볼수 있다. 첫 행의 "애비는 돌아와/ 아내의 무덤에 비문을 새긴다"라는 구절에서 죽은 아내의 무덤을 찾은 남편의 이미지가 생생하게 전달된다. 남편은 아내의 무덤에 '절제된 침묵을 새기고' '아내를 못박고' '무서운 불씨를 대지에 묻고' '상징으로 무릎을 꿇고' 있는 애절한 장면을 재현하면서 누적된 민중의 한을 보게 한다.

「상한 영혼을 위하여」가 비극적이고 고통스러운 현실에 대한 메시아니즘을 간접적으로 드러냈다고 한다면, 위 텍스트는 메시아를 지금-여기로 불러온다. 이는 "머리 들어 사방을 둘러보아라/ 너의 아들들이 먼 데서 오고/ 너의 딸들도 품으로 돌아오리니"라고 '이사야서'[17]를 인용하는 부분에서 엿볼 수 있다. 이사야는 '야훼는 구원이다'를 뜻하는 히브리식 이름이며, BC 8세기에 활동한 이스라엘의 예언자다. 시인은 이사야의 예언을 인유하여 "시온을 구하시러/ 강물처럼 그가 달려오리니"라고 하면서 슬픔을 구원할 신의 현현을 적극적으로 바라보게 한다. 김주연이 『이 시대의 아벨』 해설문에서 "고정희가 현실로부터 받은 충격의 아픔은, 정의의 상실이라는 문제와 함께 우리 역사 속에서 짓눌림 받아온 민중의 슬픔이라는 두 개의 환부를 갖는다"고 말했듯이, 하느님에 대한 구원관은 '정의의 상실'과 '민중의 슬픔'에서 출발했다는 것을 알 수 있다.

흐리고 어두운 날
남산에 우뚝 선 해방촌 교회당은
날벼락을 맞아 검게 울고
무더위로 가라앉은 내 몸 속에서는
그리운 신호처럼 전신주가 운다
끝간데 없는 곳으로부터
예감처럼 달려오는 그 소리는
한순간 고요히 물로 풀어지다가
불로 일어서다가
분노가 되다가
이내 다시

206

내 고향 해남의 상여 소리가 되어
저승으로 뻗은 전신주를 따라 나간다
우리의 침묵 깊은 곳에서
민들레 한 송이
서늘하게 흔들리는 오후
민들레로 떠도는 사람들을 위하여 드디어
칼 쓴 예수가 갈짓자로
걸어 들어오고 있다.

　　　　　　　　　　　　　　　　　　—「디아스포라—슬픔에게」 전문

　이 시는 고정희의 「디아스포라—환상가에게」 「디아스포라—발에게」 「디아스포라—길에게」 등의 연작시편 중에서 서두를 차지하며 앞서 보았던 시편보다 현실의식에서의 기독교 세계관을 분명하게 보여준다. 디아스포라는 '이산의 유대인' '이산의 땅'이라는 의미로서 '분산'과 '이산'을 동시에 말한다. 이는 고정희의 연작시에도 분산과 이산의 아픔에 대한 타자의식이 지배적으로 드러난다. 그러나 단순히 화자가 떠나온 고향을 그리워하며 쓴 서정시가 아니다. 정신의 억압과 문명의 개발이 증폭시킨 공동체 해체와 자연 파괴 등 생명에 대한 시대적 폭력성을 비판하고 있다. 이것을 두 가지 관점에서 설명할 수 있는데, 독재 권력에 대항하며 죽어간 민중들의 이산 문제, 개발과 분업화라는 산업화의 총체적 모순 속에서 분산되거나 분리된 생명과 자연 상실 등에 관한 결핍과 부재의 문제로 본 점이다.

　이와 같이 슬픔은 전반부 시에서 보여주듯 두 가지로 병치되어 나타나는데, '해방촌 교회'는 날벼락을 맞아 검게 울고, '화자'의 몸속은 그리운 신호처럼 우는 것으로 이미지화된다. 당시 남산 해방촌은 남산 자락 비탈에 위치한 낙후된 동네다. 이곳은 1945년 해방 후 이북에서 내려온 실향민들이 터를 잡은 후 한국전쟁 중 피난민과 산업화 물결로 몰려든 이주민들이 정착하여 생겨난 장소다. 이렇게 이 시는 해방촌 교회를 중심으로 '민들레'처럼 떠돌며 살던 디아스포라의 애환을 형상화한 것이다. 이곳에서 시인은 핍박받는 해방촌 교회를 모티프로 삼아 이들의 서러움과 고통을 긴장감 있게 보여준다. 해방촌 디아스포라의 슬픔은 여러 갈래로 갈린 전신주처럼 "끝간데 없는 곳으로부터/ 예감처럼 달려오는 그 소리"로서 서울 – 해남을 관통하고 있음을 직감하게 해준다. 이때 생명성 부재와 상실된 자연에 대한 시의식은 물 – 불 – 분노로 확대되지만 그것은 '상여' '저승' 등 죽음의식에서 발현되었음을 알 수 있다. 그러나 '전신주'처럼 뻗어나가는 소식은 하늘에 전해지고, "민들레로 떠도는 사람들을 위하여 드디어/ 칼 쓴 예수가 갈짓자로/ 걸어 들어오고 있다"고 하면서 화자는 민중들의 고통과 수난 속에서 임재할 예수를 형상화시키고 있다. 시인은 폭력적이고 절망적인 민중의 삶을 순례하면서 그것을 종식시키기 위해 도래할 예수를 예견한다.

　고정희의 시는 폭력적인 현실에서 신을 강제로 소환하거나 호출하지 않는다. 다만 신은 자유와 평화라는 세계의 통합과 조화를 이루기 위하여 "캄캄한 밤이라도 하늘 아래선/ 마주잡을 손 하나 오고 있거니" "시온을 구하시러/ 강물처럼 그가 달려오리니" "떠도는 사람들을 위하여 드디어/ 칼 쓴 예수가 갈짓자로/ 걸어 들어오고 있다"고 지금 – 여기에 있는 예수가 아니라 지금 – 여기로 오고 있는 예수를 이미지화한다. 이 시적 발현은 폭력에 적극적으로 저항하기보다는 기독교 세계관을 통하여 비폭력적인 성격을 보이고 있다. 그것은 민중의 고통을 잠식시키기 위해 수동적이기는 하지만 고통받는 현실을 구원할 예수의 존재를 확신하며 폭력에 대응하고 있는 것이다.

이렇게 고정희의 종교시에 나타난 이미지는 폭력적인 현실을 무대로 기독교라는 세계관을 바탕으로 한다. 이때 폭력성은 시대가 생성해낸 폭압의 기표이면서 기독교 세계관과 밀접한 관계를 맺고 있음을 알 수 있다. 무의식에 억압된 현실의 폭력이 시인의 신앙과 결합하여 억압된 현실에서 벗어나려는 기호적 전략인 것인데, 이는 신을 매개로 하여 폭력에 대처하고 현실을 극복하려는 의지로 나아갔다.

제10장
조오현, 히에로파니(hierophany)에 도달한 비극적 존재

1. 선시와 인연의 그물

옷, 우리는 그것을 매일 입었다가 벗는다. 옷을 입은 자아는 그 옷을 포함하여 자신이라고 생각한다. 우리는 많은 시간을 옷에 대해 생각하고, 옷에 의해 살아가고, 옷을 통해 보는 것은 아닐까. 그렇다면 인간은 옷과 결합한 또다른 존재로 출현한다. 옷은 남녀의 성별, 어른과 아이의 대소를 구별하게 해주며 삶과 죽음의 과정에서 벌어지는 잔치, 졸업, 축제, 장례 등과 같은 통과의례를 보여주기도 한다. 뿐만 아니라 옷은 그 사람의 신분을 나타낸다. 이를테면 승려는 승복을 착용함으로써 신자들과 구별된다. 이때 옷은 평상복이 아니라 종교적 세계관이 투사된 성스러움이 된다. 시적 언어도 마찬가지다. 시는 시인의 생각을 기호로 결합하거나, 육화시킨 자아이면서 자기가 아니다. 더욱이 불교에서 쓰이는 '선시' 역시 '선'과 '시'가 합치된 용어로서 선을 통해 우리가 알고 있는 시적 언어를 넘어선다.

선시는 선과 시의 합일이지만 반대로 세간과 사찰을 분리시킨 언어다.

이 언어는 사찰이 세간과 상반된 지점이면서 불교 교리를 통해 정신을 수양하는 공간인 것처럼 선시도 불교적 의미를 받아들이는 사람에게만 소통 가능하다. 선시는 불교와 연관된 사고와 언어, 즉 종교체험을 통해 불교적 세계관을 보여준다. 선시는 세계를 초자연적이고 초월적인 언어로 들여다본다. 구도자적 입장에서 '언어'는 '선'이라는 '신성한 옷'을 입는다. 여기 절간에서 승복을 입고 선시를 창작하는 시인이 있다.

조오현은 "선과 시가 일체를 이루는 현대 선시의 새 경지를 열었다"고 평가된다. 근·현대문학사에서 한용운 이후 선방 수행의 선적 경험을 시조 형식으로 50여 년 동안 지속적으로 창작해온 시인은 아직 없는 듯하다. 최근에 조오현 선시의 문학적 정수를 보여주고 있는 책이 이른바 조오현 문학전집 『적멸을 위하여』(권영민 편, 문학사상, 2012)다. 이 책의 출발은 2002년으로 거슬러간다. 권영민이 백담사 만해축전 심포지엄에서 발표할 때 조오현을 처음 만나게 된다. 권영민은 그때를 회상하기를 "허름한 승려복의 그 노스님은 마치 만해의 형상처럼 그으윽했다." 여기서 권영민이 본 것은 조오현이지만 그에게 각인된 이미지는 '허름한 승려복'이었고, 그속에 잠재되어 있는 잠재태, 즉 조오현의 형상에서 한용운의 도상을 읽어낸다. 그렇다면 그가 본 것은 무엇인가? 승려복을 입고 있는 노스님을 응시하면서 한용운을 인식한 것이다. 평론가 권영민은 자신이 가진 탁월한 '사고'와 '감각'이 아닌 '인식'과 '직관'으로서 승려복 – 노스님 – 한용운이라는 구조를 직조한 후에 현실태로서 존재하는 조오현을 만나게 된다. 권영민은 조오현으로부터 "평론이라는 것은 그럴듯해 보이기는 하지만 참 허망하기 짝이 없는 언어의 그물질이지요. 바탕 자체가 없는 글이 되기 쉬우니까요"라는 말을 듣고 경직되었다고 한다.

"글이란 자기 혼이 담겨야 제 글이지요. 그런데 요즘 평론이라는 것은 대개 남이 만들어 놓은 방법론을 빌어다가 다른 사람이 쓴 작품 가지고 왈가왈부 시시비비만 하지요. 그러니 허망할 수밖에요. 옛날이야기가 있어요. 계곡의 깊은 못에 커다란 물고기가 간밤 폭포를 타고 오르면서 용이 되어 승천했지요. 그런데 거기 무언가 남아 있을 거라면서 사람들은 그 물속으로 그물을 던집니다. 물고기는 이미 승천했는데 그물에 무어가 걸리겠습니까?"

평론가 권영민은 그동안 일궈왔던 자신의 학문에 대해 '허망한 그물질'이라는 6자로 축약한 조오현의 말에 촌철살인을 경험하듯 강한 충격을 받았다고 한다. 그렇지만 그는 조오현을 알고부터 선시조에 관심을 가지게 된다. 그후 삼십 년이 넘게 재직했던 대학을 퇴직하고 첫번째로 계획한 것이 조오현 '시집'과 '시조집'을 한데 모아 '문학전집'을 출간하는 일이었다. 그것이 바로 『적멸을 위하여』다. 권영민은 "이 책이 시조시인 조오현의 문학 세계만이 아니라 설악산 산감으로 평생을 지내오신 무산 큰스님의 선심(禪心)까지도 드러내어줄 수 있기를 바란다. 큰스님께서는 다시 엎드려 이 허망한 그물질을 너그럽게 용서하여 주시기를 빌 뿐이다"라고 적고 있다. 이렇게 권영민은 조오현과의 '허망한 그물질'이라는 몽유적인 세계의 인연을 통해 조오현 문학 세계의 옷 한 벌을 엮은 것이다. 권영민의 이러한 선시 보급과 전파는 "물신주의가 지배하고 인간적 불안이 증폭되는 시대에 참다운 자기를 찾음으로써 진정한 자아를 성취하고 인간의 위기를 극복하는 시대적 정신"[1]을 실천하는 것으로 작용했다.

그렇다면 우리는 권영민의 언어의 그물망에 잡힌 『적멸을 위하여』를 통해 조오현의 선의 경지를 들여다볼 수 있을까? 조오현이 말하는 선과 시조의 경지는 무엇일까? 또한 그것은 무엇으로 포획할 수 있는가? 주지하다시피 선이란 깨달음을 얻어 마음의 자유를 가지는 것이다. 조오현은

『벽암록』에서 "인간의 불행은 자기 중심의 아집에 빠지는 데서 생긴다"고 하면서 "선은 바로 구속으로부터 해방되고자 하는 데모와 다르지 않다고 갈파했듯이 '선가의 무소유의 삶'은 소유 자체의 부정이 아니라 소유에 대한 집착의 부정이라고 할 수 있다"고 하면서 출가를 "육친출가, 오온출가, 법계출가"로 요약하고 있다.[2] 이렇게 그의 설명대로 한다면 불교는 관념이 아니라 출가에 대한 실천이라는 점인데, 이 세 가지를 통해 그의 선시를 사유하면 선을 이루게 되는 숙련의 과정을 볼 수 있을지도 모르겠다.

2. 버려짐과 결핍의 언어들

인간은 집을 중심으로 살아간다. 만남과 이별, 생로병사 모든 것이 집이 매개된다. 그래서 "우리가 유년기를 보내는 집은 살아가면서 만나는 최초의 세계이자 우주다. 또한 기억을 생생하게 보존하거나 파편화된 기억들을 연관지어 구조화시켜주는 것도 공간으로서의 집이다. 유년기의 집과 연관된 기억과 이미지는 분리되지 않고 하나의 체험으로 무의식 속에 고착된다."[3] 이러한 의미에서 조오현은 유년기 집에 대한 기억이 없다. 1932년 출생한 것으로 알고 있는 그는 부모의 생사를 모르는 고아이기 때문이다.

가족으로부터 버려진 그는 세계로부터 유기된 자로서 생계를 위해 절간에서 머슴 생활을 하는 것이 인연이 되어 승려의 길을 걸었다고 할 수 있다. 따라서 그의 출가는 자발적인 것이 아니라 '버려짐'과 '고립'이라는 상황 속에서 선택의 여지가 없었다. 이렇게 그의 육친출가는 도의 동경, 영생과 영성, 심경의 변화 등을 통해 세간을 떠나거나, 사회 부적응으로 인한 현실도피와는 무관하다. 그는 부모로부터 버림받은 후 밀양에서 누군가에 의해 절에 들어가게 되고 동자승 생활을 하다가 법계를 받은 것이므로 그의 육친출가는 그의 입장에서는 '자연발생적인 것'이라고 하겠다.

> 누가 내 이마에 좌우 무인(拇印)을 찍어놓고
> 누가 나로 하여금 수배하게 하였는가
> 천만금 현상으로도 찾지 못할 내 행방을.
>
> ―「심우(尋牛)―무산심우도(霧山尋牛圖)1」 전문

이 시는 불교의 십우도(十牛圖)를 인유한 것이다. 인간에게는 누구나 불성(佛性)이 있는데, 이 불성을 찾는 것을 소를 찾아 방황하는 과정으로 보았다. 십우도는 자신의 본성을 발견하고 깨달음에 이르기까지를 10단계 나누어 야생의 소를 길들이는 데 비유하여 그린 그림이다. 그중 심우(尋牛)는 인간이 자신의 본성이 무엇인가를 찾기 위하여 원심(願心)을 일으키는 단계로, 소를 찾는 동자가 고삐를 들고 산속을 헤매는 알레고리다.

조오현의 무산심우도(霧山尋牛圖)는 생명의 근원, 존재의 실상을 그려낸다. 세계로부터 버려진 자신을 찾아가는 길을 수행 과정으로 담아내면서 인간 본성인 자기애를 표출한다. 그것은 누군가 자신의 좌우 이마에 찍은 "무인"으로 시작된다. 무인은 지문(指紋)에 의하여 당사자의 동일성을 파악하기 위해 사용된다. 이 지문은 최초 출생을 확인하는 순간 사회적 존재가 되며 제도권 속에서 살아가는 문신이 된다. 그런데 이 무인을 찍은 당사자는 타자이며 무인은 화자가 된다. 화자는 세계 속에 "무인을 찍어놓고" 간 그 사이에서 버려짐을 인식한다. 이 무인을 찍고 그 행방을 찾아 떠도는 타자, 그것을 죄를 짓고 주홍글씨처럼 새겨져 "수배"된 상황으로 진술하고 있다. "누가"라는 의문형은 곧 "내" "나"로 이어져 강한 의혹을 남기며 세계로부터 유기된 폭력적 현실을 보인다. 그런데 자신의 행방을 '천만금 현상'으로도 찾지 못할 것이라고 단언한다. 그것은 '육친'으로서 버려진 세계 속에서 다시 버려진 '출가'의 경계를 보여준다.

나이는 열두 살
이름은 행자

한나절은 디딜방아 찧고
반나절은 장작 패고……

때때로 숲에 숨었을
새 울음소리 듣는 일이었다

그로부터 10년 20년
40년이 지난 오늘

산에 살면서
산도 못 보고

새 울음소리는커녕
내 울음도 못 듣는다.

　　　　　　　　　　　—「일색과후(一色過後)」 전문

이 시는 육친출가 후 40여 년 동안의 절간 이야기를 압축한 시다. 2수로 된 이 시는 술어 중심으로 두 개의 구조로 나눌 수 있다. 1수 종장까지는 열두 살에 출가한 조오현이 행자라는 이름으로 허드렛일을 하면서 겪었을 체험이고, 4연부터 종장까지는 '일색'을 얻기까지의 과정인바, 이 둘 모두 수행의 연장선상에 있다. 한나절은 하루 낮의 반나절이며 반나절은 한나절의 반이다. 화자는 하루 낮 동안 "한나절은 디딜방아 찧고" "반나절 은 장작 패고……" 반나절이 남는데, 여기에 쓰인 '말줄임표'는 어린 나이 에 겪었을 화자의 수많은 서러움과 아픔들을 유추하게 해준다. 그러면서 화자의 즐거움은 "때때로 숲에 숨었을/ 새 울음소리 듣는 일이었다." 새 울음은 버림받은 자신을 찾아가는 화자 내면의 울음으로서 위의 시 "찾지 못할 내 행방"(「심우(尋牛)」―「무산심우도(霧山尋牛圖) 1」1수 종장)을 상기 시켜주는 대목이기도 하다. 그러나 역설적으로 "40년이 지난 오늘" "산에 살면서/ 산도 못 보고"라고 논리적 언어로는 설명되지 않는 시간의 분별 을 순간적으로 넘어선다.

열두 살 행자 시절에는 새소리를 들었지만 40년이 지난 지금 그에게 는 새소리가 들리지 않는다. 그것은 한평생 산속 깊이 들어 새처럼 불경 을 외우며 소리를 비워버린 새와 같은 무소유의 삶을 보여준다. 그가 말 하는 진정한 무소유는 소유에 대한 집착을 버리는 것으로, 그것조차도 '못 보고' '못 듣고' 해야만 번민에서 벗어날 수 있다. 여기서 "자아는 번민과 그 번민 사이를 오가며 깨달아가는 외로운 구도자의 모습이 동시에 아리 게 전해진다."[4] 이렇게 화자는 자기 내면의 아픔과 고뇌를 '새울음'과 '내 울음'을 병치함으로써 내면 속 보이지도 들리지도 않는 울음을 간직한 길 잃은 새 한 마리로 은유하며 '버려진' 공간에서 '육친출가'의 상흔을 보면 서 어린 나이에 경험했을 서러움과 슬픔, 그리고 고통과 번뇌를 알게 해 준다.

3. 담금질한 몸과 연소의 언어

무아경 세계에 입문하기 위해서는 색(色)·수(受)·상(想)·행(行)·식(識)의 과정을 거친다. 이것을 오온이라고 한다. 우리는 자신을 몸과 마음의 결합체로 보듯이 불교는 인간을 색수상행식의 오온 화합물로 간주하고, 오온 화합물로 살아간다. 우리가 스스로에 대해 나라고 생각하는 것, 자아라고 부르는 것은 오온 화합물 이외의 다른 것이 아니다. 오온체는 색(色)과 명(名)으로 구분된다. 색은 물질적인 것을, 명은 심리적인 것을 칭하는 개념이다. 가시적으로 드러나는 물질적인 것들은 모두 색이고, 그 색과 연관된 비가시적인 것들은 모두 명이다. 그러므로 자아에 관한 한, 나의 몸은 곧 색이다. 그리고 나의 심리적인 마음 작용을 다시 수(受)·상(想)·행(行)·식(識) 등 네 가지로 구분한다. 이러한 오온체로서의 존재를 각성한 조오현은 시적 형상화를 통해 육친출가에서 오온출가를 시도한다. 하이데거는 "창조적인 물음과 사색을 통해서 존재를 알게 되며 이러한 과정을 통해 자기가 존재에 귀속하면서도 존재자들 속에서는 낯선 자로 머물게 되는 사이 안에 놓이게 된다."[5] 조오현의 사색은 물음에서 오며, 이 물음은 존재 속에서 자신을 낯선 자로서의 이방인으로 머물게 한다.

앞서 본 시편은 조오현이 말하는 완전한 상태의 출가는 아니다. 육체와 정신 사이에 벌어지는 세계 간의 갈등과 원인 그리고 그것들에 대한 현상과 본질을 보여줄 뿐이다. 이를테면 불자로서의 인간과 인간, 인간과 자연, 인간과 사물에 대한 순환적 관계와 연기설을 보여주며 경계와 경계를 해체하거나 해제시키는 방법으로 차별 없는 세계를 지향하는 시의식이 출가를 통해 현현되고 있을 따름이다.

조오현이 도달해야 하는 '법계출가'는 진리라고 믿는 이데올로기에서 자유로워야 한다는 것이다. 진리는 무엇인가? 또한 그것은 어디에서 와서 어디로 가는 것인가? 우리가 진리라고 알고 있는, 혹은 진리라고 믿는 것이 진리인가? 조오현은 "세상에는 참으로 많은 진리가 있다"고 하면서 법계출가는 "출가자가 진리라고 믿는 세계로부터도 떠나야 한다"는 것이다. '법계'—'이데올로기'는 인간이 인간을 통제하기 위해 만든 사상, 행동, 생활을 근본적으로 제약하고 있는 관념이나 신화, 종교, 법, 질서, 역사, 사회 등의 체계를 반영한 사상적 이념을 말하는 듯하다. 그렇다면 인간이 만든 모든 것들을 초월했을 때 비로소 '법계출가'가 가능해진다고 할 수 있다.

> 나아갈 길이 없다 물러설 길도 없다
> 돌아봐야 사방은 허공 끝없는 낭떠러지
> 우습다
> 내 평생 헤매어 찾아온 곳이 절벽이라니
>
> 끝내 삶도 죽음도 내던져야 할 이 절벽에
> 마냥 어지러이 떠다니는 아지랑이들
> 우습다
> 내 평생 붙잡고 살아온 것이 아지랑이더란 말이냐
>
> —「아지랑이」 전문

화자는 "나아갈 길"도 "물러설 길"도 없는 이른바 절대 경지에 와 있다. 이 경지는 적멸의 장소로서, 비약하자면 조오현이 세속과 신성 사이에서 고뇌하며 믿어왔던 신성한 장소, 불이문(不二門)의 세계다. 모든 것이 적멸된 이 장소는 "돌아봐야 사방은 허공 끝없는 낭떠러지"일 뿐이다. 화자는 "끝내 삶도 죽음도 내던져야 할 절벽에"서 실소를 금할 수 없을 때 '아지랑이'를 발견한다. 우리는 봄날 햇빛이 강하게 내리쬘 때 공기가 공중에서 아른아른 움직이는 현상을 아지랑이라고 부른다. 아지랑이는 햇빛과 공기의 연소작용으로 실존하지 않는 하나의 현상이며 허상이다. 화자가 올라온 '길'을 '절대 경지'라고 믿었지만 그것은 '절벽'이라는 '죽음의 길'이라는 사실을 깨달았을 때, 그가 본 것이 바로 '아지랑이'라는 미물이다. 아지랑이는 자신을 연소시킨 상태에서 적멸된 발아물이다. 따라서 삶의 끝과 죽음의 시작, 그 경계에서 만난 신성한 존재다. 이것은 깨달음의 등가물로 "불가의 일색변(一色邊)으로서 중생과 부처가 일체인 곳으로 차별상대의 모습을 뛰어넘은 평등절대의 경지를 말한다."[6] 이처럼 절벽이라는 시공간의 적멸과 아지랑이라는 존재의 연소로서 성스러움을 경험하는 것이다.

여기서 '아지랑이'는 미물이 아니라 적멸의 장소에서 보이는, 완전하게 연소된 성스러운 기표, 즉 '히에로파니'(hierophany)로 현현된다. 엘리아데는 히에로파니를 "'거룩한 것이 세상에 나타난 것'이라고 하면서 변증법적 해석에 의하면, 돌을 숭배했다고 할 때, 돌이 숭배되는 것은 단순히 돌이기 때문이 아니라 그것이 히에로파니가 되었기 때문이다. 사물로서 일반적인 상태가 아닌 다른 성스러운 모습으로 치환될 때 숭배의 대상이 되는 것이다. 어떤 사물이 성스러운 것이 되는 것은 그것이 자기와 다른 어떤 것을 구현하거나 계시하고 있는 경우이다."[7] 조오현의 '법계출가'는 죽음이라는 시공간에서 소멸과 적멸된 상태로 발현된 신성한 존재를 통해 '히에로파니'된 것으로, 법계, 진리, 그리고 깨달음을 통달하는가.

4. 버림을 버린 해탈의 경지

우리는 조오현이 타자와 세계로부터 유기된 자로서 비극적인 현실을 초월하는 것을 보았다. 그것은 '고집멸도'*에 이르게 되는 시세계로 나타났다. 시에 나타난 그의 고집멸도는 고통과 번뇌를 도를 통해 멸하게 하고 비로소 선의 경지로 진입한다. 그것은 육친출가, 오온출가, 법계출가 등으로 경계와 경계 사이를 넘나들며 시적으로 형상화된다. 그의 선시는 육친의 옷을 벗고, 오온의 옷으로 갈아입고, 오온의 옷을 벗고, 법계의 옷으로 갈아입고, 법계의 옷을 벗고 드디어 초월적 세계로 나아간다.

지금 그가 도달한 길은 '생성'과 '소멸'을 벗어난 '존재자'로서 존재한다는 것을 우리는 알지 못한다. "모든 존재는 心도 物도 생기는 순간 소멸된다. 고정불변하는 것이 없으므로 형상이 없으며 무상하기 때문에 존재하는 모든 것은 고통이다. 나라고 믿는 것은 진실한 나의 모습이 아니며 이것은 고뇌이며 여기서 빠져나오는 길은 해탈의 길이다."[8] 그렇다면 적멸과 해탈 후 무엇이 남는가? 그는 "이제 붓을 놓으며 이런저런 변명으로 부질없이 저지른 허물의 꼬리를 감추려고 하나 아무래도 자기 꾀에 자취를 남기는 영구예미(靈龜曳尾)의 신세를 면하기 어려울 것 같다. 차라리 눈 밝은 거북이 사냥꾼에게 내 목숨을 내놓는 바이다"[9]라고 하면서 육신, 오온, 법계 등에서 자유로운 의식을 보인다. 우리는 이렇게 세 가지의 출가를 마친 그와 같은 시공간에 살고 있지만 이 세계를 초월한 지 오래이기 때문에 그를 '깨달음을 얻은자'라고 해도 되지 않을까. 최소한 그가 보여준 선시는 '해탈의 언어'로서 '절간'과 '세계'에 대한 '초월적 경계'를 넘어섰다.

---

* 고집멸도(苦集滅道)는 성자가 과보를 얻는 법문으로서 苦(고)는 생사의 고과(苦果), 집(集)은 생사의 원인이 되는 번뇌, 멸(滅)은 고집(苦集)이 사라져버린 오경(悟境), 도(道)는 오경에 도달하는 수행의 도정을 이른다. 고집은 미혹(迷惑)의 결과와 원인이고 멸도는 깨달음의 결과와 원인이 된다. 인생의 괴로움은 고이고, 괴로움의 원인인 번뇌의 모임이 집이고, 그 번뇌에서 벗어난 열반은 멸이고, 깨달음의 경지에 이르는 것을 도라고 한다.

하루라는 오늘

오늘이라는 이 하루에

뜨는 해도 다 보고

지는 해도 다 보았다고

더 이상 더 볼 것 없다고

알 까고 죽는 하루살이 떼

죽을 때가 지났는데도

나는 살아 있지만

그 어느 날 그 하루도 산 것 같지 않고 보면

천년을 산다고 해도

성자는

아득한 하루살이 떼

—「아득한 성자」 전문

　이 시는 하루살이와 성자를 대조·대비하면서 초월적인 구도자의 성찰을 보인다. 화자는 하루살이의 찰나성에서 성자의 영원성을 읽어낸다. '히에로파니'된 하루살이는 초월적 의미를 지닌 신성한 것으로 현현된다. 이러한 사물에 대한 반어와 역설적 인식은 그의 시편에서 빈번히 드러나는데, 이것은 조오현 특유의 '선시작법'을 낳은 '시적 화두'다. 그의 선시는 자아와 타자의 자리바꿈이면서 주체의 사라짐으로서, '단도직입'으로 '존재 깊이' 들어가게 된다. 이를테면 하루살이는 존재의 그물에 걸려 있는 듯하지만 하루살이의 옷을 입고 성자의 몸을 관통함으로써 존재를 통해 세계를 초월한다. 즉 하루살이는 하루 동안 "뜨는 해도 다 보고/ 지는 해도 다 보았다" 그리고 "더 이상 더 볼 것 없다고/ 알 까고 죽는 하루살이 떼"라고 역설과 절제의 언어로써 단도직입을 행사하는 것이다.

우리가 아는 한 '깨달음'은 사물의 본질에 숨어 있는 참뜻을 제대로 이해할 때 온다. 이것을 진리라고 믿는다. 조오현은 "깨달음은 '순간'에 오는 것이지 '천년을 산다'고 오는 것은 아니다"라고 파악한다. 이는 '진리의 빗장'을 열고 선을 보여주는 진정한 깨달음의 이치를 발견하게 한다. 그리고 화자는 죽을 때가 지났는데 죽지 않고 있는 것을 보면 "그 어느 날 그 하루도 산 것 같지 않다"고 함으로써 하루살이보다 못한 자신을 드러낸다. 이것은 비상도로서 존재의 비극성을 역설적으로 보이는 '선시작법'이 된다. 따라서 이 시는 하루살이가 하루 동안 완성한 삶과 성자가 천년 동안 완성한 삶 사이에 언어의 옷을 입고 화자가 시적 장소에 출현함으로써 불교의 '불이사상'을 보여준다. 불이는 본래에 나와 내 것이 있지 않고, 내가 있는 것도 없는 것도 아니고, 본(本)과 적(迹)이 있는 것도 없는 것도 아닌 상태를 인식하게 한다. 예컨대 주체의 자리바꿈과 주체의 사라짐을 하루살이 – 성자 – 화자로 구현하는데, 그것은 있지만 – 없고, 없지만 – 있고, 그것이 내가(자아) – 네가(타자)로 존재하지만 존재하지 않는다는 '선의 정수'를 보인다.

우리가 매일같이 옷과 결합한 또다른 주체로 살아가듯이 그의 선시도 선이 기호라는 시의 옷을 입고 현현되는 것이다. 조오현의 선시는 만물에 내재된 불성을 말하지 않고 언어로 된 존재의 그물을 짜서 그 그물에 걸려들게 함으로써 선의 경지를 보여준다. 이 점에서 '히에로파니'된 언어는 "우리의 눈에 드리운 장막을 벗겨주면서 환한 세계로 우리를 이끌어준다. 그럴 때 그러한 언어는 내부에 하나의 혁명이 된다. 이 순간 우리는 일상의 차원으로부터의 해방을 느끼는 것이며, 그 순간이 해탈의 순간이 된다."[10] 그렇다면 그의 '선시'는 '버려진' 비극적 현실을 '언어적 명상'으로 '벼리고' 온 '한국 선시'의 성전에 바치는 '선시조의 경전'이라고 하겠다.

조오현은 "강을 건넜으면 뗏목을 버려라"고 말한다. 그는 세 가지 출가를 모두 마쳤으니, 사실상 스님이 아니다. 승복을 입고 있지만 그것은 히에로파니된 그 무엇이다. 그는 권영민이 처음 만났을 때처럼 '허름한 승복'을 입고, 일찍이 '절간'과 '세간' 사이에서 승복이라는 허물을 벗은 '오래된 성자'일 뿐이다.

|주|

제1장 시치료와 억압의 알갱이 그리고 소통의 언어

1) 변학수, 『문학치료』, 학지사, 2005, 16~17쪽.

2) 이봉희, 「시문학치료와 문학수업 그 만남의 가능성 모색」, 『한국문예비평연구』(제20집), 한
국현대문예비평학회, 2006, 105~106쪽.

3) 아리스토텔레스 저, 천병희 역, 『시학』, 문예출판사, 2003, 47쪽.

4) 변학수, 앞의 책, 355~356쪽.

5) O. E. Heninger, "Poetry therapy," in: S. Arieti(ed.), *American handbook of
psychiatry*, vol. 7(2nd Edition), New York: Basic Books, 1981, pp.553–563.

6) J. J. Leedy, *Poetry the Healer*, Philadelphia: Lippincott, 1973, p.10.

7) 변학수, 앞의 책, 223~224쪽.

8) 박태건, 「시치료의 국어교육적 수용 방안」, 군산대학교 석사학위논문, 2007, 24~25쪽 참조.

9) 아리스토텔레스 저, 김재홍 역, 『시학』, 고려대학교출판부, 1998, 172쪽.

제2장 유영철의 글쓰기와 사이코패스 진단

1) 이은영, 『살인중독』, 월간조선사, 2005.

2) 조두영, 『프로이트와 한국문학』, 일조각, 1999, 48쪽.

3) 지그문트 프로이트 저, 임홍빈 외 역, 『정신분석 강의(하)』, 열린책들, 1997, 533쪽.

4) PCL-R는 1991년 로버트 D. 헤어(Robert D. Hare)에 의해 개발된 정신병질자의 반구조
화 면접 검사로서 정신병질자, 사회병질자, 반사회적 인격장애자 평가를 위해 북미에서 많
이 사용되고 있다. 20개 항목과 4개 요인(대인관계, 생활방식, 정서성, 반사회성) 및 기타 항
목(난잡한 성행동, 여러 번의 결혼관계)을 2점 만점으로 평점하여 총점(40점)을 T점수(평
균 50, 표준편차 10)로 환산함으로써 정신병질자 여부를 진단하는 도구다. 헤어에 의하면

PCL-R 총점이 30점 이상이면 정신병질자로 진단된다고 하였다. 그러나 한국판 PCL-R에서는 문화적 차이와 국내의 여러 가지 상황을 고려할 때 고위험군은 25점 이상이면 재범 위험성이 높고, 정신병질자로 진단된다. 기존에 개발된 22개 항목을 이후에 20개 항목으로 수정한 반구조화된 인터뷰 기법을 통한 검사도구다. 한국판 PCL-R는 조은경과 이수정의 표준화작업에 의해 재소자와 범죄 피의자를 대상으로 정신병질 및 성격장애의 유무를 측정하여 사이코패스(psychopathy)를 판단하기 위해 출판되었다. (로버트 D. 헤어 저, 조은경·이수정 역, 『사이코패스 체크리스트(PCL-R)』, 학지사, 2008.)

5) 이무석, 『정신분석에로의 초대』, 이유, 2006, 160~204쪽.

6) 이무석, 앞의 책, 307쪽.

7) 김성진, 『범죄심리학』, 동인, 2011, 177쪽.

8) 이은영, 앞의 책, 17쪽.

9) 이은영, 앞의 책, 80쪽.

10) 이은영, 앞의 책, 23쪽.

11) 이은영, 앞의 책, 114쪽.

12) 이무석, 앞의 책, 116·180쪽.

13) 이은영, 앞의 책, 25쪽.

14) 이은영, 앞의 책, 47쪽.

15) 이무석, 앞의 책, 164·176쪽.

16) 최순남, 『인간행동과 사회환경』, 한신대학교출판부, 1993, 82쪽.

17) 이은영, 앞의 책, 64쪽.

18) 공정식, 『살아있는 범죄학』, 마무리닷컴, 2010, 127쪽.

19) 이무석, 앞의 책, 180쪽.

20) 공정식, 앞의 책, 60쪽.

21) 최순남, 앞의 책, 433쪽.

22) 최순남, 앞의 책, 433쪽.

23) 이은영, 앞의 책, 86쪽.

24) 이무석, 앞의 책, 177쪽.

25) 이은영, 앞의 책, 21쪽.

26) 이무석, 앞의 책, 175~176쪽.

27) 이은영, 앞의 책, 26쪽.

28) 이은영, 앞의 책, 168쪽.

29) 이무석, 앞의 책, 167쪽.

30) 이무석, 앞의 책, 183쪽.

제3장 사이코패스 유영철이 감옥에서 보내온 시편

1) 이은영, 『살인중독』, 월간조선사, 2005.

2) 엘리자베스 퀴블러 로스 저, 이진 역, 『죽음과 죽어감』, 2008, 65~224쪽.

3) 이은영, 앞의 책, 부분 발췌.

4) 이은영, 앞의 책, 81쪽.

5) 슬라보예 지젝 저, 김소연 역, 『삐딱하게 보기』, 시각과언어, 1995, 210쪽.

6) 엘리자베스 퀴블러 로스, 앞의 책, 158~186쪽.

7) 권성훈, 「글쓰기의 폭력성과 범죄심리연구」, 『한국범죄심리연구』(제8권), 2012, 9쪽.

8) 이은영, 앞의 책, 113쪽.

9) 이은영, 앞의 책, 117쪽.

10) 엘리자베스 퀴블러 로스, 앞의 책, 142~143쪽.

11) 이무석, 『정신분석에로의 초대』, 이유, 2006, 162쪽.

12) 엘리자베스 퀴블러 로스, 앞의 책, 136쪽.

13) 엘리자베스 퀴블러 로스, 앞의 책, 137~139쪽.

14) 이은영, 앞의 책, 117쪽.

15) 이은영, 앞의 책, 26쪽.

16) 엘리자베스 퀴블러 로스, 앞의 책, 24~87쪽.

17) 이은영, 앞의 책, 196~197쪽.

18) 엘리자베스 퀴블러 로스, 앞의 책, 66~68쪽.

19) 이무석, 앞의 책, 167쪽.

20) 이은영, 앞의 책, 47쪽.

21) 이은영, 앞의 책, 37쪽.

22) 엘리자베스 퀴블러 로스, 앞의 책, 65~224쪽.

23) 엘리자베스 퀴블러 로스, 앞의 책, 227쪽.

24) 슬라보예 지젝, 앞의 책, 79~81쪽.

제5장 이승하 작품의 폭력성과 정신분석

1) 이브 미쇼 저, 나정원 역, 『폭력과 정치』, 인간사랑, 1990, 13쪽.

2) 지그문트 프로이트 저, 임홍빈 외 역, 『정신분석 강의(하)』, 열린책들, 2003, 374쪽.

3) 변학수, 『문학치료』, 학지사, 2007, 21쪽.

4) 박찬부, 「트라우마와 정신분석」, 『비평과 이론』(15), 한국비평이론학회, 2010, 31쪽.

5) 지그문트 프로이트 저, 박찬부 역, 『쾌락원칙을 넘어서』, 열린책들, 2007, 16쪽.

6) 장석헌·김도우·김미경, 「성인 성범죄자와 청소년 범죄자의 차별적 특징에 관한 연구」, 『한국범죄심리연구』(제27권), 2011, 138쪽.

7) 이무석, 『정신분석에로의 초대』, 이유, 2006, 160쪽.

8) 주디스 허먼 저, 최현정 역, 『트라우마 : 가정폭력에서, 정치적 테러까지』, 플래닛, 2007, 68쪽.

9) 박찬부, 「법과 욕망: 라캉 담론의 지평」, 제43회 열린정신포럼인문학연구소, 2010, 59~60쪽.

10) 이승하, 『피어 있는 꽃』, 건강신문사, 2007, 15~16쪽.

11) 이승하, 앞의 책, 189쪽.

12) 이승하, 앞의 책, 203~204쪽.

13) 이승하, 앞의 책, 200쪽.

14) 박찬부, 「법과 욕망: 라캉 담론의 지평」, 3쪽.

15) 박찬부, 「트라우마와 정신분석」, 32쪽.

16) 박찬부, 위의 글, 37쪽.

17) 이승하, 앞의 책, 204쪽.

18) 박행렬, 「범죄예방망(CPN) 구축을 통한 아동성폭력 예방대책」, 『한국범죄심리연구』
    (제7권), 2011, 57쪽.

19) 마이클 니콜스 저, 김영애 외 역, 『가족치료』, 시그마프레스, 2009, 335쪽.

20) 오형엽, 『문학과 수사학』, 소명출판, 2011, 262쪽.

21) 이무석, 앞의 책, 175~176쪽.

22) 신구 가즈시게 저, 김병준 역, 『라캉의 정신분석』, 은행나무, 2007, 297쪽.

23) 류성민, 「희생 제의와 폭력의 종교 윤리적 의미에 대한 연구」, 서울대학교 박사학위논문,
    1991, 156쪽.

제6장 유영철·이승하의 트라우마 극복과 정신분석

1) 지그문트 프로이트 저, 박찬부 역, 『쾌락원칙을 넘어서』, 열린책들, 1997, 16쪽.

2) 권성훈, 『시치료의 이론과 실제』, 시그마프레스, 2010, 62쪽.

3) 최순남, 『인간행동과 사회환경』, 한신대학교출판부, 1993, 222쪽.

4) 최순남, 앞의 책, 222~223쪽.

5) 권성훈, 앞의 글, 27쪽.

6) 권성훈, 앞의 책, 51쪽.

7) 이승하, 「아버지의 임종을 지키다」, 『뼈아픈 별을 찾아서』, 시와시학사, 2001 참조.

8) 이은영, 앞의 책, 168쪽.

9) 슬라보예 지젝 저, 김소연 역, 『삐딱하게 보기』, 시각과 언어, 1995, 56쪽.

10) 이승하, 앞의 책, 189쪽.

11) 이승하, 앞의 책, 199쪽.

12) 김영철, 『열린시학』, 2011년 여름호, 69쪽.

13) 이무석, 『정신분석에로의 초대』, 이유, 2006, 167쪽.

14) 미국 정신분석학회 편, 이재훈 역, 『정신분석 용어사전』, 한국심리치료연구소, 2002, 17쪽.

15) 이은영, 앞의 책, 54쪽.

16) 이은영, 앞의 책, 26쪽.

17) 마이클 니콜스 저, 김영애 외 역, 『가족치료』, 시그마프레스, 2009, 335쪽.

18) 이승하, 앞의 책, 190쪽.

19) 이은영, 앞의 책, 162~164쪽.

20) 이은영, 앞의 책, 162~164쪽.

21) 이승하, 앞의 책, 203쪽.

22) 이승하, 앞의 책, 200쪽.

23) 이은영, 앞의 책, 124쪽.

24) 이은영, 앞의 책, 172쪽.

25) 이승하, 앞의 책, 208~209쪽.

26) 프레드 프리드버그 저, 정종진 외 역, 『자기 스스로 행하는 마음치유』, 시그마프레스, 2011, 126쪽.

27) 이무석, 앞의 책, 177쪽.

28) 이은영, 앞의 책, 173쪽.

29) 이은영, 앞의 책, 150쪽.

30) 이승하, 앞의 책, 15~16쪽.

31) 이은영, 앞의 책, 64쪽.

32) 이은영, 앞의 책, 47쪽.

33) 이은영, 앞의 책, 38쪽.

34) 이은영, 앞의 책, 48쪽.

35) 이승하, 앞의 책, 202~203쪽.

36) 김준오, 『시론』, 삼지원, 1994, 79~80쪽.

37) 변학수, 『문학치료』, 학지사, 2007, 21쪽.

38) 곽호완 외, 『일상심리학의 이해』, 시그마프레스, 2009, 89쪽.

39) 데이비드 G. 마이어스 저, 신현정 외 역, 『심리학 개론』, 시그마프레스, 2010, 426쪽.

제7장 불교시, 그 치유의 미학

1) 류성민, 「종교적 질병 치유의 사회문화적 의미」, 『종교연구』(35), 한국종교학회, 2004, 12쪽.

2) 홍신선, 「한국시의 불교적 상상력 연구」, 『한국어문연구』(43), 한국어문연구학회, 2004, 75쪽.

3) 한용운, 『한용운 전집 1』, 신구문화사, 1973, 255쪽.

4) 권성훈, 「한국 현대시에 나타난 치유성 연구」, 경기대학교 박사학위논문, 2010, 40~42쪽.

5) 김재홍, 『무위자연과 은자의 정신』, 서정시학, 1990; 최동호, 『김달진 시와 무위자연의 시학』, 민음사, 1991; 이건청, 『무욕의 정신과 청정한 언어』, 미래사, 1991; 윤재근, 『현대시와 노장사상』, 서정시학, 1992 참조.

6) 김달진, 『씬냉이 꽃』, 범우, 2007, 704~705쪽.

7) 네이버 지식백과(http://terms.naver.com/entry.nhn?docId=690364&cid=41708&categoryId=41711)

8) 조오현, 『벽암록』, 불교시대사, 1997 서문 참조.

9) 서준섭, 「조오현 작품세계: '빈 거울'을 절간과 세간 사이에 놓기」, 『시조월드』, 시조월드, 2005, 93쪽.

10) 권성훈, 「조오현 선시 일색변에 나타난 무아론」, 『한국문예창작』(13), 2007, 45쪽.

11) 조미숙, 「만악가타집에 나타난 3가지 지향점」, 『창작21』, 창작21, 2005, 67쪽.

12) 오세영, 『우상의 눈물』, 문학동네, 2005, 125쪽.

13) 김지혜, 「한국 현대시에 나타난 불교적 세계관」, 건국대학교 석사학위논문, 2009, 2~3쪽.

14) 김주완, 「시의 정신치료적 기능에 대한 철학적 정초」, 『철학연구』(100집), 대한철학회, 2006, 255쪽.

15) 주디스 허먼 저, 최현정 역, 『트라우마: 가정 폭력에서 정치적 테러까지』, 플래닛, 2007, 92쪽.

16) 이승훈, 『라캉으로 시 읽기』, 문학동네, 2011, 208~209쪽.

17) 권성훈, 『시치료의 이론과 실제』, 시그마프레스, 2010, 62쪽.

18) 박이문, 「시적 언어」, 정현종 편, 『시의 이해』, 민음사, 1983, 52쪽.

19) 박찬부, 「트라우마와 정신분석」, 『비평과 이론』(15), 한국비평이론학회, 2010, 31쪽.

20) Louise Desalvo, *Writings as a Way of Healing*, Boston: Beacon Press, 2000, p.43.

21) W. 카이저 저, 김윤섭 역, 『언어예술작품론』, 대방출판사, 1982, 374쪽.

22) 최동호, 「김달진 시와 무위자연의 시학」, 『김달진 시전집』, 문학동네, 1997, 566~567쪽.

23) 김영철, 『현대시론』, 건국대학교출판부, 1993, 114~115쪽.

24) 이지엽, 『현대시창작강의』, 고요아침, 235쪽.

25) 김영철, 『말의 힘 시의 힘』, 역락, 2005, 69쪽.

26) 손종호, 「1930년대 전원파 시의 도가사상 연구」, 『비평문학』(45집), 2012, 281~282쪽.

27) 이지엽, 『한국 현대시조 작가론 2』, 태학사, 2007, 177쪽.

28) 김정길, 『불교대사전』, 범종사, 2005, 2142쪽.

제8장 기독교시, 자기방어의 치유적 시학

1) 박이도, 「한국 현대시에 나타난 기독교 의식」, 경희대학교 박사학위논문, 1984, 8~9쪽.

2) 박이도, 앞의 글, 16쪽.

3) 류성민, 「포박자 내편과 신선전에 나타난 초기 도교의 도와 윤리적 관계: 종교윤리학적 고
   찰」, 『종교연구』(제63집), 한국종교학회, 2011, 169쪽.

4) 변학수, 『통합적 문학치료』, 학지사, 2006, 35쪽.

5) 김성민, 『융의 심리학과 종교』, 동명사, 1998, 107쪽.

6) 김성민, 앞의 책, 5쪽.

7) 김인복, 『한국문학에 나타난 의식의 사적 연구』, 열화당, 1981, 184쪽.

8) 이지엽, 『현대시 창작강의』, 고요아침, 2005, 273쪽.

9) 장일선, 『구약성서의 문학』, 대한기독교출판사, 1984, 57쪽.

10) 김현승, 「굽이쳐가는 물굽이 같이: 나의 시 그 변모과정」, 『김현승 전집 2-산문』, 시인사, 1985.

11) 홍문표, 「김현승의 '눈물': 눈물의 역설적 의미」, 한국시문학회 편, 『한국현대시작품 연구와 감상』, 학문사, 1993, 255쪽.

12) 신익호, 「한국현대기독교시연구」, 전북대학교 박사학위논문, 1987, 38쪽.

13) 권성훈, 「한국현대시에 나타난 기독교 의식 연구」, 경기대학교 석사학위논문, 2003, 35~36쪽.

14) 신익호, 앞의 글, 86쪽.

15) 류성민, 「희생제의와 폭력의 종교윤리적 의미에 대한 연구: 성서종교전통을 중심으로」, 서울대학교 박사학위논문, 1991, 156쪽.

제9장 고정희의 폭력적 현실과 폭력적 세계관

1) 정효구, 「고정희 시에 나타난 여성의식 연구」, 『인문학지』(17집), 충북대학교 인문과학연구소, 1999, 43쪽.

2) 김문주, 「고정희 시의 종교적 영성과 어머니 하느님」, 『비교한국학』(19집), 국제비교한국학회, 2011, 122~123쪽.

3) 윤인선, 「고정희 시에 나타난 현실에 대한 재현적 발화 양상 연구: 시적 발화에 나타난 아이러니적 기호작용을 중심으로」, 『비교한국학』(19집), 국제비교한국학회, 2011, 276쪽.

4) 류성민, 「희생제의와 폭력의 종교윤리적 의미에 대한 연구: 성서종교전통을 중심으로」, 서울대학교 박사학위논문, 1991, 1쪽

5) John R. Hall, "Religion and Violence: Social Process in Comparative Perspective", in Michele Dillon (ed.), *Handbook of the Sociology of Religion*, New York: Cambridge University Press, 2003, p.368.

6) 자크 데리다 저, 진태원 역, 『법의 힘』, 문학과지성사, 2004; 발터 벤야민, 『역사의 개념에 대하여/폭력 비판을 위하여』, 길, 2008 참조.

7) 이재인, 『김남천 문학』, 문학아카데미, 1996, 38쪽.

8) 김준오, 『시론』, 삼지원, 1996, 238쪽

9) 권성훈, 「한국 현대시에 나타난 치유성 연구」, 경기대학교 박사학위논문, 2010, 141~142쪽

10) 고정희, 『초혼제』, 창비, 1983, 175쪽.

11) 고정희, 『이 시대의 아벨』, 문학과지성사, 1983, 시인의 말 참조.

12) 김문주, 앞의 글, 133쪽.

13) 유성호, 앞의 글, 81쪽.

14) 김준오, 『한국 현대장르비평』, 문학과지성사, 1990, 238쪽.

15) 김형민, 「그리스도교의 폭력과 유일신 신앙」, 『종교문화비평』(18호), 종교문화비평학회,
    2010, 152쪽.

16) 구약성서 사사기 42:3.

17) 구약성서 이사야 60:4.

제10장 조오현, 히에로파니(hierophany)에 도달한 비극적 존재

1) 최동호, 「심우도와 한국 현대 선시: 경허, 만해, 오현의 '심우도'를 중심으로」, 『만해학 연구』,
    만해학술원, 2005 참조.

2) 조오현, 『벽암록』, 불교시대사, 1997, 23쪽.

3) 가스통 바슐라르 저, 곽광수 역, 『공간의 시학』, 민음사, 1994, 113쪽.

4) 이지엽, 「번뇌와 적멸의 아름다운 설법: 조오현론」, 『현대시』, 한국문연, 2003.

5) 마르틴 하이데거 저, 신상희 역, 『숲길』, 나남, 2008, 160쪽.

6) 김정길, 『불교대사전』, 범종사, 2005, 2142쪽.

7) 미르치아 엘리아데 저, 이은봉 역, 『종교형태론』, 한길사, 1996, 560쪽.

8) 장휘옥, 『불교학 개론 강의실』, 장승, 2004, 90~94쪽.

9) 조오현, 『벽암록』, 불교시대사, 1997 서문 참조.

| 출전 일람 |

* 이 책에 실린 글들은 아래의 논문 및 평론 10편을 책의 성격에 맞게 수정·보완한 것이다.

「억압의 알갱이와 소통의 언어」, 『유심』, 만해사상실천선양회, 2014. 01.

「유영철 글쓰기에 나타난 사이코패스 성격 연구」, 『한국범죄심리연구』, 한국범죄심리학회, 2011. 04.

「사이코패스 유영철 시의 의식변화 연구」, 『한국범죄심리연구』, 한국범죄심리학회, 2014. 08.

「유병언, 죽은 자는 흔적으로 증언한다」, 『문학의오늘』, 은행나무, 2014. 12.

「글쓰기의 폭력성과 범죄 심리 연구: 이승하 글쓰기에 나타난 트라우마와 정신분석을 중심으로」, 『한국범죄심리연구』, 한국범죄심리학회, 2012. 04.

「트라우마 극복으로서의 치유적 글쓰기 연구: 유영철과 이승하의 편지 모음집 비교고찰」, 『비평문학』, 한국비평문학회, 2011. 12.

「한국불교시에 나타난 치유성 연구」, 『종교연구』, 한국종교학회, 2013. 03.

「한국 기독교시에 나타난 치유성 연구」, 『종교연구』, 한국종교학회, 2012. 03.

「고정희 종교시의 폭력적 이미지 연구」, 『종교문화연구』, 종교와문화연구소, 2013. 12.

「현대 선시조에 나타난 치유적 성격 연구: 조오현 시세계를 중심으로」, 『시조학논총』, 한국시조학회, 2013. 07.

권성훈

한신대학교 종교학과, 경기대학교 대학원 국문학과에서 「한국현대시에 나타난 치유성 연구」로 박사학위를 취득했고, 고려대학교 국문학과에서 「한국종교시에 나타난 치유성 연구」로 박사후과정을 수료했다. 계간 『작가세계』 신인상을 수상했으며, 시집 『유씨 목공소』, 저서 『시치료의 이론과 실제』, 『정신분석 시인의 얼굴』 등이 있다. 고려대학교 연구교수를 역임했으며, 현재 대학에서 시창작과 문학평론을 가르친다. 월간 『유심』 편집위원, 계간 『열린시학』 기획편집위원으로 활동하고 있다.

폭력적 타자와 분열하는 주체들
: 사이코패스에서 성직자까지

초판 1쇄 인쇄 2015년 2월 2일
초판 1쇄 발행 2015년 2월 12일

지은이 권성훈 | 펴낸이 강병선 | 편집인 신정민
편집 신정민 최연희 | 디자인 엄자영 | 저작권 한문숙 박혜연 김지영
마케팅 방미연 최향모 유재경 | 온라인마케팅 김희숙 김상만 한수진 이천희
제작 강신은 김동욱 임현식 | 제작처 영신사

펴낸곳 (주)문학동네
출판등록 1993년 10월 22일 제406-2003-000045호
임프린트 교유서가

주소 413-120 경기도 파주시 회동길 210
문의전화 031) 955-1935(마케팅), 031) 955-2692(편집)
팩스 031) 955-8855
전자우편 gyoyuseoga@naver.com

ISBN 978-89-546-3491-5 93800

www.munhak.com